Pedra Bruta

CB124202

SESI-SP editora

Conselho Editorial
Paulo Skaf (Presidente)
Walter Vicioni Gonçalves
Débora Cypriano Botelho
Neusa Mariani

Editor chefe
Rodrigo de Faria e Silva

Produção editorial
Letícia Mendes de Souza

Edição
Gabriella Plantulli
Mario Santin Frugiuele

Revisão
Tereza Gouveia
André Levy Simões

Produção gráfica
Valquíria Palma

Editoração eletrônica
Áttema Editorial :: Assessoria e Design :
www.attemaeditorial.com.br

Foto de capa
© depositphotos.com/shalunx13

Capa
Dora Levy [cj 31] e João Carlos Heleno [cj31]

SESI-SP EDITORA
Avenida Paulista, 1.313, 4º andar
01311-923, São Paulo - SP
Tel. 11 3146-7308
editora@sesisenaisp.org.br
www.sesispeditora.com.br

Paulo Levy

Pedra Bruta

SESI-SP editora

© Paulo Fernando Prada Levy, 2016

Dados Internacionais de Catalogação na Publicação (CIP)

Levy, Paulo
Pedra bruta/ Paulo Levy. – São Paulo: SESI-SP editora, 2016.
296 p.: il. – (Quem lê sabe por quê) –

978-85-504-0072-3

1. Literatura brasileira 2. Romance policial. I. Título.

CDD: 869.935

Índice para catálogo sistemático:
1. Literatura brasileira : Romance policial

Bibliotecária responsável: Josilma Gonçalves Amato CRB 8/8122

Para Suzy, com amor

"Assassino é aquele que trai os ideais da Maçonaria, pois destrói a vida espiritual."
Ditado maçônico

Capítulo 1

Desdobrou o jornal, deu um golinho no café e leu as chamadas da primeira página: ministro nega envolvimento com laranja, desemprego aumenta na zona do euro, inflação acima da meta, crise energética, manifestações em capitais do país. Nenhuma novidade.

Com tempo disponível para estudar os classificados, uma vez que o ônibus que traria seus filhos do Rio de Janeiro chegaria dali a quinze minutos, Dornelas abriu o primeiro caderno, passou os olhos no editorial, pulou para a próxima página, depois a outra e a outra.

O ramerrão de todos os dias.

Resignado, fechou e largou o caderno sobre a cadeira vazia; deu mais um gole no café, pegou o caderno sobre o cotidiano e se concentrou na matéria sobre as manifestações populares. Havia duas fotos, uma ao lado da outra, uma mulher em cada.

Na da esquerda, a protagonista tinha um olho roxo, inchado, saliente, sangue escorrendo pelo rosto. A legenda resumia a história: ela trabalhava num jornal e tinha sido atingida por uma bala de borracha disparada pela carabina de um PM.

Na foto seguinte, a outra mulher levava os braços diante do rosto na tentativa frustrada de proteger-se de uma nuvem de spray de pimenta que outro policial disparava. Dornelas sacudiu a cabeça com reservado pesar e se voltou para dentro de si à procura de uma explicação do que considerou uma calamidade social. Analisou, divagou e largou o caderno na mesa como se as páginas estivessem contaminadas com uma doença letal.

Pegou o caderno de cultura. Os lábios esticaram-se num leve sorriso. As novidades literárias, as estreias nos cinemas e os lançamentos musicais do Rio de Janeiro o remeteram à proposta de promoção que Amarildo Bustamante, o chefe e diretor da Secccional, fez para ele na semana passada e que o delegado educadamente recusou. Não foi preciso pensar muito. O aumento de salário não era expressivo e o cargo exigia mais habilidade política do que faro policial. Dornelas, por natureza, detestava política. Nem mesmo a perspectiva de morar na mesma cidade dos filhos o seduziu a aceitar o convite.

Não foi uma surpresa para o chefe.

Dornelas baseou sua posição numa premissa muito simples: a cidade grande o apavorava. Ponto final. Nada a ver com as frases feitas que ouvira na profissão: de que um policial não tem vida normal, mas vida possível, especialmente numa cidade grande como o Rio de Janeiro; de que é um gari da lei, pois trabalha para limpar a sujeira dos outros; que leva a luz aonde predomina a escuridão. Nada disso. Medo. Puro medo, do trânsito, do barulho, da sujeira, resultado de gente demais dividindo o mesmo espaço; mas, sobretudo, de não poder admirar a calmaria da baía de Palmyra, do lodo em dias de maré seca, da maré alta lambendo as ruas, do sacolejo das baleeiras à espera dos turistas, dos agulhões deslizando na superfície da água, do sino da igreja Matriz em dias de festa, do aspecto tosco do Centro Histórico.

Pensou no seu personagem favorito da literatura policial, o comissário Maigret, de Georges Simenon, que sonhava, ao se aposentar, em se mudar com a mulher para um vilarejo à beira do rio, cultivar sua horta e pescar. Dornelas não tinha horta. E, de certa forma, Palmyra ainda era um vilarejo. E a pescaria estava ali, a meia hora de barco. Por isso, questionava-se: para que ter uma existência de privações e estresse se já vivia a vida que desejava?

Afastou o pensamento e se concentrou na notícia da gravação de *Mi Alma Mexicana*, depois na foto da jovem e belíssima maestrina Alondra de la Parra, de braços abertos, batuta em punho, afagando o ar, esculpindo os acordes. Esforçou-se para marcar o achado na memória e leu as charges, depois o horóscopo, e o telefone tocou.

– Sim, Solano – disse o delegado num gorgolejo.

– Estou de saída, doutor. Está tudo tranquilo por aqui. O senhor ainda vai precisar de mim hoje?

Dornelas olhou o relógio: 18h32. Com a noite caindo e a delegacia de Palmyra na mais absoluta tranquilidade, respondeu:

– Não. Quem vai ficar no plantão?

– Caparrós.

– Ótimo. Boa noite. Vá em paz.

E o Senhor o acompanhe, pensou automaticamente como um padre antes de desligar. As liturgias dos tempos de escola invadiram-lhe a mente.

Um assobio, seguido de um guincho e de um rilhar de marcha em caixa de câmbio, anunciou a chegada de um ônibus branco que estacionava na rodoviária, do outro lado da rua. No luminoso da plataforma lia-se "Rio de Janeiro".

Dornelas recolheu e dobrou o jornal de qualquer jeito, enfiou-o debaixo do braço, pagou a conta, cruzou a rua e ganhou o amplo pátio da rodoviária. O ônibus abriu a porta para os primeiros passageiros tomarem a plataforma; na rua transversal, a cem metros dali, um bate-boca, gritos e o som grave de pancadas sucessivas em algo metálico.

Dornelas instintivamente voltou-se para a confusão que, à primeira vista, não passava de uma tradicional briga de trânsito. Viu um motoqueiro sobre uma moto atravessada na faixa de pedestres, estapeando o capô de um carro que esperava o verde no semáforo. A ação que se seguiu não tomou mais do que alguns segundos. Aos olhos do delegado, aconteceu como em certos filmes americanos, quando tudo o mais é congelado para o evento principal ganhar destaque. O motorista desceu e circundou o veículo num salto; no semáforo, o verde; o motociclista arrancou em disparada; o motorista de pé, já diante do carro, levantou um braço, arma em punho, e disparou duas vezes: PAM, PAM. O sujeito da moto, no meio da curva, balançou no assento como marionete sem os fios e foi lançado sobre a calçada. A motocicleta deu uma guinada para a direita, rodopiou sobre a roda da frente e se chocou contra um poste. Gritos foram ouvidos por todos os lados. Quem caminhava nas redondezas jogou-se no chão. Dornelas foi instintivamente sugado pelo evento. Numa manobra ágil, largou o jornal, levou a mão à arma, sacou-a, saiu no encalço do motorista e urrou:

– POLÍCIA!

O sujeito, vendo um policial armado correr na sua direção, deu a volta no carro, entrou e saiu em disparada, cantando os pneus, no mesmo sentido em que ia a motocicleta. Dornelas estacou e se concentrou em memorizar as características do veículo: a marca, o modelo, a cor, os dados da placa. Sacou o celular do bolso e ligou para a delegacia, da tecla rápida:

– Caparrós, chame uma ambulância e mande Lotufo imediatamente aqui para a rodoviária, na rua transversal. Um homem foi baleado. Mande uma viatura seguir um Chevette azul que vai passar aí em frente, neste minuto. Ligue para o Dantas, da Polícia Rodoviária da saída da cidade. Peça para que ele detenha o veículo. Não sei se vai no sentido São Paulo ou Rio de Janeiro. Depois explico mais.

Desligou. Virou-se para o ônibus em que estavam os filhos e viu quatro passageiros no chão, três deitados e um ajoelhado. O motorista, ao notar a bagunça, instintivamente havia fechado a porta, largando-os para fora. Dornelas não foi capaz de ver se os filhos estavam entre eles. Guardou a arma e gritou:

– NÃO SAIAM DAÍ!

Vendo que o autor dos disparos havia abandonado o local, os pedestres mais próximos ao episódio, assustados, começaram a levantar-se.

O delegado atravessou a rua e foi ter com o motoqueiro que gemia encolhido ao pé de um muro. Alguns curiosos se aproximaram e permaneceram ali sussurrando, fofocando, na órbita do fato. Numa primeira e rápida análise, Dornelas notou que, embora o sujeito se contorcesse em posição fetal, não havia buracos de bala na camiseta, nem nas calças.

Agachou-se ao lado do rapaz, varreu com os olhos as pernas, o tronco e os braços não encontrando sangue abundante, apenas ralados imundos provocados pela queda. *Talvez do outro lado*, pensou. A única coisa incomum era a mão esquerda agarrada ao antebraço direito.

– Como está a cabeça?

O sujeito grunhiu, levou a mão boa ao capacete, tirou-o com algum esforço e o jogou para o lado. Nada no rosto, nem nos cabelos desgrenhados.

– Você pode mexer a outra mão?

Empreendendo grande esforço, o rapaz concentrou a atenção no braço ruim e começou, vagarosamente, um dedo por vez, a fechar e abrir a mão, dobrar o pulso, esticar o braço. Tremia. O empenho renovou-lhe o ânimo, o que o fez, membro a membro, desdobrar-se sobre a calçada como uma flor ao sol. Dornelas procurou não forçá-lo, apenas observou-o desabrochar e permaneceu disponível caso o rapaz precisasse de alguma ajuda.

A ambulância chegou. Os médicos desceram às pressas. O delegado logo deu sua versão dos fatos.

Enquanto o sujeito era atendido, Dornelas olhou novamente para o ônibus: a porta dianteira estava aberta e um grupo maior de passageiros, todos talvez, havia tomado a plataforma. Uma pequena multidão. Daquela distância, cerca de duzentos metros, não foi capaz de ver nenhum dos dois filhos, Roberta e Luciano, de quinze e treze anos respectivamente. Deu alguns passos na direção do muro, inspecionou aqui e ali, depois foi para a moto retorcida ao pé do poste e não encontrou nenhum buraco de bala. Isso o intrigou.

★

Satisfeito por ter tomado rapidamente as providências que a situação dele exigira, o delegado cruzou de volta a rua e caminhou na direção do ônibus.

O motorista, atordoado, lançava sacolas, malas e mochilas para fora do bagageiro inferior, formando uma pequena montanha ao lado do veículo. Os passageiros atacavam a pilha como um bando de galinhas sobre um pote de milho.

Luciano desgarrou da multidão com uma mochila nos ombros. Estava aflito. Dornelas foi ter com ele:

– Oi, filho – deu um beijo no rosto e um abraço no garoto. – Como foram de viagem?

– Tudo bem – respondeu sem convicção, o menino. Aos olhos do pai, parecia preocupado. – Não sei para onde foi a Roberta. Ela estava aqui agorinha mesmo.

Dornelas sentiu um mal-estar súbito.

– Como assim?

– Ela estava aqui agora mesmo – reforçou o menino.

– Deixe-me ver se ela voltou para o ônibus.

O menino correu. O delegado esticou o pescoço e com os olhos varreu a movimentação dos passageiros – que lentamente começava a dissipar-se. Acompanhou o filho subir as escadas e correr por dentro do veículo, ida e volta, como uma bola.

– Nada – disse o menino ao estacar diante dele.

Dornelas passou então os olhos no comércio ao redor: a loja de roupas, a de celulares, o escritório de contabilidade, a ótica, o posto de gasolina, a padaria, e concluiu que não havia motivos de a filha ter entrado em nenhum daqueles pontos. Embora estivesse no auge da adolescência, a menina tinha a cabeça no lugar, sabia bem das instruções ao viajar com o irmão, desacompanhada dos pais.

– Eu não falei para vocês não desgrudarem um do outro!?

– Eu sei, pai – contraiu-se o menino, aparvalhado.

– Vou ligar no celular dela.

Um, dois, três toques. Caixa postal. Desligou num misto de furioso com preocupado. Um arrepio crispou-lhe a nuca. Respirou fundo, procurou sentir os pés como que fincando raízes no chão e disse calmamente, olhos nos olhos do filho:

– Preste atenção. Conte com detalhes tudo o que aconteceu desde que vocês chegaram.

Luciano, trêmulo, com os olhos girando agitados nas órbitas, tomou fôlego e começou:

– Até o ônibus parar, a Rô estava sentada ao meu lado...

– Onde?

– Na primeira fila, atrás do motorista. – O menino, exaltado, vasculhava a memória. – Depois que o ônibus freou, ela levantou, pegou a mochila no bagageiro e ficou em pé, diante da poltrona. Eu, que estava na janela, esperei sentado... não consigo ficar em pé debaixo do bagageiro, bato a cabeça, fico torto... – O menino falava e gesticulava em ritmo frenético numa tentativa bem-sucedida de recriar a cena que vivera alguns minutos antes.

– O que mais?

– No corredor havia uma idosa que tinha se levantado de uma das poltronas do outro lado do corredor. O marido estava ao lado dela, sentado.

O rapaz fez uma breve pausa.

– E daí?

– O motorista abriu a porta, o casal desceu... Em seguida vieram mais duas idosas que estavam sentadas nas poltronas atrás de nós... A gente esperou que elas passassem, como você disse para gente fazer...

Dornelas balançou a cabeça em reservada aprovação e sentiu uma ponta de orgulho pela educação que transmitira aos filhos. O menino tomou fôlego e prosseguiu:

– A Rô então desceu para o corredor e saiu... Eu levantei, peguei a mochila no bagageiro e, quando ia descer, ouvi gritos na rua, depois tiros e o motorista fechou a porta.

– Quer dizer que você ficou dentro do ônibus e sua irmã do lado de fora?

– Hum-hum.

– E depois? – pressionou o delegado, com a aflição aumentando a cada segundo.

– Depois vi o motoqueiro se estatelando na calçada, a moto no poste, você gritando para cá e correndo para lá.

– E a Roberta nisso tudo?

– Não sei. Ficou do lado de fora.

– Você não viu para onde ela foi?

– Não. Ela estava na frente do ônibus. Depois não a vi mais. No meio da confusão, não prestei atenção nela. Desculpe.

O menino, transtornado, sentindo a culpa em formação pesar sobre os ombros ossudos, encolheu-se diante do pai. Dornelas o envolveu nos braços.

– Tudo bem, meu filho. Vamos resolver isso – disse sem convicção enquanto rememorava a sequência de eventos.

O movimento da rodoviária esfriara.

Dornelas pegou o menino pela mão e saiu com ele pelo pátio. Sua intenção era postar-se no mesmo ponto de onde olhou para o ônibus e viu quatro pessoas no chão. Parou ali e notou que, do ângulo em que estava em relação ao veículo, na diagonal, qualquer pessoa na frente do veículo estaria fora do seu campo de visão. Pelo que disse Luciano, era o lugar em que ficara Roberta.

Dornelas matutou e concluiu que, ao ouvir o bate-boca e os tiros, ela encontrou ali um esconderijo de proteção.

O celular tocou.

Atendeu apressado sem sequer olhar para o visor:

— Dornelas!

— Doutor. Caparrós aqui.

— Diga.

— Más notícias. O Chevette não seguiu sentido São Paulo, nem Rio de Janeiro. Foi reto, no sentido da serra da Penha. Encontramos o carro abandonado numa estrada de terra. Acessamos o sistema. Veículo roubado.

— Você demorou para sair da delegacia?

— Saí dois minutos depois de desligarmos. Liguei para o doutor Dantas, instruí os plantonistas e peguei o carro. Uma vez que o senhor pediu para ele cobrir a Rio-Santos, resolvi seguir para a serra, em que, a essa hora da noite, não passa quase ninguém.

O delegado gostou do que ouviu, sinal de que sua equipe, mesmo enxuta, era comprometida, pensante.

— E a arma?

— Um revólver calibre 32. Estava no banco da frente. Fria. Número de registro esmerilhado. O mais estranho são as balas.

— O que têm elas?

— São de festim.

Dornelas arregalou os olhos, agarrou o filho pelo braço e correu na direção da ambulância.

Apaixonado por uma tragédia como boa parte dos brasileiros, um grupinho fofocava próximo à motocicleta retorcida. Não havia sinal do motoqueiro, muito menos de Lotufo. Abordou então um dos médicos que se preparavam para guardar a maca vazia na ambulância.

— Cadê o rapaz da moto?

– Foi embora, doutor. Assim que o senhor virou as costas, ele levantou e disse que estava tudo bem, que não queria ir para o hospital. Insistimos em examiná-lo melhor, tentamos segurá-lo aqui, mas ele tirou a poeira da roupa e saiu correndo. Sumiu. Nem o capacete levou.

– E o meu policial?

– Ranulfo, Rodolfo...

– Lotufo – cortou, impaciente.

– Esse mesmo. Assim que chegou, contamos sobre o motoqueiro e ele saiu logo atrás, na direção que indicamos.

Dornelas sentiu o sangue como que congelar nas veias e uma espécie de explosão na barriga levar um sabor ácido à boca. Em mente, foi transportado para uma cena perturbadora cujo fato marcou sua adolescência: viu-se na pele do sargento Guilherme Pereira do Rosário, em 1981, dentro do Puma, no estacionamento do Riocentro, com uma bomba estourando no colo.

Aconteceu. Minha filha foi sequestrada.

Capítulo 2

— Doutor! Doutor! – insistia Caparrós pela linha que o delegado, sem perceber, mantivera ativa.

Até dar-se conta de que o impensável acontecera, Dornelas permaneceu imóvel por alguns segundos como um manequim de vitrine, só que agarrado ao celular e ao filho. A conclusão do sequestro atravessou-o como um raio: o raciocínio apagou, os músculos se contraíram e a respiração passou a desenvolver-se aos trancos. Passado o baque inicial, a parte da mente dedicada à paternidade foi sendo gradativamente substituída pela de delegado de polícia, o que o fez, findo o processo, levantar o fone, colá-lo à orelha e disparar instruções ao subordinado:

– Estou aqui, Caparrós. Roberta foi sequestrada agora mesmo, sob o meu nariz.

– Mãe de Deus – sussurrou o investigador, do outro lado da linha.

– Vamos nos mexer. Quanto mais rápido, melhor. Peça para um plantonista levar a arma até o Chagas. Melhor, mande alguém ir buscá-lo e o traga para cá, aqui na rodoviária, para a coleta de impressões digitais da moto e do capacete. A arma pode esperar. Anote os dados da placa.

Disparou as sequências de letras e números. Caparrós tomou nota aos garranchos na tentativa de acompanhar o raciocínio do chefe que era formulado em ritmo alucinante.

– Verifique se a moto é roubada. E mande um plantonista isolar a área onde está o carro e tomar conta do local.

– Já providenciei isso, doutor. Mandei Jaqueline para lá.

– Ótimo. Depois de o Chagas terminar aqui, leve-o lá para a coleta de digitais. Se ele chiar, ligue para mim. Falo com você mais tarde.

Antes de desligar, frisou:

– Não comente isso com ninguém.

Desligou e ligou para outro número.

– Solano?

– Sim, senhor – respondeu o investigador, seu braço direito que, pelo tom firme do chefe, pulou do fundo para a pontinha do sofá, pronto para ação.

– Preciso de você agora.

– O que aconteceu?

– Venha já à rodoviária. Conto quando chegar.

Dornelas fechou o aparelho. Solano desligou a TV, engoliu o restinho da cerveja no copo, jogou a sobra da lata na pia, pegou a arma e o distintivo sobre a mesa da entrada e saiu.

Dornelas correu em direção ao ônibus com Luciano no encalço. Foi ter com o motorista que, pingando de suor, recompunha-se diante do espelho lateral que ele habilmente virara para baixo. De queixo empinado, o sujeito ajeitava a gravata e alisava os cabelos revoltos como um cantor de churrascaria prestes a entrar em cena.

– Boa noite – disse o delegado em tom severo e assertivo.

O motorista, um toco de homem claramente acima do peso, virou-se devagar e, empertigado, piscou os olhinhos miúdos e acolheu de forma solene a chegada do homenzarrão que se aproximava com o fervor de uma locomotiva em marcha.

– Boa noite – respondeu calmamente.

– Uma menina viajou no seu ônibus ao lado deste menino – Dornelas pôs a mão no ombro do filho, que prontamente postou-se ao lado do pai.

O sujeito estudou Luciano de cima a baixo, cerrou os olhos no rosto redondo, fez o bigodinho tremer como uma taturana mastigando uma folha e adotou um tom vago de quem buscava a memória de um antepassado distante. Disse:

– Vocês se sentaram atrás de mim, correto?

Luciano fez que sim com a cabeça de um jeito nervoso. Dornelas olhou para o filho, depois para o motorista e disse:

– Assim que a menina desceu, no meio da algazarra, o senhor fechou a porta e a deixou para fora junto com outros passageiros. Por quê?

Empossado de poder supremo, que no caso circunscrevia o ônibus branco estacionado ao lado, o homenzinho estufou o peito e perguntou de modo desafiador:

– Quem quer saber?

Dornelas pôs a aba do paletó para o lado deixando brilhar, sob as luzes do teto, o distintivo da Polícia Civil preso ao cinto e disse:

– A menina é minha filha. Ela foi sequestrada após sair deste ônibus.

O homem arregalou os olhinhos e ficou lívido num instante.

– O senhor é o responsável por este veículo? – pressionou-o Dornelas.

O sujeito tremelicou a cabeça de um jeito desordenado. O delegado interpretou o sinal como um sim e disse:

– O senhor deve saber muito bem que menores de idade entre 12 e 17 anos, 11 meses e 29 dias podem viajar desacompanhados dos pais se apresentarem apenas o RG original. E que, mesmo sob essa condição, eles ficam sob a responsabilidade do motorista, neste caso, o senhor, até que um adulto os receba no momento do desembarque. Correto?

O sujeito tremelicou a cabeça novamente.

– Muito bem. Então por que o senhor não apenas deixou-a desembarcar, como fechou a porta assim que ela saiu?

– O tiroteio, doutor – disse o homem, recém-saído do pânico.

– Sei disso. Mas não preciso fazer muita força para pensar que o senhor a esperou sair para fechar a porta em seguida, tendo o tiroteio como motivo.

– Como assim? – rebateu o homem.

– Um esquema muito bem bolado, cronometrado até – respondeu Dornelas fazendo uma conchinha com a mão.

Como um espectador numa partida de tênis, Luciano alternava a atenção entre o pai e o motorista, cujos olhinhos miúdos se arregalavam de pavor, negros e redondos como duas jaboticabas maduras.

– Meu Deus, doutor. O que o senhor quer dizer com isso?

Dornelas concentrava a atenção no sujeito como uma águia em sua presa.

– Mas, delegado...!

– Sinto muito, mas preciso levá-lo para depoimento e apurar direito a sua participação ou não no esquema. Qual seu nome?

– Aristides – disse o homem, que se contorceu numa manobra para retirar a carteira do bolso e dali um documento que apresentou com presteza. – Aristides Nascimento de Souza.

O telefone tocou. O delegado olhou o nome no visor, levou-o à orelha e atendeu:

– Diga, Solano.

– Onde o senhor está? Acabei de chegar.

Dornelas deu as coordenadas. O investigador apareceu segundos depois e recebeu do chefe os detalhes do caso: o atirador, o motoqueiro, o motorista do ônibus, o desembarque, bem como as atribuições distribuídas para Caparrós, Lotufo, Jaqueline e Chagas.

– O que o senhor quer que eu faça?

– Veja com Aristides o que ele precisa fazer para liberar-se do ônibus e o leve à delegacia para interrogatório. Vou levar meu filho para casa e vou já para lá.

– Deixe comigo.

Mas antes de Solano dar-lhe as costas, o delegado arrematou:

– Aqui, importante. Apenas eu, você e Caparrós sabemos do sequestro. Não espalhe.

★

Caminhando vagarosamente pela calçada com o filho a tiracolo, Dornelas foi assuntando no comércio ao redor. Nada de útil surgiu.

Sem ter mais o que fazer por ali, afastou-se abraçado ao menino, e com o coração partido ao meio. Abandonar a rodoviária soava como uma despedida para ele. A impressão que tinha era a de que deixava para trás um pedaço de si.

O caminho a pé para casa pareceu mais longo e esburacado que de costume. Ele e Luciano trocaram poucas palavras. A chave girou mais dura no tambor; a porta parecia mais pesada para abrir. O retorno ao lar com apenas um filho deixou-o arrasado. Nem a festa esfusiante de Lupi, o vira-latas, foi suficiente para injetar uma gota de alegria em sua alma ferida. No entanto, intimamente mantinha acesa a esperança de que Roberta estava viva e bem.

Ao ver filho e pai na soleira, este visivelmente transtornado, Dulce Neves correu para eles. A namorada e legista-chefe do IML havia chegado mais cedo do trabalho especialmente para conhecer as crianças, como ele costumava dizer. Penalizada com o estado de ambos, perguntou:

– O que aconteceu?

Dornelas arrastou-se pela sala e apresentou Luciano de um jeito formal, mecanicamente. *A primeira vez não deveria ser assim.* Sentaram-se no sofá, e o homem repassou a história inteira, no detalhe. Abraçou o menino, depois Dulce. Desabou em lágrimas.

★

O delegado entregou-se às emoções sob o amparo da namorada, cuja presença e doçura não apenas o ajudaram a aplacar a dor como o envolveram de um jeito penetrante e agradável, da mesma maneira que um bálsamo quando aplicado numa região dolorida do corpo, neste caso o espírito. Dornelas mergulhou, explorou, emergiu e pôs para fora boa parte do abalo afetivo a que foi submetido, o que não apenas o revigorou como trouxe o foco de volta à mente.

— Vou voltar à delegacia e aguardar o contato de quem fez isso — disse de modo resoluto, após um longo silêncio. — Se alguém ligar para cá, me avise. O identificador de chamadas está ligado.

Com uma noite longa pela frente e sem perspectivas de uma refeição digna, levantou-se, foi à cozinha e preparou um goró, seu mingau de farinha láctea, leite em pó e água. Esvaziou a tigela em poucas colheradas e voltou para a sala. Ao ver namorada e filho o esperando de pé, abriu os braços, envolveu-os num amplexo longo e apertado, desvencilhou-se de ambos e saiu para rua.

★

Dornelas quis fazer uma caminhada meditativa para a delegacia. Escolheu o trajeto mais longo e desnecessário, que cruza o Centro Histórico. A visão das paredes brancas, das arandelas acesas, das janelas quadradas e coloridas, das pedras arredondadas do piso, o fez abandonar momentaneamente a aflição e embarcar num estado alterado de consciência. Questionou-se então do motivo de estar passando por tudo aquilo.

Rememorou casos antigos que porventura pudessem trazer algum tipo de vingança pessoal e concluiu que todo policial, de um modo ou de outro, está sujeito a uma represália. É uma questão inerente à profissão, principalmente ao cargo. Quanto mais alto, maior a exposição, maior o risco.

Trouxe à mente os casos de chacinas contra policiais militares na cidade de São Paulo, onde facções criminosas passaram a perseguir e fuzilar sumariamente PMs com algum tipo de envolvimento com drogas ou mesmo que houvessem desmantelado pontos de tráfico no município. Vasculhou a memória e nada encontrou com esse viés.

Concluiu que um ataque à sua família configurava um modo diferente de retaliação. E usar um carro roubado, uma motocicleta provavelmente roubada também, dois atores e balas de festim, mostrava que o delito exigiu um planejamento criterioso. Além do mais, quem fez isso conhecia o policial comprometido que não se furtaria em intervir de forma responsável numa situação de perigo.

Analisando a situação de outro ângulo, o delegado supôs que, no momento em que se afastou do ônibus, a segurança dos seus filhos não estava em jogo. Roberta, teoricamente, estava a salvo. Pelo menos foi o que presumiu no momento do tiroteio, uma vez que o motorista estava no veículo, ao volante. A constatação em si fazia sentido, mas a culpa que agora o torturava não diminuiu em nada com isso.

No entanto, entrou na delegacia com a convicção de que a cena toda tinha o objetivo definido de afastá-lo dos filhos.

Um espetáculo que deu certo.

★

A delegacia tinha ares de fim de velório. A recepcionista da noite dava umas de manicure. O arranhar da lixa nas unhas era tudo o que se ouvia. Do pote de acetona aberto, emanava o odor ácido que inundava o ambiente. O vidrinho de esmalte aguardava a vez.

Um plantonista murmurava ao telefone. As salas vazias dos investigadores — computadores ligados, mesas desarrumadas — sinalizavam que saíram às pressas. Solano não havia chegado com

Aristides. Jaqueline, Lotufo e Caparrós estavam em campo. Nenhum telefone tocava. Dornelas deu boa-noite, passar bem e foi direto para sua sala. Largou-se na cadeira, destrancou a gaveta, desembrulhou uma tira inteira da barra de chocolate e passou a comer um quadradinho por vez. Arrancou o telefone do gancho e ligou para a casa da ex-mulher. A ligação tocou até cair na secretária eletrônica. Desligou antes do bipe. Ligou no celular. Direto para a caixa postal. Ligou para sua casa. Dulce atendeu num bote, no primeiro toque:

– Alô!

– Sou eu. Como está tudo por aí?

– Aflita. Alguma novidade?

– Nada. A coisa vai demorar. Procure descansar.

– Se der.

– Faça isso por mim.

– Vou tentar.

– Posso falar com o Luciano?

– Claro.

O garoto surgiu na linha:

– Oi, pai.

– Sua mãe está no Rio de Janeiro?

– Não. Foi viajar com um amigo. Namorado, eu acho.

Mesmo depois de ter se divorciado de Flávia fazia mais de ano e de estar feliz e bem com Dulce, Dornelas sentiu uma ponta de ciúme com o fato de a ex-mulher viajar com um amigo, namorado, que seja. No íntimo sabia que seu comportamento era totalmente descabido, uma vez que não havia, por parte dele, disposição alguma de reatar a relação. Presumiu que era coisa de homem das cavernas, macho brasileiro, sabe-se lá. Deu de ombros e perguntou:

– Quando volta?

– Domingo.

– Para onde foi?

– Itatiaia. Disse que ficaria fora do ar.

O delegado pensou em sacanagem, na ex-mulher e um homem entre os lençóis, numa pousadinha nas montanhas.

Melhor assim. Um problema a menos.

– Se ela ligar aí, não diga nada sobre a Roberta. Eu mesmo quero dar a notícia.

– Tudo bem.

– Assim que tiver alguma informação, aviso você. Posso falar com Dulce novamente? Um beijo.

– Tchau, pai.

A namorada surgiu na linha.

– Obrigado por cuidar do meu filho – disse Dornelas, ternamente.

– Deixe disso – rebateu Dulce.

– Neide deixou a mesa arrumada e comida na geladeira. Você pode passear com Lupi antes de ir para a cama?

– Relaxe, meu amor. Está tudo sob controle por aqui. Cuide de tudo aí e me dê notícias assim que tiver. Um beijo grande.

– Outro.

Ao colocar o fone no gancho, e apesar das circunstâncias, Dornelas sentiu-se amado e bem. Destacou outra tira da barra de chocolate e a enfiou inteirinha na boca.

★

Enquanto devorava a guloseima, manteve a atenção alternada entre o telefone fixo e o celular. Ficou nisso por bons vinte minutos sem que nenhum dos dois tocasse.

Fruto da espera e do silêncio, a mente começou a formular teorias conspiratórias que passaram a dar contornos sombrios no sumiço da filha, o que só aumentava sua aflição.

Resolveu levantar-se para abandonar de vez essa linha de

raciocínio e o telefone tocou. Deu um salto e o tirou do gancho de qualquer jeito.

– Dornelas!

– Doutor, o coronel Pires, da PM, quer falar com o senhor.

O que será agora?

– Pode passar.

Um clique.

– Boa noite, Dornelas.

– Como vai, Pires? – disse em tom de desabafo.

– Indo, indo. – Pires fez uma breve pausa e prosseguiu – Tenho um caso cabeludo para você.

Dornelas ficou rígido e sentiu como se o sangue lhe esvaísse das veias. Pensou na filha. *Morta?*

– Diga – sussurrou, num fio de voz.

– Recebemos agora o telefonema de um homem. Ele disse que ouviu uma moça gritando desesperadamente por socorro. Depois de um tempo, parou. Ele acha que fizeram alguma coisa grave com ela. Mandei minha equipe imediatamente para lá.

– Onde?

A resposta não veio. Um telefone tocou do outro lado da linha. Pires pediu um minuto e a voz ficou distante. Depois de um "hum-hum" e um "puta merda", o coronel voltou à linha:

– É. Segundo minha equipe, há um óbito.

– Onde? – perguntou, quase num urro, o delegado.

– No Centro Histórico.

– Qual o endereço?

Pires passou. Dornelas nem se deu ao trabalho de anotar no bloco sobre a mesa. As mãos tremiam.

– Vou já para lá.

Bateu o telefone. Passou como um raio pela porta, pelo corredor, atravessou a recepção, disse qualquer coisa para Ismênia e ganhou a rua.

Capítulo 3

Dornelas cruzou o Centro Histórico como um exímio dançarino de foxtrote, sem errar um passo, sem dar um escorregão sequer no piso pé de moleque. Nem a horda de turistas em ritmo bovino foi capaz de impedi-lo.

Chegou esbaforido e suado ao endereço indicado pelo coronel Pires, um sobrado de quatro portas-balcão no andar de cima, alinhadas sobre três janelas e uma porta no térreo. Esta, por sua vez, escancarada.

Uma única sacada estreita, com gradil de ferro trabalhado, envolvia as portas-balcão. Três abacaxis metálicos – símbolo de riqueza e prosperidade que a Maçonaria adotara na fundação da cidade no século XVIII – estavam pendurados em adornos de ferro presos nas paredes, dois nas extremidades e um no meio. Sobre eles, arandelas de vidros transparentes com as lâmpadas acesas.

Com um crime no interior, as luzes acesas pareciam brilhar mais do que de costume, como que denunciando que a aura de residência familiar fora violentamente deturpada e substituída pela versão grotesca de uma casa de espetáculos, um circo de aberrações.

Partindo dos cunhais das colunas e terminando no beiral, duas faixas decorativas verticais ornavam as laterais do imóvel, geminado em ambos os lados. Cada faixa era subdividida em onze quadrados. Em cada quadrado, havia um desenho anguloso pintado em azul e branco – símbolos típicos da linguagem maçônica.

Dornelas sabia disso, assim como conhecia vagamente a relação simbiótica entre a Ordem e o município em seu retrospecto mais distante, mais precisamente à época de sua fundação, no século XVIII. Mais de uma vez fora obrigado pelos filhos a embarcar nos passeios de charrete pelo Centro Histórico e ouvir sempre a mesma história – contada maquinalmente por um charreteiro enfastiado –, sobre os antigos moradores, alguns prestigiosos, outros nem tanto; gente que ia e vinha, de ou para Portugal, à procura de algo ou fugindo de alguém.

Sabia também que, na época em que a Maçonaria ditava os rumos da cidade, uma casa como aquela, com eira, beira e tribeira, seria de propriedade de alguém da Ordem, isto é, rico e influente. Jamais de alguém "sem eira nem beira", considerado incapaz de sustentar uma esposa, muito menos uma família.

Todo morador de Palmyra conhecia essa história. Os charreteiros viviam repetindo essa curiosidade à exaustão. Dornelas esforçou-se para verificar mais tarde se a casa era agora de propriedade de algum maçom poderoso ou não.

Dois PMs conversavam diante da entrada. O delegado disse qualquer coisa e subiu o degrau às pressas para entrar num corredor estreito e, tomando logo uma porta à direita, chegar a uma saleta. Era um cômodo de cerca de vinte metros quadrados, onde ficavam duas das três janelas do térreo, ambas com as folhas internas de madeira abertas e as guilhotinas abaixadas.

A decoração era espartana, porém de bom gosto. Duas poltronas de tecido branco faziam conjunto com um sofá de três lugares encostado na parede oposta às janelas.

Havia uma mesinha estreita de pés finos, uma antiguidade, onde jaziam um molho de chaves e alguns envelopes. Pendurados às paredes, quadros de um artista que Dornelas conhecia bem: um executivo aposentado de uma multinacional alemã, com sede em São Paulo, que abandonou a vida corporativa e se mudou com a mulher para Palmyra após um enfarte. Os quadros transbordavam paixão pelo mar e pela paisagem local, porém careciam de equilíbrio e técnica.

Com um olhar perscrutador, varreu o ambiente, voltou ao corredor e cruzou a soleira seguinte, que dava para a sala principal, um cômodo amplo que tomava boa parte do piso térreo. Mesmo aflito, não se esquivou de fazer uma rápida porém detalhada leitura de todo o recinto.

Do lado direito, havia, sobre um imenso tapete persa de franjas carcomidas, um jogo de jantar em madeira maciça, tingido de preto, que dava ao ambiente um ar solene e até sombrio: uma mesa retangular de tampo liso, iluminada por um lustre de gosto duvidoso. No centro, uma escultura imponente em bronze, composta de um cinzel e um malhete repousados ao pé de uma pedra bruta.

Com a curiosidade avivada e os olhos fincados na peça, Dornelas deu um passo para o lado para estudá-la de outro ângulo.

Alguns segundos e desligou-se da escultura, abriu o foco da mente e se ateve às seis cadeiras de braço em volta da mesa. Os encostos e assentos eram revestidos em couro preto, ornados com motivos florais espiralados em alto-relevo, e presos às laterais por grandes botões de latão envelhecido. Pelas marcas fundas que os pés produziram no tapete, e pelas áreas gastas do couro, em razão de limpeza frequente ou uso constante, concluiu que o conjunto deveria estar na família havia muito tempo, senão gerações.

As cadeiras das pontas tinham os espaldares mais altos. Não foi difícil presumir que a que dava as costas para uma cristaleira, encostada à parede, era usada pelo dono da casa, o chefe da família. O lugar carregava a pompa de um trono do qual o provedor controlava os seus domínios.

Pelos vidros bisotados da cristaleira, Dornelas viu copos, jarras e garrafas de bebidas diversas. Na parte de cima, havia uma garrafa de cachaça – cuja marca tentou identificar –, uma de *whisky* pela metade, um vaso de barro de motivos africanos e um toco peludo com duas enormes unhas pretas e brilhantes, que apesar de causar uma primeira impressão de estranheza, revelou-se uma canela bovina, na verdade uma bizarra cuia de chimarrão de borda escura e da qual saía um canudo prateado.

Do lado oposto da sala, pendurado na parede, havia um enorme aparelho de TV de tela plana diante de dois sofás e duas poltronas, cuja disposição formava um "U". No meio destes, uma mesa de centro baixa decorada com livros de arte, castiçais de prata e uma planta de folhas escuras. Nas outras paredes, peças de artesanato local e quadros diversos. Nenhum do executivo paulista.

A passinhos de gueixa, o delegado foi ganhando a sala e se aproximando cautelosamente de quatro policiais militares que o viram entrar e murmuravam em torno de uma cena brutal. Com frio na coluna, Dornelas avançou mais um pouco sem sequer notar que um dos PMs vinha na sua direção e lhe dirigia a palavra.

No chão, atrás da mesa, um corpo feminino jazia sobre uma poça vermelha. Nos pés das cadeiras e nas costas do sofá, havia respingos produzidos pelo que presumiu terem sido esguichadas sucessivas de sangue. Numa primeira batida de olho, notou que a compleição não batia com a de Roberta, mas, uma vez que o cadáver estava virado para o lado oposto, em diagonal ao trajeto que ele desenvolvia na sala, foi necessário fazer uma análise mais apurada dos pés, do formato das pernas, das nádegas e das costas, até chegar aos cabelos pretos, longos e lisos para ter certeza de que outra moça, que não sua filha, havia perdido a vida.

Dornelas suspirou profundamente e se sentiu aliviado de um jeito estranho e desconfortável.

Ao estacar diante do corpo, foi tomado por um horror inédito.

Deitada sobre o lado direito, a jovem tinha os braços dobrados diante do rosto e as mãos agarradas a um coração. Fios de sangue escorriam por entre os dedos. A posição da cabeça, levemente inclinada, deu ao delegado a impressão de que ela morreu enquanto rezava. A camiseta branca fora reduzida a trapos empapados de sangue que cobriam parcialmente o torso e partes da bermuda bege.

O rosto estava escondido pelos cabelos ensopados de grumos vermelhos e escuros. Por entre os fios, Dornelas notou grandes hematomas em torno dos olhos e a pele da testa dilacerada, o que dava à fisionomia um aspecto desproporcional e grotesco.

Ajoelhou-se e estudou o rasgo aberto de cerca de um palmo entre as costelas do flanco exposto e presumiu, pela profundidade da incisão, que o coração pertencia a ela.

– Quem ligou para vocês? – perguntou aos PMs à sua volta.

– O vizinho dos fundos, doutor – respondeu um deles, cabo Orestes, segundo o bordado do colete à prova de balas.

– Quem de vocês entrou aqui em primeiro lugar?

Outro deles levantou o dedo em riste sem dizer uma palavra, sargento Otacílio.

– A porta estava aberta ou trancada?

– Trancada, com a chave por dentro – respondeu Otacílio.

– Quer dizer que vocês entraram pela janela?

– Sim, senhor – disse o sargento. – Mas apenas depois de insistirmos muito na campainha.

– Por quê?

A pergunta soou estranha aos PMs, uma vez que todos ali estavam diante de um crime horrendo. Mas a questão em si fazia sentido, uma vez que um policial, mesmo o mais zeloso, não pode simplesmente ir entrando na casa de alguém sem uma ordem judicial ou a autorização do morador ou proprietário. Essa informação era crucial para o futuro do processo judicial. Dornelas estava enxergando a coisa lá na frente. Otacílio não tardou em responder:

– Vimos as pernas da moça pela cortininha de uma das janelas. Como ninguém atendeu, levantei as guilhotinas, entrei e fechei. Destranquei então a porta para meu efetivo entrar.

Entre o satisfeito e o contrariado – pois os PMs certamente salpicaram a porta e a janela com uma infinidade de digitais –, o delegado virou-se sobre os calcanhares e olhou para o vão de ligação entre a antessala e a sala principal. Na mesma parede, alguns metros adiante, havia uma escada para o andar superior e outra porta. Estava fechada. Sob o foco dos PMs, Dornelas caminhou devagar para o lado oposto, observando atentamente todos os detalhes do trajeto, aqui e ali, e cruzou a soleira de acesso para a cozinha, que ocupava metade do terreno nos fundos — a outra metade era aberta para um jardim verde e viçoso, cercado por muros altos.

O ambiente estava limpo, a tampa de vidro do fogão de seis bocas abaixada, apenas um prato sujo e dois copos na pia, nada digno de nota. Avançou por uma portinha, uma despensa, e procurou guardanapos de papel. Encontrou um maço numa das prateleiras, pegou um punhado e voltou para a sala; enfiou boa parte no bolso do paletó, passou pelos policiais e, com apenas um, envolveu a menor área possível da maçaneta da porta — do tipo alavanca — e baixou-a devagar. Ouviu-se o clique da fechadura e ele empurrou a porta com o ombro.

O ambiente estava um breu, uma vez que as folhas de madeira da janela estavam fechadas. Com o guardanapo na mão, procurou um interruptor na parede e, encontrando-o, acendeu a luz. Era um lavabo grande, com pia de mármore de um lado e um vaso com tampa de madeira no outro. Entrou, certificou-se de que a janela estava trancada por dentro, apagou a luz com o guardanapo e saiu.

Parou por um instante, observou tudo à sua volta e cedeu a um desejo repentino de estudar o ambiente em torno da TV. Diante do sofá maior, de três lugares, atentou para quatro almofadas pequenas espalhadas pelo chão e para uma das do assento, a do meio, bastante amarfanhada, justamente a que ficava de frente para o televisor, este distante alguns metros.

A tela negra indicava que estava desligado. No entanto, na prateleira de baixo, havia o receptor do sistema de cabo e um leitor de *blu-ray*, cujos números 00:33 piscavam sem parar. Saiu à procura dos controles remotos e encontrou dois entre as almofadas do assento do sofá.

Voltou à despensa à procura de sacos plásticos entre os produtos de limpeza nas prateleiras mais baixas. Encontrou um rolinho dos de lixo, de 50 litros, arrancou um e voltou para a sala. Descolou as abas, abriu-o, enfiou a mão e envolveu o controle da TV num tipo de luva improvisada. Cuidadosamente apertou o botão *Ligar*, ouviu-se um clique, e a cena congelada de uma mulher de aspecto perverso preencheu toda a tela: pele leitosa, olhar colérico envolto em pesada maquiagem preta, os dentes expostos na boca arreganhada, uma grinalda prateada ornando os cabelos escuros presos em ondas volumosas atrás da cabeça, um véu negro esvoaçante pontilhado de contas prateadas. Uma imagem que ele conhecia bem: a Rainha da Noite da ópera *A flauta mágica*, de Wolfgang Amadeus Mozart.

Dornelas gravou na mente os números que piscavam no leitor de *blu-ray*, buscou o controle do dispositivo, que envolveu em outra parte do saco e ejetou o disco. Com o plástico cobrindo as mãos, saiu à procura da caixinha. Encontrou-a ao lado do aparelho, guardou nele o disquinho e desligou tudo. Com os controles e o filme, deu um nó na boca do saco e encerrou o assunto.

— Quem de vocês está no comando? — perguntou ao grupo de PMs.

— Sou eu, doutor — respondeu Otacílio.

— Ótimo. Chame seus colegas lá fora, por favor.

Otacílio fez um gesto rápido com a cabeça para Orestes e este saiu da sala. Ao ver o policial a caminho da saída, Dornelas voltou-se para ele e completou:

— E feche a porta ao entrar. Não quero ninguém de mutuca por aqui.

Em menos de um minuto, Orestes estava de volta com os dois policiais que vigiavam a entrada.

— O seguinte — disse aos seis PMs que o observavam com desconfiança —, é fundamental que vocês não divulguem, de maneira alguma, para absolutamente ninguém exceto seu comandante, os detalhes do que aconteceu aqui, especialmente a parte do coração. Esse é um caso incomum, de uma família que parece influente. Vamos trabalhar para que a imprensa fique o mais distante possível daqui. Posso contar com vocês?

Dornelas ainda não sabia como, mas instintivamente acreditava que não dizer toda a verdade à imprensa ajudaria não apenas a investigação do caso, como a elucidação do sequestro da filha. Um rasgo de sentimento. Mesmo assim, para ele particularmente, em se tratando da imprensa, quanto maior a distância, melhor.

Murmúrios de "sim, senhor", "tudo bem", "pode deixar" surgiram, e o delegado desvencilhou-se deles e foi olhar o jardim, que não era grande e tinha bons seis metros de muro liso, impossíveis de serem usados como rota de entrada ou fuga sem a ajuda de uma escada alta. Procurou uma no pé do muro, atrás das plantas. Nada.

— Alguém foi para o andar de cima? — perguntou ao dar-se por satisfeito com o lugar.

— Só eu, doutor — respondeu Otacílio. — Nada especial. Duas suítes, um escritório. Ninguém mais em casa.

Os lábios do delegado se esticaram numa risada sarcástica antes de a mente formular um pensamento que considerou o exemplo definitivo da diferença entre a PM e a Polícia Civil: *imagine o que dá para esconder em duas suítes e um escritório!*

Com o saco de lixo em mãos, subiu decidido, firme, porém devagar, atento a algum sinal ou mancha de sangue no chão, na parede ou nos corrimões.

Ao apoiar o pé no último degrau, e, com isso, ganhar o piso superior, o celular tocou. Tirou-o do bolso e leu no visor: SEM ID DO CHAMADOR. Atendeu, ressabiado:

– Alô.

– Delegado Joaquim Dornelas? – soou uma voz masculina de timbre grave, aveludado, em tom calmo e seguro.

– Sou eu. Quem fala?

Um breve silêncio e a voz ressurgiu:

– Saia daí – ordenou o homem, curto e grosso.

Imerso que estava na expectativa de encontrar algo revelador no andar de cima, por um momento Dornelas esquecera da filha. Desacostumado a receber ordens, especialmente de um desconhecido, foi tomado por uma irritação súbita, porém conteve-se por perceber do que se tratava. Resolveu ir direto ao ponto:

– Como está minha filha?

– Bem, lúcida, não sofreu mal algum, por enquanto – respondeu o sujeito, transbordando em ameaças, o que deixou o delegado em alerta vermelho. *Um profissional.* Era preciso lidar com ele com muito tato.

– Posso falar com ela? – rebateu, cautelosamente.

– Agora, não. Apenas saia daí – repetiu a voz, firme e direta.

À irritação, somaram-se desespero e curiosidade, que o fizeram, a um passo de ganhar o piso superior, esticar o pescoço e passar os olhos pelas brechas das portas por onde emanava alguma luz. Não apenas não pôde ver muita coisa, como seu lado paterno entrou em cena.

Resolveu descer.

Os mesmos passos firmes da subida passaram a produzir estalos ritmados nos degraus de madeira na descida.

– Muito bem – parabenizou o homem, friamente.

Dornelas espantou-se com a frase, pois o fez pensar que a casa estava equipada com algum sistema de vídeo por meio do qual o sujeito monitorava seus passos a distância. Passou sorrateiramente os olhos pelos cantos da sala, junto ao teto. Nada. Como não queria desafiá-lo fazendo uma busca detalhada no ambiente, resolveu atender à exigência sem titubear.

– Cheguei ao térreo – sussurrou o delegado, que não queria dar margem para que os PMs desconfiassem de alguma coisa.

– Saia imediatamente da casa e vá para a delegacia. Ligarei em dez minutos para dar mais instruções. Nesse meio tempo, não se atreva a ligar para ninguém: Polícia Militar, Grupo Antissequestro, investigadores, Perícia, IML. Você tem dez minutos e nem um segundo a mais – disse o homem e desligou.

Um profissional de verdade, lamentou em pensamento. Passou então a arquitetar os próximos passos em ritmo frenético. Elaborando uma conta grosseira, sabia que, mesmo correndo, dez minutos da casa à sua mesa seriam uma marca apertada, porém possível.

Sem dar explicações, encarou Otacílio e, com um gesto ríspido da cabeça, pediu para que ele o acompanhasse rumo à saída. Abriu a porta, chegou à rua com o sargento no encalço e disse:

– Preciso ir. Houve um imprevisto na delegacia. Vou chamar a Perícia e o IML e mandar alguém da minha equipe para cá. Mas como estão todos ocupados com outro caso, é possível que demorem um pouco. Cuide da cena do crime até eles chegarem. Não deixe ninguém entrar, nem mesmo os donos da casa. Ligue para o coronel Pires e peça para que ele me ligue dentro de quinze minutos no telefone fixo na delegacia. Quinze minutos – enfatizou, com o dedo em riste. Suava.

Dadas as instruções, Dornelas sabia que o máximo que conseguiria era ganhar tempo, uma vez que Chagas estava ocupado com as pistas na rodoviária, alguns membros da sua equipe com o sequestro, e Dulce, com seu filho. Nesse caso, um plantonista poderia substituí-la, mas isso tomaria mais tempo do que o normal, especialmente por ser uma sexta-feira à noite. Além do mais, o IML ficava em Marealto, no município vizinho. Numa noite sem trânsito, cinquenta minutos, no mínimo.

Do seu lado, Otacílio franziu a testa, não entendeu bulhufas. Ou a desculpa para sair de supetão não colou ou pensava que, se o delegado tinha o telefone à mão, por que não ligar ele mesmo? Dornelas sacou o receio e insistiu:

– Por favor, faça o que digo – quase em súplica. – Apenas isso.

Em silêncio, o sargento fechou a cara, fez que sim com a cabeça, virou-se, entrou na casa e bateu a porta, como uma solteirona melindrosa. Ao vê-lo entrar, Dornelas pensou em pedir para que ele mobilizasse a equipe a fim de estudar o ambiente no detalhe, à procura de alguma câmera. Mas como essa não era uma atribuição da PM e ele não conhecia as habilidades dos policiais em serviço, decidiu fazer de outra forma, outra hora. Além do mais, não queria colocar a vida da filha em risco. Pensou em Solano e logo abandonou a ideia.

O tempo corria. Sem alternativa, saiu ligeiro como um coelho assustado.

Capítulo 4

Ofegante, com o coração às batucadas e à beira de um colapso físico, Dornelas empurrou a porta de vidro no momento exato em que o telefone da recepção começava a tocar. Ganhou o ambiente aos trambolhões e, já da porta, passou a fazer gestos desesperados para Ismênia, a telefonista da noite.

Embasbacada com o espetáculo sofrível de mímica e com o estado deplorável do chefe – o nó da gravata torto na gola, a camisa suada colada ao corpo, respingos de suor pelo rosto e um saco plástico azul nas mãos –, Ismênia puxou o fone do gancho e atendeu visivelmente assustada:

– Polícia Civil de Palmyra, boa noite.

Dornelas postou-se diante da mesa, prendeu o plástico no sovaco, tomou fôlego e fez uma espécie de T com as mãos, um pedido de tempo. Ismênia disse "um momentinho" no bocal, descolou o aparelho da orelha e olhou confusa para o chefe.

– Eu atendo – balbuciou ele, que esticou o braço e apanhou o telefone que a mulher relutantemente lhe passou. – Dornelas aqui.

– Muito bem – disse o homem. – Bem a tempo. Agora preste atenção.

– Um minuto. Vou atender na minha sala. – Devolveu o fone para Ismênia, deu uma espiada no identificador de chamadas – número bloqueado, como imaginara – e, com o saco preso na axila, sumiu pelo corredor. Entrou na sala, fechou a porta atrás de si, jogou o plástico na mesa, apanhou o fone que tocava e disse:

– Vamos lá. – Arriou o corpo na cadeira.

— O senhor é obediente — disse o sujeito, transbordando em sarcasmo.

Dornelas abriu o botão da camisa, desfez o nó da gravata e a puxou da gola como se arrancasse uma espada cravada no pescoço.

— Só quando tenho uma filha sequestrada.

— Esta é uma palavra muito forte. Sua filha não foi sequestrada.

— Então o que significa isso?

— Tirada de circulação, usada como um instrumento de negociação, talvez. — O sujeito adotava um tom muito calmo e ponderado, e, por isso mesmo, assustador. Muito diferente da horda de malandros com os quais o delegado costumava lidar todos os dias.

— Como posso saber que isso não é um trote?

— Não pode.

— Onde está minha filha?

— Em segurança.

— Ela está bem?

— Está.

— Prove.

— Impossível. O senhor vai ter de confiar em mim.

Como numa luta de boxe, Dornelas viu-se preso entre as cordas e tomando murros impiedosamente. Uma situação com que não estava acostumado e, pior, não havia alternativa.

— Qual o valor do resgate? — perguntou numa tentativa infrutífera de livrar-se de uma vez do embaraço. Além do mais, estava impaciente com o papo suave, o rodeio.

— Nem um centavo seu, nem de ninguém. Se o senhor cooperar, ela voltará para casa na hora certa.

A frase o deixou encafifado.

— O que o senhor quer então?

— O seu imediato afastamento das investigações do crime cuja cena acabou de abandonar.

Ficou claro: uma vida por uma morte.

– O crime não pode ficar sem uma investigação. O senhor sabe disso. E uma vez que sou o delegado titular...

O homem cortou antes de Dornelas terminar a frase:

– Deixe de estupidez. O senhor Peixoto será o responsável pelo caso.

– Mas...

– Isso não é uma sugestão, muito menos um pedido. A partir deste momento, o delegado assistente Dorival Peixoto é o responsável por este caso.

– Ou...?

– Ou sua filha morre – completou o sujeito, muito seguro de si.

Dornelas ficou enfurecido e, ao mesmo tempo, apavorado, não com o fato de ter que passar o caso para seu vice, mas pela chantagem a que foi submetido. Tremia. Respirou fundo, procurou acalmar-se e retornou à linha:

– É complicado de fazer.

– Mas não impossível.

– Não, não é, mas meu chefe...

– Dane-se seu chefe – esbravejou o sujeito. – Entenda uma coisa, e digo isso pela última vez: ou você sai do caso ou sua filha já era.

Bateu o telefone.

★

Atônito, o delegado ficou com o aparelho no ar por um instante antes de colocá-lo no gancho e ouvi-lo tocar mais uma vez. Atendeu. Era Ismênia avisando que coronel Pires estava na linha.

– Dornelas? – perguntou o PM, nitidamente irritado.

O delegado fincou os cotovelos na mesa e passou a coçar a testa com a mão livre.

– Diga, Pires.

– O que está acontecendo? Otacílio ligou dizendo que você abandonou a cena do crime, não deixou ninguém no lugar e ainda pediu para que eu ligasse para você em quinze minutos. É algum tipo de brincadeira?

Os dedos trêmulos desceram da testa e apertaram os olhos com sofreguidão. Respirou fundo e disse:

– Há quanto tempo nos conhecemos, Pires?

Um silêncio. O coronel fora pego de surpresa.

– Hum... vinte anos? Por que a pergunta?

– Você acha que é tempo suficiente para eu confiar um segredo a você?

– Acredito que sim – respondeu Pires, hesitante.

– Minha filha foi sequestrada hoje no começo da noite – disparou o delegado.

– Nossa Senhora...

Dornelas prosseguiu:

– Quando recebi sua ligação sobre os gritos de uma moça no Centro Histórico, pensei nela. Corri para lá. Não era, mas sim uma menina com idade próxima da de Roberta. E da de sua filha também. O coração foi arrancado do peito, Pires. Um horror.

– Foi o que disse Otacílio.

– Pois é. Preciso da sua ajuda nessa.

– Basta dizer.

– Bem, a partir de agora, Peixoto será o responsável por este caso. Vou me concentrar no sequestro da Roberta. Enquanto isso, pedi aos seus homens, e peço que reforce isso com eles: não vazem detalhes do caso para a imprensa, especialmente a parte do coração arrancado.

– Deixe comigo. Vou já para lá. Cuidarei disso pessoalmente.

– Obrigado. Pedi também que preservem a cena do crime até o IML e a Perícia chegarem.

– Você já os chamou?

– Já, mas, como estão ocupados, devem demorar um pouco.

Mentira da boa, pensou. Achou por bem não revelar todo o ardil ao coronel.

– Mais uma coisa. Não comente minha situação com ninguém – arrematou.

– Conte comigo para o que precisar.

Até mais, passar bem. Desligaram.

★

Dornelas colocou o fone no gancho e buscou no celular o número de Amarildo Bustamante, seu chefe e diretor da Seccional. Se alguém devia saber do que estava acontecendo antes que as aves de rapina da imprensa cravassem as garras no caso, esse alguém era ele.

– Boa noite, Joaquim. Que novidades você me traz num final de sexta-feira?

– Nada boas.

Do outro lado da linha, Amarildo limpou a garganta.

– Diga. Estou preparado.

Dornelas contou toda a história, do atentado na rodoviária ao sequestro, o crime no Centro Histórico, o coração, a ligação do sequestrador, sua situação. Um desabafo geral que lavou sua alma completamente.

– O que você pretende fazer? – perguntou Amarildo.

– Estou numa sinuca. Não posso assumir a investigação, senão minha filha morre. Ao mesmo tempo, tenho medo de dar um caso dessa dimensão para o Peixoto. Está muito claro que tudo que o sequestrador quer é que não encontremos o culpado. O envolvimento dele como cúmplice, ou mesmo como o próprio assassino, deixa isso evidente. Com Peixoto à frente do caso, é possível que a imprensa seja alimentada com muita espuma e nada mais aconteça. E eu, como chefe dele, acabe ganhando a pecha de incompetente.

– E quanto a chamar o Grupo Anti-Sequestro para tratar do caso da sua filha?

– Fora de questão. O sequestrador é um profissional. Quando souber que fiz isso, mata Roberta.

– Você está dizendo que devemos conduzir uma investigação sem o objetivo de apanhar o culpado?

Dornelas ficou mudo, matutou um pouco e disse:

– Existe uma via alternativa – respondeu em tom reflexivo. – Podemos conduzir duas investigações, uma paralela, extraoficial.

– Explique-se.

– Designo Peixoto e um pedaço da minha equipe para fazer uma investigação normal, com direito a coletiva de imprensa e tudo o mais. Coisa para inglês ver. Enquanto isso, conduzo outra, das sombras, nos bastidores, apenas com Solano. A imprensa vai seguir Peixoto e tudo o que ele descobrir. Obviamente, trilharemos caminhos distintos. O tempo passa, Peixoto patina, o caso esfria nos jornais e minha filha é solta. Quando isso acontecer, faremos uma reviravolta e prendemos o culpado.

– O plano é bom se sair como você imagina. E se Peixoto tiver sucesso? Você pensou nessa possibilidade?

– Já e acredito que as chances são remotas. Pelo pouco que vi até agora, este caso apresenta detalhes sobre os quais ele vai passar batido. Tenho certeza disso. Além do mais, preciso conduzir uma investigação paralela.

– Por quê?

– Se não prendermos o culpado, é o meu rabo que está na reta. Não o dele.

– Você tem razão quanto a isso. – Amarildo fez uma pausa reflexiva que Dornelas, por bem, resolveu respeitar. – Alguma suspeita?

– Nada ainda. Apenas o fato de que a casa é de propriedade de um figurão da Maçonaria.

– Como você chegou a essa conclusão?

– Os símbolos são claros. Não apenas na fachada, os desenhos geométricos...

– Mas muitas casas em Palmyra são assim – interrompeu o chefe. – Faz parte da história da cidade, da herança com a Ordem.

– Sei disso. Mas sobre a mesa da sala de jantar havia uma escultura imponente em bronze de um cinzel e um malhete sobre uma pedra bruta. Aposto uma cerveja como, num dos cômodos no andar de cima, deva existir uma espada com a lâmina ondulada. No escritório, talvez. Além disso, o leitor de *blu-ray* estava ligado numa imagem congelada de A *flauta mágica*, de Mozart.

– E o que isso significa?

– Mozart era maçom e compôs a peça pouco tempo antes de morrer, numa época em que a Maçonaria era perseguida pela imperatriz Maria Teresa, da Áustria.

– De música clássica você conhece mais do que eu.

Dornelas fez um silêncio complacente. Amarildo prosseguiu:

– Qual a ligação dessa ópera com a Maçonaria?

– Total. Os símbolos estão ocultos na letra e na música, o tipo de homenagem à Ordem que os maçons apreciam.

– Entendo – disse Amarildo, em tom reflexivo.

– Além do mais – resolveu completar Dornelas –, a cena estava congelada aos 33 minutos do filme.

– O número 3, sagrado para a Maçonaria – disse Amarildo num sussurro.

– Alguém poderoso da Ordem mora ali.

– Compreendo – disse o chefe, pensativo. Dornelas sentiu uma espécie de calafrio por causa disso. – Caso tudo se confirme, peço que aborde essa gente com muito tato. Os laços da Maçonaria com a polícia são antigos e muito fortes.

– Sei disso também. Por essa razão, não acredito que um maçom tenha cometido o crime.

– É possível.

– O que faço, então?

– Siga com o seu plano, com cautela, na sombra, como você bem sugeriu – arrematou Amarildo. – Entendo que sua filha esteja em perigo, mas isso não significa que você, muito menos a delegacia, devem ficar reféns de quem quer que seja.

– De acordo – concluiu Dornelas.

Cumprimentaram-se e desligaram.

★

Ansioso para saber se Lotufo havia capturado o motociclista, Dornelas passou a mão no telefone e ligou para a sala dele. Nada. Ligou para a recepção. Ismênia disse que o investigador não dera as caras desde que saíra para a rodoviária. Não quis tentar o celular. Se o subordinado estava em campo, uma chamada telefônica poderia atrapalhar, se não denunciar sua posição. Deixo-o trabalhar em paz. Desligou. E com o dedo preso ao botão, alimentou a esperança de Solano ter voltado com o motorista do ônibus. Discou o ramal dele. Surpreendeu-se. Solano atendeu no segundo toque:

– Pois não, doutor.

– Dê uma passada aqui. Preciso falar com você.

O investigador pediu um minutinho a Aristides, circundou a mesa e foi para a sala do chefe.

– O que você descobriu com o motorista do ônibus? – perguntou Dornelas ao vê-lo entrar.

– Não muito. Mas ele está apavorado, o que me leva a crer que esconde alguma coisa. Vou espremê-lo mais um pouco para ver o que sai.

Um esboço de raciocínio formou-se na mente do delegado.

– Tive uma ideia. Pode funcionar. Volte para sua sala. Vou logo atrás.

Solano encarou o chefe à procura de alguma pista do que ele maquinava. Nada. No limbo, deu meia-volta, ganhou o corredor, sua sala, a mesa, largou-se na cadeira, fez cara de susto e passou a cofiar a eterna barba de três dias com as costas da mão. Aguardou em silêncio.

Por sua vez, Aristides observou a ida, os murmúrios na sala vizinha e a volta; e sentiu o peso do silêncio com o mesmo olhar desesperado de um rato confinado a um canto, prestes a levar uma sapatada.

De repente, ouviu o baque de uma porta se abrindo, o deslocamento de ar que chacoalhou as divisórias, passos firmes no corredor, e o delegado irrompeu na sala como que dando patadas no chão.

Dornelas sentou-se na cadeira ao lado, montou uma postura intimidadora das mãos sobre os joelhos e, sem dizer uma palavra, grudou os olhos nos do motorista. Ficou nisso por uns bons minutos, imóvel, em silêncio, os vincos profundos entre as sobrancelhas, os olhos fixos de uma expressão dura, severa, carregada de uma mistura de pai ferido com delegado implacável. Desconcertado, acuado, Aristides foi tomado por um ímpeto animal de correr dali. Impossível. O sujeito permaneceu quase que colado ao assento, paralisado, apenas com os olhinhos negros se movendo freneticamente à procura de escora. Primeiro fugiram para Solano – que recuou na cadeira –, depois para o chão, o teto, voltou ao delegado e foi parar no pinguim de porcelana sobre um dos arquivos.

O investigador alternava a atenção entre o chefe – fixo em seu olhar frio e penetrante – e Aristides, cujo pavor parecia fazê-lo encolher no lugar.

Em dado momento, sem aviso, Dornelas desfez a pose, levantou-se e foi embora; um vácuo, interpretado por Aristides como se o ar disponível na sala expandira-se.

Solano, conhecedor das artimanhas do chefe, fez cara de espanto – o que deixou o motorista ainda mais apavorado –, levantou-se e foi atrás de Dornelas. Entrou na sala deste e fechou a porta.

– Sente aí – disse o delegado, apontando para as cadeiras de visitas com um gesto da cabeça. Recostou-se na sua e prosseguiu: – Houve outro crime esta noite. Um horror. Vamos montar duas investigações para lidarmos com este e com o sequestro da minha filha. Uma oficial, outra paralela, secreta. Preciso de você.

Capítulo 5

Sem deixar um fio solto sequer, o delegado contou tudo para Solano, seu braço direito.

— Quero você como meus olhos nessa investigação. Não perca um detalhe, nada. Acompanhe o Peixoto, mas não se empenhe ao máximo. O que você descobrir e achar relevante revele apenas para mim.

O investigador olhou-o de modo desconfiado. O pedido gerou nele um incômodo constrangedor. Dornelas notou e deixou passar, pois resolveu dar fim ao raciocínio:

— Não posso largar uma investigação desse porte inteiramente nas mãos do Peixoto. Você sabe...

Solano pescou a desconfiança no ar, uma vez que também ele não confiava na capacidade do delegado-assistente de resolver um caso que dava mostras de ser complexo. Mas, como subordinado também a este, não lhe sobraria alternativa a não ser seguir suas ordens também.

— Vou colher as minhas evidências do lado de cá, do jeito que der — prosseguiu o chefe. — O importante é dar ao sequestrador a impressão de que estou anulado, de fora.

Solano compreendeu a extensão do pedido e sentiu o peso da imensa responsabilidade cair sobre seus ombros. Ficou nitidamente nervoso ao ver-se no papel de agente duplo. Uma coisa era trabalhar ao lado do delegado, dar suporte e seguir suas diretrizes. Outra era incorporá-lo de tal forma como se ele mesmo estivesse presente em cada momento, cada detalhe de todo o processo. Mas o duro mesmo seria fazer isso sob a batuta do delegado assistente, alguém que, na sua visão, não passava de um lambe-botas.

Dornelas captou a aflição do subordinado e resolveu intervir de um jeito paternal:

– Não esquente se a coisa der errado. Quem responderá por isso sou eu e apenas eu.

– É que...

Dornelas ceifou o resto da sentença:

– Siga em frente, que eu o apoiarei no que precisar. Doutor Amarildo está ciente e aprovou essa estratégia.

Essa última frase deixou Solano mais calmo, porém ainda tenso. Procurou apoio nos olhos do chefe e se frustrou. Dornelas já estava beliscando um canto da boca, sinal de havia voltado para dentro de si e que a pequena reunião havia terminado.

– Vou apertar o Aristides – disse ele, pondo-se para fora da sala.

– Faça isso – anuiu o delegado, que aproveitou e perguntou: – Peixoto está aí?

– Foi para casa, doutor.

– Chame-o imediatamente. Minha filha está trancada em alguma maloca e o coração daquela menina está apodrecendo sobre o tapete. Não há tempo a perder.

★

O telefone não tocava. Os ponteiros do relógio pareciam estar colados no visor. O tempo pareceu expandir-se, uma sensação recorrente em momentos de tensão. Peixoto deu as caras depois do que pareceu uma eternidade.

– Boa noite, doutor – disse o delegado assistente ao abrir a porta e postar-se na soleira.

– Sente-se.

O homem colocou o corpo magro e desengonçado para dentro da sala e, cautelosamente, ocupou uma das cadeiras de visitas.

– Minha filha foi sequestrada hoje à noite – disse Dornelas, na lata.

– Quando? Onde? – perguntou de modo teatral, o vice.

Sem paciência para entrar em rodeios, Dornelas não se deu ao trabalho de responder. Apenas disse:

– Vou passar um caso importante para você. Preciso me concentrar na situação da Roberta.

Peixoto iluminou-se todo e logo procurou esconder o que parecia um *show* pirotécnico em noite de ano-novo. Não queria dar a impressão de que colocava o sequestro da filha do chefe em segundo plano, mesmo que intimamente sentisse exatamente isso. As engrenagens da mente começaram a maquinar possibilidades excitantes. Com um filho pequeno para alimentar, a oportunidade de resolver um caso importante aumentaria o valor do seu passe para voos mais altos dentro da Polícia Civil. Além disso, não apenas o ensejo o permitiria provar a si mesmo – e ao mundo – seu enorme talento investigativo, como o tiraria da esmagadora sombra do chefe.

Mesmo imóvel na cadeira, o sujeito vibrava por dentro, parecia exalar a afoiteza de um adolescente na primeira noite com uma mulher. Dornelas não chegou a irritar-se com isso. Tinha coisa mais importante a pensar do que se fixar em intrigas profissionais. Por outro lado, preferia manter um delegado assistente parcialmente inapto, porém honesto, do que um espertalhão corrupto que poderia sujar sua reputação e a da delegacia de Palmyra.

Pacientemente, explicou-lhe os detalhes do crime no Centro Histórico, entregou-lhe o saco plástico com os controles e o filme – que pediu de volta assim que possível – e o instruiu a enviar tudo à Perícia. Dali por diante, o homem estaria por conta própria, pronto para alçar voo solo assim que cruzasse a soleira, o que não significaria, absolutamente, liberdade total. Estava implícito no acordo que ele manteria o chefe informado sobre cada passo da investigação. Assim ditava o protocolo. Porém, num lance astuto e uma boa dose de jogo de cintura, Dornelas arrematou:

— Caso você se sinta mais confortável, e digo isso como uma sugestão que passou assim de relance pela minha cabeça, mantenha Solano perto de você, a par do caso. Ele pode passar as informações para mim e você fica mais livre para tocar as coisas a seu modo. O que acha?

O delegado assistente não podia acreditar na oferta. Ganhar um caso importante e ainda não precisar dar satisfações diretamente ao chefe era muito mais do que ele esperava. Respondeu exultante:

— Ótima ideia!

Ver Peixoto morder a isca que ele habilmente jogara deixou Dornelas com o espírito renovado. A primeira alegria da noite. Sob sua perspectiva, merecida. Afinal de contas, ele não estava montando uma armadilha para o delegado assistente, apenas criando um plano de ação e contenção caso essa investigação oficial fizesse água. Sua fé fora depositada nessa hipótese, pois isso asseguraria a vida da filha, seu futuro e sua carreira. Como Dornelas conhecia a capacidade de Peixoto de manter a imprensa acesa com muito pouco, a chance desse plano dar certo era grande. Se a coisa acontecer desse modo, findo o caso, Peixoto ganhará um tapinha nas costas e tudo fica como está.

— Ótimo. Como ficarei concentrado no sequestro, além do dia a dia da delegacia, vou precisar pouco dele. Assim Solano vai ter tempo livre para ajudar você também.

— Feito — Peixoto pôs-se de pé num salto e esticou o braço sobre a mesa. — Vou já para a cena do crime tomar pé da situação.

Dornelas levantou-se e fechou o ato num aperto efusivo de mãos.

— Boa sorte para você.

— Para o senhor também. — Peixoto girou sobre os calcanhares em direção à saída e antes de cruzar a soleira, disparou: – Que dê tudo certo com a Roberta.

Resignado, Dornelas encolheu os ombros, largou-se de volta na cadeira e disse com um meneio da cabeça:

– Feche a porta ao sair, por favor.

Antes disso, Dornelas gritou, de supetão:

– Peixoto!

Já puxando a porta atrás de si, o homem abriu-a novamente e voltou para a sala, meio impaciente.

– Sim, doutor.

– Mais uma coisa. Veja com a Guarda Municipal para que o rabecão chegue até a porta da casa. Não quero saber de caixão circulando pelo Centro Histórico.

– Deixe comigo.

Peixoto virou-se e saiu, largando a porta aberta.

★

Duas batidinhas, um "pode entrar" e Lotufo irrompeu na sala minutos depois.

– Doutor Peixoto está todo pimpão dizendo que o senhor passou esse caso do Centro Histórico para ele. É isso mesmo, doutor?

Como se estivesse diante de um tabuleiro de xadrez, em que cada peça recebe uma instrução precisa e intransferível, Dornelas respirou fundo e, calmamente, não apenas confirmou a informação, como contou ao subordinado apenas a parte da investigação que garantiria a operação do delegado assistente. A participação de Solano como agente duplo foi sumariamente omitida.

– É preciso que vocês peguem quem fez isso o mais rápido possível – disse Dornelas procurando dar um fim ao tema. Com diferentes versões da mesma história circulando na delegacia, ele intimamente se comprometeu em redobrar a atenção a partir daquele ponto. Tudo o que queria era evitar o tropeço nas próprias mentiras e, com isso, minar a credibilidade conquistada com sua equipe. A estratégia era desviar do assunto. – Voltando ao sequestro da minha filha. Pegou o homem da moto?

Lotufo pesadamente fez que não com a cabeça.

– Sinto muito, doutor. Segui as diretrizes que os médicos me deram, mas não foi o suficiente. O sujeito entrou nas ruelas do bairro das Laranjeiras e eu o perdi. Aliás, eu nem cheguei a vê-lo.

No fundo, mesmo consciente do próprio empenho, Lotufo sentiu-se mal por decepcionar o chefe num caso tão sensível e especial a ele. Dornelas, astuto, e mesmo cansado, percebeu isso:

– Tudo bem – disse enquanto a palavra *merda* cruzava sua mente. – Vou dar uma olhada nos arquivos para ver se consigo identificar o sujeito. A digitalização do acervo já terminou?

– Até onde eu sei, não. Falta uma parte considerável – respondeu o investigador.

O delegado esfregou os olhos por desânimo, não com sua equipe, que era competente e unida, mas com a constante falta de verba, que não lhe permitia ter acesso a tecnologias mais modernas. Não queria nada especial como o aparato sofisticado dos seriados de TV americanos, apenas o arroz com feijão: fichários, fotos, impressões digitais, tudo digitalizado.

– Paciência – lamentou. – Depois vejo isso. Não estou com cabeça agora.

Lotufou ficou lá, de pé, sem saber o que fazer, embora condescendente com as reclamações do chefe. Aguardava uma instrução, a qual veio no segundo seguinte:

– Peça para Solano vir com o motorista do ônibus, por favor.

Reanimado como o acender de uma lâmpada, o investigador respondeu sem titubear:

– É pra já. – Virou-se e saiu.

★

Aristides entrou de mansinho, olhar baixo, como se tivesse a palavra "CULPADO" escrita na testa. Solano vinha logo atrás. Dornelas apontou para uma das cadeiras diante da mesa. O homem ajeitou-se com cautela enquanto estudava o ambiente.

– Quer que eu fique, doutor? – perguntou o investigador ainda em pé.

O chefe fez que sim com a cabeça. O subordinado sentou-se na cadeira ao lado. Dornelas então consultou o relógio, fincou os dois cotovelos na mesa, encarou o motorista e disse gravemente:

– Senhor Aristides, são quase 2 da madrugada. Minha filha está presa num casebre por aí e não vou descansar enquanto não conseguir tê-la de volta, viva e bem. Vamos acabar com o rodeio, de uma vez por todas. É sua última chance.

Aristides tinha a expressão vidrada de um ursinho de pelúcia. Intimamente estava longe. Embora mirassem naquela direção, seus olhos não se fixavam nos do delegado. De súbito retornou, soltou os ombros, baixou a cabeça, apertou a boca no rostinho rechonchudo, respirou fundo e sussurrou:

– Mil e quinhentos reais, doutor.

Dornelas endireitou-se na cadeira e afiou os ouvidos.

– O que disse?

– Recebi mil e quinhentos reais para fechar a porta do ônibus assim que a menina saísse.

Tendo confirmada a suspeita de sequestro, engendrado pelo que parecia um plano ardiloso, a alma do delegado naufragou num mar de lama, íntimo e pessoal. Numa parte da mente, mantinha a esperança de que tudo não passava de um mal-entendido, de que a filha apareceria a qualquer momento, cruzaria a soleira com um sorriso no rosto. Ingenuamente, agarrou-se a essa possibilidade com afinco. Aristides, a seu modo, incinerou-a por dinheiro. Sob o peso da verdade, Dornelas rebateu de um jeito desanimado e triste:

– Quando? De quem?

– Antes de partir, no Rio de Janeiro... de um sujeito que nunca vi antes.

– O que mais?

– Mais mil e quinhentos assim que chegasse.

– De quem? – retrucou num rosnado.

– Não sei. A instrução que recebi era de que um sujeito me abordaria aqui em Palmyra. Ele estaria num Café em frente à rodoviária.

Dornelas ficou pasmo com a informação, pois isso significava que o sujeito que pagaria Aristides estava no mesmo ambiente que ele, no mesmo horário, talvez numa das mesas ao lado. Vasculhou a memória à procura de alguma fisionomia. Nada. Não chegou a repreender-se por isso; o dia havia terminado e ele sentia-se relaxado, com a atenção voltada apenas para o relógio e o jornal.

– Você pode reconhecer o homem do Rio de Janeiro? – perguntou.

– Difícil. Ele usava boné e óculos escuros.

– Como você aceitou uma oferta assim, de um desconhecido? – perguntou Solano, embasbacado com o absurdo que acabara de ouvir. Aristides virou-se para ele.

– E por que não? Era apenas para fechar a porta depois que ela saísse. Nunca imaginei que a menina seria sequestrada e muito menos que era a filha do delegado!

Dornelas balançou a cabeça e pensou: *Três mil reais para fechar uma porta. Qual será o preço de uma vida?* E lamentou a distorção de valores do mundo moderno, em que o ser humano é comercializado como um item de supermercado. Lembrou-

-se da jovem brasileira que leiloou a virgindade pela internet e chegou a receber um lance milionário de um sujeito do outro lado do planeta.

— Depois de o senhor ter fechado a porta, chegou a ver para onde ela foi?

— Não, senhor. Mesmo que não tivessem oferecido um centavo, eu a teria fechado mesmo assim. Fiquei tão assustado com a confusão, o bate-boca, o tiroteio, os passageiros agitados, gritando, que não pensei em mais nada.

O delegado calou-se por um instante e repassou rapidamente os eventos da rodoviária na mente, primeiro do local onde ele mesmo estava e depois sob a perspectiva de Aristides, detrás do volante. Concluiu que a encenação fora executada com tamanha precisão, que a operação devia contar com o apoio de alguém de fora do ônibus, próximo ao veículo, para orquestrar todo o episódio. Se sua teoria estivesse correta, e a intuição apontava fortemente nessa direção, Aristides não passava de uma peça cega em todo o conjunto, um mero porteiro que não tinha necessidade alguma de saber como o resto da operação tomaria forma, nem antes nem depois da sua participação. Pior: foi essa pessoa que abordou Roberta e a tirou de cena. O mais curioso é que ninguém nas redondezas percebeu nada incomum além do atentado no semáforo, o que significava que sua filha fora abordada e abduzida sem alarde, confusão ou gritaria. Isso o intrigou.

— O que mais?

O motorista soltou um bufo e levantou os braços no ar.

— Nada, doutor. Sinto muito. Eu jamais pude imaginar que estava participando de uma coisa dessas. Se soubesse que a vida da menina estaria em risco, não teria aceitado. Mas o senhor sabe, dinheiro é dinheiro.

Essa última frase fez aflorar em Dornelas uma raiva primal pelo sujeito, o que o impeliu a querer jogá-lo na cadeia e deixá-lo apodrecer por uma década. Mas como não queria descer ao nível de um criminoso, muito menos ao de um idiota que nada enxergava além do valor do dinheiro, virou-se para ele e perguntou:

— Você tem passagem pela polícia?

Aristides fez que não com a cabeça, em evidente pavor impresso no olhar. O delegado virou-se para Solano:

— Pegue o depoimento dele, fiche-o como cúmplice e o libere. — voltou para o motorista e rosnou: — Você vai deixar de ser réu primário, meu velho. Na próxima, é xadrez.

Fez um gesto ríspido com a cabeça, o que para Solano significava tirar Aristides da sala o quanto antes. E assim foi feito.

Dornelas então levantou-se para esticar as pernas e espairecer um pouco.

★

Mal pôs a mão na maçaneta e o celular tocou.

— Coração?

A voz de Dulce.

— Está acordada — disse surpreso e se sentiu meio idiota o delegado. Perdoou-se em seguida. Afinal de contas, ele nunca recebera a ligação de uma mulher fazendo juras de amor às 2 da matina.

— Fui acordada. Acabei de receber a ligação de uma plantonista dizendo que Peixoto acionou o IML por causa do homicídio de uma adolescente no Centro Histórico. Não é...?

Dulce media as palavras. Dornelas sabia o resto da frase e foi logo dizendo:

— Não é Roberta. Mas é um crime horrendo.

— Ufa! — desabafou ela de um jeito inocente. — Vou designar

a melhor plantonista para cuidar disso. Não posso agora. Estou aqui... Luciano.

Em poucos segundos Dornelas pensou na sua situação, e também na de Roberta, Peixoto, Lotufo e Solano – por Deus, na de Caparrós também e se sabe lá para onde mais iria sua teia de mentiras. Concluiu que a participação da namorada seria de grande e inestimável valia em todo o processo. Resolveu explicar a estratégia inteira para ela.

– Se você puder fazer essa necrópsia, me ajuda demais. Além disso, mal consigo pensar de tanto cansaço. Preciso dormir nem que seja por algumas horas.

– Venha para cá – disparou Dulce, sem titubear. – Vamos fazer a troca da guarda. Vou me arrumar enquanto você chega. Te amo demais.

Desligou de um modo decidido e, ao mesmo tempo, tão carinhoso que Dornelas sentiu-se amado de um jeito novo, direto, afirmativo, construtivo, sem a manipulação muitas vezes oculta nos chamegos e nas palavras melosas. Sem saber, Dulce desbravara um espaço novo em seu coração e fincara bandeira ali; um lugar até então desconhecido que ele jamais pensou existir, abrindo todo um rol de novas e instigantes possibilidades.

Como se um ar mais puro passasse a fluir em seus pulmões, Dornelas chegou a sentir uma ponta de felicidade, um sentimento dissonante do seu estado de espírito. A conexão estabelecida com Dulce no momento de grande desespero, talvez a maior prova de amor que ele jamais tivera em toda a vida, foi a responsável por isso.

Colocou o fone no gancho e foi para casa, profundamente tocado.

Capítulo 6

Era uma mesa enorme. Dulce estava sentada numa cadeira à sua esquerda, Solano à direita, Peixoto numa ponta, Amarildo na outra. Luciano e o resto da equipe nas cadeiras ao redor.

Dornelas olhou em volta e se sentiu confuso por ver que todos tinham algum objeto nas mãos, menos ele. Em dado momento, o grupo embalou uma cantiga:

Escravos de Jó, jogavam caxangá.
Tira. Põe. Deixa ficar...
Guerreiros com guerreiros fazem zigue-zigue-zá.
Guerreiros com guerreiros fazem zigue-zigue-zá.

Seguindo o som e o ritmo da música, cada um em volta da mesa recebeu o objeto do vizinho da esquerda e o passou ao da direita. Pelas mãos do delegado passaram um capacete de motocicleta, um revólver, dois controles remotos e um *blu-ray* de *A flauta mágica*, de Mozart. Assim que Dulce se preparava para entregar-lhe um coração humano pingando sangue, um telefone começou a tocar. A brincadeira parou de repente. Dornelas ficou irritado com a interrupção. Não queria abandonar o jogo para atender a ligação, mas o telefone tocava sem parar.

Vendo que ninguém se mexia, resolveu agir. Num processo desconfortável de metamorfose, esticou o braço devagar e, com isso, foi abandonando a comodidade do mundo etéreo para gradativamente tomar posse do físico. Apanhou o aparelho, colou-o de qualquer jeito na orelha, grunhiu e escutou:

– Pai?

Dornelas estrebuchou na cama como se tivesse levado a carga de um desfibrilador cardíaco. Num salto, sentou-se, perplexo.

– Roberta?

– Fugi, pai. Fugi – sussurrou a filha, tensão na voz, à beira do choro.

– Onde você está?

– Num bar em Marealto.

Ao fundo ouviam-se batidas surdas de música ambiente.

– Está ferida?

– Não, estou bem.

Um bolo de perguntas se formava na mente, o que entupia o fluxo do raciocínio conforme o sono era deixado à força para trás e os pensamentos ganhavam velocidade. Em dado momento, a porção delegado apoderou-se dele. Procurou ser prático e racional.

– Você está num lugar seguro?

– Acho que sim. É um bar legal.

– Qual o nome?

A voz da filha ficou distante e logo retornou.

– Sonífera Ilha.

– O endereço.

Ela repetiu em tom de pergunta – certamente consultava alguém ao seu lado – voltou à ligação e disse. Dornelas esforçou-se para gravá-lo na mente.

– Ok. Não saia daí. Vou ligar para alguém da polícia de Marealto ir buscar você. Com certeza vão chegar antes de mim.

– Tudo bem.

– Fique aí. Vejo você em quarenta minutos, uma hora.

Desligou. Olhou o relógio: 3h48. Discou 190, identificou-se e passou as coordenadas da operação. Foi informado de que o atendimento demoraria, pois todo o efetivo da PM estava ocupado atendendo diversas ocorrências no município. Agradeceu, desligou e procurou no celular o telefone de Waldomiro Miranda, delegado-titular da Polícia Civil de Marealto. Uma voz masculina e pastosa surgiu:

– Ahã!

– Miranda?

– Quem fala?

– Dornelas aqui.

– Dornelas?

Certamente fora pego no mundo dos sonhos também.

– De Palmyra, Miranda.

– Claro, claro. Diga, o que houve?

– Minha filha foi sequestrada, mas fugiu. Está num bar aí em Marealto. Você pode mandar alguém buscá-la imediatamente? Vou demorar pra chegar.

– Sem problemas. Qual o endereço?

Dornelas foi logo dizendo. Miranda pediu um tempinho. Procurava onde anotá-lo. Dornelas então completou:

– Por favor, diga para quem for buscá-la me ligar assim que estiver com ela. Anote meu celular.

Miranda tomou nota.

– Pode deixar. Vou cuidar disso.

– Obrigado.

Assim que Dornelas se preparava para desligar, o delegado de Marealto perguntou:

– Mais uma coisa. Como é sua filha?

– Quinze anos, 1,70 de altura, cabelos castanhos compridos, olhos castanhos, pele clara. Ela certamente vai abordar seu investigador quando ele chegar.

Combinado, um abraço. Desligaram.

Intimamente, Dornelas tinha um pé atrás com Miranda, não por sua competência, que era inegável, mas pela lentidão e relutância em tomar decisões, principalmente as espinhosas. Mas como o assunto fora passado sem desvios, relaxou.

Pulou da cama, acordou Luciano e o instruiu para que se vestisse rápido — não podia deixá-lo sozinho. Vestiu-se ligeiro, saíram para a rua e entraram no carro. Bendita decisão de voltar para casa com ele e não a pé, como de costume.

★

Não foi preciso zanzar muito para encontrar o bar onde Roberta disse que estava. O pisca-alerta de uma viatura estacionada diante do endereço, numa avenida conhecida, facilitou bastante. Dornelas largou o carro de qualquer jeito no meio fio e desceu apressado. Tomado pelo sono e por certo espanto por participar de uma operação policial de verdade, Luciano foi mais lerdo, porém curioso.

Roberta estava sentada numa das mesas no terraço que davam para a rua, a do canto, acompanhada de um homem mais velho, certamente o investigador da equipe de Miranda, o sujeito que ficou de ligar e não ligou. A menina tomava um suco de laranja após ter devorado o que parecia um sanduíche, pois no prato havia um saquinho de papel rasgado, uma folha murcha de alface e uma grossa rodela de tomate.

Assim que o viu, e antes mesmo que este terminasse de subir o lance de escadas, Roberta levantou-se num salto, saiu correndo e se jogou nos braços do pai. Ao senti-la aninhada ali, a cabeça colada ao peito, diante do coração apertado, o delegado esforçou-se ao máximo para conter o choro. Não pôde evitar, contudo, os olhos marejados.

Pai e filha. Delegado e vítima. A coisa toda criou uma confusão psicológica para Dornelas. Os papéis de pai e de delegado passaram a misturar-se em manobras emocionais descontroladas, como se alguma divindade poderosa o tivesse colocado diante de um imenso jogo de espelhos; ele, um fantoche articulado por mãos gigantes e invisíveis. O distúrbio trouxe um desespero repentino que foi hábil e rapidamente escamoteado.

Enquanto mantinha a filha num abraço apertado e caloroso, a mente dava contornos realistas à cena: uma operação policial tradicional, um investigador de polícia desconhecido e uma imagem a zelar: a própria.

Mas quando Luciano terminou o lance de escadas e se juntou aos dois no abraço, a fusão aconteceu: pai e delegado viraram um só. Adeus ao conflito de papéis. Pela primeira vez na vida, Dornelas sentiu-se um homem completo, quase completo, na verdade. Faltava Dulce.

Transformado, desvencilhou-se dos dois e foi na direção do investigador, que aguardava de pé ali ao lado, o momento certo para cumprimentar o delegado de Palmyra.

– É um prazer – disse Dornelas enquanto apertava efusivamente a mão do sujeito. – E muito obrigado.

– Disponha, doutor.

– Qual o seu nome?

– Sampaio. Marcos Sampaio.

Dornelas deu um tapinha cordial no ombro do sujeito e se voltou para a filha.

– Você está bem?

A menina fez que sim com a cabeça.

– Diga o que aconteceu, desde o começo, da saída do ônibus.

Roberta repetiu a história de Luciano. Ao atingir o ponto em que saíra do veículo, acrescentou:

– Assim que ouvi os tiros, procurei me esconder na frente do ônibus. Não demorou e uma policial me abordou.

– Militar ou civil? – perguntou Dornelas, cismado.

– Civil. Ela usava um colete à prova de balas, óculos escuros e tinha uma pistola no coldre, na cintura.

– Ela?

– Sim, uma mulher.

Dornelas pensou em Jaqueline.

– Como era?

– Morena, cabelos curtos... Lembro de uma pinta escura na bochecha direita. Mas havia alguma coisa que não me convencia nela. Não sei dizer.

Jaque, a única mulher da equipe de investigadores, estava descartada, uma vez que usava os cabelos oxigenados longos e presos num rabo de cavalo. Além do mais, ela estava na delegacia no momento do sequestro.

– Você consegue descrevê-la para um retrato falado?

– Acho que sim.

– Tudo bem. Vamos voltar um pouco. O que essa policial disse para você?

– Que você estava enrolado numa investigação e que ela fora designada para nos buscar. De início, desconfiei. Mas como tentou me proteger do tiroteio, instruindo que eu a seguisse para uma viatura estacionada na rua de trás, do lado oposto ao da confusão, relaxei. Perguntei pelo Luciano. Ela disse para que eu esperasse no carro, que voltaria para buscá-lo.

Exatamente como Dornelas havia imaginado: com os passageiros, o motorista e os transeuntes voltados para o conflito na rua, essa mulher sorrateiramente seduziu Roberta a segui-la na direção oposta, usando o ônibus como escudo. Essa foi a razão de ele, delegado, não ter visto as duas saindo da cena. Teve de admitir, no entanto, que a fantasia de policial civil foi um ardil muito bem bolado.

– Como era o carro?

– Um Gol preto.

– Havia mais alguém?

– Um homem ao volante. Ele usava óculos escuros e boné. Nada de uniforme. Foi quando vi que alguma coisa estava errada.

– E você entrou mesmo assim?

Roberta fez que sim com a cabeça de um jeito desconcertado e rebateu:

– Como eu ia saber que estava sendo sequestrada!?

– Deixa para lá. Você conseguiria reconhecê-lo?

Roberta apertou a boca, mexeu a cabeça para os lados e disse:

– Não tive tempo de olhar bem para ele.

– Não esquente com isso, minha filha – disse ao acariciar os cabelos dela. – O que aconteceu depois que você entrou?

– Em vez de buscar o Luciano, como havia prometido, ela entrou comigo, sentou ao meu lado, enfiou o cano da arma nas minhas costelas, arrancou a mochila das minhas mãos, onde estava o celular, e disse: "Quietinha, menina, ou você morre aqui mesmo." Meu sangue gelou. – E desatou a chorar.

Dornelas envolveu-a nos braços mais uma vez.

– Eu pensei que ia morrer, pai... que não ia mais ver você, o Lu, a mamãe. Foi horrível, horrível!

Roberta soluçava.

– Está tudo bem agora. Vamos falar sobre isso mais tarde.

Era chegada a hora de dar um fôlego à filha. Por outro lado, havia uma coisa que não podia ser deixada para depois. Mesmo a contragosto, e sabendo que o sequestro tinha forte ligação com o crime do Centro Histórico, foi obrigado a perguntar:

– Onde fica o cativeiro?

Roberta desvencilhou-se do abraço, secou as lágrimas com as costas das mãos e respondeu, aos soluços:

– Num barraco aqui em Marealto. Posso levar vocês até lá.

Sampaio, que acompanhava a conversa perto dali, teve o interesse avivado.

– Você pode chamar reforços? – perguntou o delegado ao investigador.

Por estar fora da sua jurisdição, era preciso contar com a equipe de Miranda mais uma vez.

– É para já, doutor.

Sampaio tirou o celular do bolso, ligou para o chefe e explicou toda a situação. À distância, Dornelas percebeu que ambos entravam em algum tipo de acordo. O investigador desligou, disse que uma equipe estava a caminho, pediu cordialmente permissão ao pai para conversar com a filha e foi ter com ela:

– Conte com detalhes como você fugiu.

– Ela não contou ainda? – rebateu Dornelas, indignado.

– Não. Disse que só contaria quando o senhor chegasse – respondeu Sampaio.

Dornelas lançou um olhar reprovador para a filha e relaxou. Não era hora de broncas. Complacente, a menina falou:

– Me prenderam numa espécie de quartinho que ficava nos fundos de um barraco. Havia uma lâmpada pendurada num fio no teto e um colchão de espuma imundo no chão. E só. Cheguei encapuzada e com as mãos amarradas com tiras plásticas. Elas incomodavam demais, machucavam a pele. Pedi que soltassem um pouco.

– Quem? – interrompeu Sampaio.

– Dois moleques. Não eram muito mais velhos do que eu. Carregavam pistolas enormes na cintura e insistiam em me chamar de princesa. Aqueles fedelhos! – disse com desdém.

– E aí? – perguntou Dornelas.

– Eles tiraram o capuz, o que permitiu que eu respirasse melhor, e cortaram as tiras, liberando minhas mãos. Ameaçaram cortar meu pescoço e meter uma bala na minha cabeça se eu tentasse fugir.

– Como fugiu? – perguntou Sampaio.

– O barraco era pequeno. Eu conseguia ouvir os moleques conversando no quarto ao lado, a única saída dali. Ouvi um deles falando ao telefone mais de uma vez. Com certeza conversava com alguém que perguntava a meu respeito. Volta e meia, o menino dizia que eu estava bem, sossegada. E parecia tomar umas broncas, ameaças mesmo, por que falava assim: “Pode deixar, doutor. Não vamos tocar na menina.”

Sampaio e Dornelas mantinham os olhos fixos nela. Luciano, por sua vez, sentou numa das cadeiras, enrolou os braços no tampo da mesa, largou a cabeça ali e caiu numa soneca. Roberta prosseguiu:

— O tempo foi passando, a noite foi caindo, as ligações no celular foram ficando menos frequentes. Sentei no colchão, as costas na parede e esperei. Fiquei alerta. Não conseguia descansar.

Visivelmente esgotada, porém tomada pelo ímpeto de ver os meliantes atrás das grades, Roberta voltou a sentar na cadeira para continuar a história. Dornelas e Sampaio se sentaram nas duas que restavam em volta da mesa. Luciano dormitava.

— Com o tempo, comecei a perceber que o barulho do lado de fora, na rua — mãe dando bronca em filho, criança chorando, cachorro latindo, homens conversando, uma vida de comunidade mesmo —, diminuía conforme o tempo passava. Presumi que estava ficando tarde. Depois que tudo ficou calmo, começou um movimento diferente. Acho que era do tráfico mesmo. O menino do celular falava em sacolé de cocaína, maconha, crack, preços, horários de entregas e apelidos estranhos: Bom de Bico, Mané Cheiroso e por aí vai. Começou um entra e sai do barraco, negociações acontecendo, um compra e vende sem parar.

Dornelas estava absorvido pelos detalhes da história, pois Roberta trazia um elemento novo ao tema. Enquanto a filha falava, ele refletia sobre sua posição diante do tráfico, a qual, em diversos momentos, não passava da dos generais em guerra, que estudavam as tropas inimigas usando nada mais do que um tabuleiro e alguns pinos sobre uma mesa.

Dentro de si lamentava a falta de um contato mais próximo com as comunidades, como os estabelecidos pela PM – polícia incumbida de aplicar a ordem nas ruas. Os contatos que sua atividade estabelecia eram pontuais e pouco frequentes, feitos apenas quando uma investigação exigia. Por outro lado, ponderou o perigo constante a que um policial é submetido quando entra numa favela tomada pelo tráfico. Os traficantes, fortemente armados, escondem-se no meio de cidadãos comuns, pais de família, trabalhadores honestos, tática que, na tensão de cada investida, dificulta a diferenciação entre um e outro. Por essa razão, as incursões eram sempre feitas de forma cirúrgica e com o objetivo definido de entrar e sair, o que se resumia à tentativa de capturar os criminosos o mais rapidamente possível sem ferir nenhum inocente. Infelizmente as coisas nem sempre aconteciam dessa maneira.

A visão que a filha agora lhe apresentava, das engrenagens em funcionamento, o fez lembrar-se das câmeras ocultas usadas para registrar políticos importantes recebendo propinas no exercício da função. As imagens ganharam as cadeias nacionais de televisão. A opinião pública pressionou o poder judiciário. Políticos foram condenados. Processos correm na justiça. Alguns até foram parar na cadeia.

Bastou Roberta retomar a história para ele deixar as divagações de lado.

– Em dado momento, tudo ficou calmo e os meninos começaram a se injetar, fumar, sei lá. Foi quando tive mais medo, na hora em que ficariam malucos. Graças a Deus, aconteceu o oposto. O telefone parou de tocar, os dois foram se acalmando e dormiram. Esperei, esperei. O silêncio foi aumentando. Quando me senti segura, desatarraxei a lâmpada do soquete usando um pano velho que encontrei e, acredite se quiser, desentortei um arame que prendia a porta; passei pelos moleques, que dormiam em dois colchões jogados no chão, peguei minha mochila, abri a porta e saí para a rua. Na verdade, uma ruela de barro. Como a favela fica no morro, deu para ver a cidade, o mar. Prendi os cabelos, vesti a jaqueta e saí andando até chegar aqui.

– Que favela? – perguntou Sampaio.

– O pessoal aqui do bar disse que é Manguinhos.

Dornelas estava espantado pela fibra e pela cabeça fria da filha. Ficou apavorado e orgulhoso ao mesmo tempo. Não conseguiu dizer isso a ela. Duas viaturas estacionavam no meio fio. Seis policiais desceram e caminharam na direção da escada.

★

Miranda não apareceu. Mandou a equipe que, para impressionar o delegado de Palmyra, tomou as rédeas da operação de entrar na favela de Manguinhos sem pedir ajuda à PM. Ficou claro para Dornelas que a briga de egos entre as polícias Civil e Militar era grande em Marealto, talvez até maior do que em Palmyra. A velha briga entre irmãos. Um não pede ajuda ao outro. Nenhum dos dois dá o braço a torcer. Sem dúvida, a coisa que Miranda menos desejava era dar a impressão de que sua equipe não conseguia dar conta do serviço sozinha. Dornelas deu de ombros. Da sua parte, pouco importava quem prenderia os moleques. Sua preocupação era que ninguém saísse ferido.

– Até onde a menina pode nos levar, doutor? – perguntou Sampaio.

– Até a boca da favela e nenhum passo a mais – respondeu o delegado. – Dali por diante, vocês vão ter que seguir o caminho que ela indicar.

– Sem problemas – disse Sampaio e se voltou para Roberta. – Você pode dizer por onde a gente tem que ir?

A menina fez que sim com a cabeça. Um dos investigadores chamou um garçom, que forneceu papel e caneta. Num desenho bastante rudimentar, porém minucioso, Roberta forneceu diretrizes muito claras, tão claras que o próprio pai impressionou-se com a capacidade da filha de memorizar detalhes importantes ao longo de todo o caminho, mesmo sob enorme tensão: a bandeira do Brasil pintada num poste, um regato, um carro sem as rodas apoiado sobre tijolos baianos, erosões na rua, motocicletas estacionadas, escadarias, sacos de lixo empilhados, nomes de lojas, farmácia, locadora de filmes, as características do cativeiro.

Feito o mapa, um plano foi arquitetado. Ficou definido quem seguiria por onde, quem daria cobertura para quem. Era hora de partir. O bar se preparava para fechar as portas. Dornelas acordou Luciano, pagou a conta do lanche da filha e os quatro carros queimaram o chão.

★

O comboio estacionou um quarteirão antes da entrada da favela, sem alarde, na maciota: faróis apagados, sirenes desligadas.

As primeiras luzes do sábado irradiavam sobre o morro por um céu límpido e azul. O bafo quente sinalizava que o calor não daria trégua durante todo o dia. Dornelas orientou os filhos para que permanecessem no veículo e saiu para juntar-se a Sampaio e equipe.

– Tudo pronto? – perguntou ao grupo de investigadores.

– Operação montada, doutor – respondeu Sampaio.

– Ótimo. Vou tirar as crianças daqui. Vou para a delegacia para minha filha prestar depoimento. Depois voltaremos para Palmyra. Peça para o Miranda me ligar assim que vocês concluírem os trabalhos.

Sampaio anuiu com a cabeça e esticou a mão para Dornelas, que devolveu o aperto com firmeza:

— Desejo boa sorte para vocês. E tenham cuidado — disse de modo paternal. — E mais uma vez, muito obrigado por cuidar dela até minha chegada.

— Estamos aqui para isso, doutor.

Sampaio rodopiou sobre os calcanhares e foi ter com sua equipe. Dornelas voltou para o carro, deu a partida e saiu de mansinho.

Capítulo 7

Já do estacionamento, Dornelas pôde notar que a delegacia de Marealto estava cheia. Pela pequena multidão apinhada na recepção, notou que se repetia ali a dinâmica que ele frequentemente via na delegacia de Palmyra: a maioria dos crimes ocorria nos dias próximos ou nos próprios finais de semana. Espantou-se com a relação quase direta entre tempo livre e crime, como se a simples falta do que fazer automaticamente se convertesse num convite ao delito.

Em mente, ponderou sobre os motivos desse comportamento humano tão regular. No caminho até a porta de entrada pensou, divagou e não chegou a nenhuma conclusão definitiva. Apenas especulações. Entrou, instruiu os filhos para que se espremessem num dos bancos, anunciou para a recepcionista o motivo da visita e foi juntar-se aos dois.

Miranda surgiu nem um minuto mais tarde, empertigado como se tivesse três metros de altura. Esticou o bracinho e disse efusivamente assim que cruzou a porta do corredor:

– Bom dia, Dornelas.

O delegado de Palmyra levantou-se devagar – o cansaço lhe pesava nos ombros – e foi cumprimentar o colega.

– Como vai, Miranda?

– Bem, bem. Acabei de saber que a operação foi um sucesso. Entramos na favela de Manguinhos, prendemos os dois meliantes ainda dormindo, e saímos sem ninguém ferido. Um sucesso! Sampaio acabou de ligar. Estão a caminho daqui.

Enquanto Roberta e Luciano se ajeitavam no banco,

visando uma soneca, Dornelas ficou irritado pelo "entramos", "saímos", uma vez que Miranda não tirou a bunda da cama, nada fez além de dar instruções pelo telefone. Ficou, no entanto, muito satisfeito com a notícia das prisões. Tinha razões para isso. Por cautela, resolveu perguntar:

– Qual a idade dos dois?

A expressão estufadinha de Miranda murchou como flor em cemitério:

– Catorze e dezesseis.

Dornelas suspirou e disse pesaroso:

– Merda!

Sabia, em razão da familiaridade com o Estatuto da Criança e do Adolescente, que os dois menores não poderiam ser enquadrados como criminosos. Pelo ECA, seriam enquadrados por algo como "ato infracional semelhante a sequestro", tomariam uma medida socioeducativa, que tinha grandes chances de não produzir efeito algum e depois voltariam às ruas.

– O que você pretende fazer? – perguntou ao delegado de Marealto.

– Não muito. Você sabe que, neste caso, a lei não está do nosso lado – respondeu Miranda, contraindo-se no lugar e levantando as mãos gorduchas para o alto, em desalento – Desculpe, mas não posso segurar os dois por muito tempo. Vai depender do humor do juiz.

Procurando evitar que as pessoas à sua volta ouvissem a conversa, Dornelas curvou-se um pouco e perguntou para Miranda, a meia-voz:

– E se você basear o inquérito na suspeita de que existe uma ligação entre o sequestro da minha filha e outro crime ocorrido ontem em Palmyra?

Miranda, de espanto, deu como que um pulinho no lugar.

– Que crime? Que tipo de ligação?

– Uma menina com idade próxima da de Roberta teve o coração arrancado. O crime ocorreu numa casa do Centro Histórico. Eu mesmo vi o órgão sangrando no tapete da sala.

Miranda levantou as sobrancelhas. Dornelas então contou a história do telefonema, da chantagem. Deu ênfase às ameaças.

– Pelo que disse Roberta, um homem ligou para os meninos no cativeiro. Pode ser o mesmo. Ou não. Você identificou os números das ligações recebidas nos celulares deles?

– Preciso ver com Sampaio. Aviso você. – O colega de Marealto, pensativo, cofiou a barba um instante e prosseguiu: – Talvez seja possível subir algumas barreiras para arrastar um pouco a coisa – ponderou. – Posso manter os dois apreendidos, como se fosse para a própria segurança dos dois até os pais se manifestarem, o que às vezes toma tempo. Posso também sugerir ao juiz que, para o bem deles, e da sociedade, ambos fiquem fora de circulação até o prazo máximo de três meses. A partir daí, o caso fica nas mãos do Ministério Público. Como disse, vai depender do humor do juiz.

– Quem é? – indagou Dornelas.

– Uma mulher, jovem.

– Xiiii!

– Não se impressione. Ela é linha dura, mão pesada.

Espantado com a combinação, Dornelas arrematou:

– Faça o que você achar melhor, dentro da lei. Preciso de um tempo para interrogar os dois. Se voltarem para as ruas rápido demais, posso perder o rastro de ambos.

– Deixe comigo.

– Obrigado.

Esticou o braço para apertar a mão do colega, que perguntou:

– Para onde vai?

– Sentar com meus filhos. Estamos aguardando para Roberta prestar depoimento.

— Que isso! Venha comigo. Encarrego um investigador de pegar o depoimento dela agorinha mesmo.

Dornelas estudou o ambiente e sentiu, dentro do peito, a oferta produzir um efeito reverso, uma espécie de mal-estar. Com a delegacia cheia, muita gente esperando e boa parte do efetivo nas ruas, a simples ideia de usar sua posição para a filha passar na frente dos demais o incomodou. Ponderou, contudo, o tempo perdido que poderia ser dedicado à investigação do outro crime. Resolveu esperar mesmo assim.

— Não esquente com isso — abanou as mãos e voltou a sentar-se. — Vamos esperar nossa vez.

Miranda ficou surpreso com a recusa e deu um sorriso amarelo. Com as mãos acariciou a barriga saliente como quem acaricia uma bola e disse de modo indulgente:

— Um café, então?

— Um café eu aceito.

— E as crianças, o que vão querer?

Dornelas virou-se e viu Luciano ressonando de boca aberta, o rosto voltado para o teto. Roberta aninhara-se sobre o irmão, a cabeça apoiada no ombro dele. Voltou-se para Miranda:

— Acho que nada.

— Volto já.

O delegado de Marealto deu-lhe as costas e sumiu para a copa.

★

Por um milagre que apenas o Altíssimo concebe vez por outra, boa parte da multidão avolumada na recepção fazia parte de apenas um caso, uma briga numa casa noturna que terminara em muitos gritos, alguns sopapos e meia dúzia de feridos. Um investigador apareceu, prancheta em punho, gritou um punhado de nomes e o ambiente esvaziou num instante. A recepcionista, aproveitando a deixa, sumiu para a copa. Dornelas sobrou com os filhos, que dormiam a sono solto. No repentino silêncio, o delegado sacou o celular e discou, na tecla rápida.

– Bom dia, doutor – disse Solano, do outro lado da linha.

– Como está tudo por aí?

– Algumas pessoas na recepção, nada grave. Muitos jornalistas chegaram. Acho que o doutor Peixoto já deixou vazar alguma coisa sobre o coração.

Dornelas lamentou a informação em silêncio e resolveu perguntar:

– E como anda a investigação?

– Como o senhor imaginava, de lado. Aposto uma cerveja que ele vai convocar uma coletiva de imprensa para hoje mesmo. O senhor está a caminho daqui?

Dornelas contou a história da fuga de Roberta, a captura dos meninos, a espera para o depoimento. Instruiu para que o subordinado não abrisse o bico sobre nada e com ninguém.

– Pode deixar. Sobre o Chevette na serra...

Mas Dornelas já estava noutra. Sua atenção fora sugada pelo barulho de carros freando, baques secos de portas abrindo e fechando e um vozerio vindo do estacionamento.

– Um minutinho – pediu a Solano e afastou o aparelho do rosto.

Sampaio e sua equipe ganhavam a recepção com dois adolescentes de cabeças baixas, ambos algemados. O medo da presença de algum jornalista fez um deles cobrir a cabeça com a camiseta imunda.

– Ligo para você daqui a pouco – disse para Solano e desligou. Cutucou Luciano, que estrebuchou no banco. A agitação do menino acordou Roberta, que descolou lentamente a cabeça do ombro do irmão, deixando uma marca úmida de baba na camiseta. Assim que tomou posse da realidade, a menina aprumou-se no assento e esticou a mão à procura do pai. Dornelas agarrou-a e, impulsionado por um instinto puramente animal, levantou-se. Não gostou de ver-se relaxado diante dos dois carcereiros da filha.

— Aqui estão, doutor — disse Sampaio agarrado ao braço do mais atarracado. O policial agarrado ao braço do outro, um rapazote esguio, postou-se ao seu lado e puxou a camiseta do delinquente para baixo, expondo-lhe o rosto.

Roberta encolheu-se no banco e virou a face para a parede. Faltou-lhe a coragem de olhar os meninos de frente, que mantiveram as caras voltadas para o chão.

— São estes, Roberta? — perguntou Dornelas, sem rodeios, com a mão da filha entre as suas.

A menina virou o rosto devagar, bateu rapidamente os olhos num, depois noutro, fez que sim com a cabeça e se contraiu novamente. Dornelas fez um gesto positivo para Sampaio, que conduziu os moleques para o xadrez.

— Tudo bem — disse o pai, sentando-se ao lado dela. Roberta começou a chorar. Dornelas a envolveu nos braços e se sentiu pequeno e impotente por não ser capaz de apagar da memória da filha a experiência dolorosa do sequestro. Por mais que ela não tivesse sofrido violência física, a ordem natural da vida da menina fora alterada, uma marca fora deixada nela, a ferro e fogo, na alma, para sempre. A raiva veio a reboque. Esforçou-se para não se deixar levar por isso. Bem sabia o delegado que a justiça é feita perante os olhos da lei, não a partir do sentimento dos homens.

Sampaio reapareceu, o que foi bom, pois cortou de repente uma linha de raciocínio que o estava envolvendo numa nuvem de melancolia. O cansaço não ajudava, pelo contrário, somava-se à equação. O investigador aproximou-se dele e disse:

— Para poupar seus filhos e o senhor, vou redigir rapidamente o termo de declarações com toda a história que sua filha nos contou e acrescentar que ela identificou os dois carcereiros. Quando o senhor quer interrogá-los?

Dornelas rebateu a pergunta com outra:

– Quanto tempo você acha que consegue segurá-los aqui?

– Bom, hoje é sábado – ponderou Sampaio. – Doutor Miranda deu as diretrizes de como devemos abordar o assunto com o Ministério Público. Antes de segunda, garanto que não saem.

O delegado virou-se, observou os filhos exaustos e voltou a atenção para o investigador:

– Quanto tempo para Roberta assinar o termo?

– Quinze minutos, no máximo.

– Ótimo. Volto hoje ou no máximo amanhã de manhã para conversar com os dois. Pode ser?

– Como o senhor quiser, doutor. A casa é sua.

– Obrigado.

Os dois trocaram um aperto firme de mãos. O investigador sumiu corredor adentro. Dornelas voltou para o banco.

★

Sampaio mostrou-se um ouvinte atento mesmo às 5 da matina e antes de participar da captura dos carcereiros na favela de Manguinhos. O termo de declarações redigido por ele estava impecável. Não foi preciso alterar uma vírgula. Bastou Roberta assinar.

No carro, na estrada de volta para Palmyra, a imagem trêmula dos filhos ressonando no banco de trás, pelo retrovisor, trouxe calor e alento à alma de Dornelas.

A paz durou pouco. Uma questão o invadiu de supetão: onde deixá-los em segurança até o dia seguinte, quando voltariam para a casa da mãe no Rio de Janeiro? Antes de decidir o que fazer, procurou pensar com a cabeça do mandante. Se ele for o mesmo homem que o intimou pelo telefone, a essa altura já deve ter ciência de que algo errado ocorreu. Os carcereiros não atendem ao celular, o que o deixaria no mínimo preocupado, para não dizer em estado de alerta. Dornelas procurou ir mais fundo, colocar-se nos ossos e nos músculos do sujeito, se fosse possível. Sem muitos dados além da breve conversa que tiveram, concentrou a atenção nisso: nos poucos minutos em que se falaram ao telefone. Esse foi o estopim para ele, delegado, montar um perfil mental do homem.

A voz aveludada e o cuidado em elaborar frases precisas em português correto, fizeram-no presumir que era, no mínimo, um homem educado, quem sabe culto. A calma, a clareza e o tom assertivo sinalizavam o costume a posições de comando, de tomar decisões espinhosas mesmo sob pressão. Certamente, não se dava a atitudes rompantes. O respeito que ele emanava era inegável.

Esse comportamento indicava um homem envolvido ou com acesso a muito dinheiro. Alguém poderoso. Se ele é o proprietário do imóvel onde ocorreu o crime, é algo a se investigar. Dornelas registrou a informação numa parte da mente e anexou a ela uma espécie de alerta, um lembrete para pedir a Solano que verificasse esse dado.

Moveu a atenção para o mercado imobiliário de Palmyra, especialmente nos 33 quarteirões que formam o Centro Histórico, a parte nobre da cidade. O *número sagrado da Maçonaria mais uma vez*, constatou espantado. Em seguida preocupou-se ao saber que grande parte dos proprietários dos imóveis daquela área não reside na cidade. A maioria é de São Paulo, do Rio de Janeiro e mesmo do exterior, gente que usa o imóvel nos finais de semana, férias e feriados. Isso significava que a investigação tinha grandes chances de estender-se para além das fronteiras do município.

Tal perspectiva causou nele certo *frisson*. Por mais que se tratasse de um crime hediondo, esse era seu trabalho. E ele gostava do seu trabalho, talvez mais do que nunca.

Ao dar-se conta dos obstáculos que encontraria pela frente – a burocracia e a imprensa principalmente – ficou um pouco desanimado, mas não o suficiente para arrefecer seu desejo de seguir adiante e capturar o responsável, ou responsáveis, pelo homicídio. Divagou um pouco e se empenhou em encarnar mentalmente o sujeito do telefone.

Procurou pensar no que ele faria ao saber que o cativeiro fora quebrado e a filha do delegado ganhara a liberdade. Se essa presunção for correta, o mandante do sequestro de Roberta, com claros indícios de envolvimento no homicídio da menina do Centro Histórico, deve ter dois caminhos a seguir: recuar e desaparecer, ou pensar num plano alternativo, se é que já não tem um arquitetado e em andamento.

O sequestro pode ter sido nada mais que um primeiro passo para afastá-lo da investigação. O que viria a seguir? *Sequestrar Roberta novamente? Se não ela, Luciano?* Dornelas pensou na própria vida. *Por que não eu? Por que não tentar me matar?* Se o sujeito for mesmo poderoso como presumia, ele tinha meios suficientes de mandar apagar o delegado sem precisar sujar as mãos. Matadores de aluguel estão disponíveis às dúzias. A audácia de sequestrar a filha do delegado apenas indicava que ele era capaz disso e muito mais.

Dornelas colocou-se em alerta com essa conclusão e bateu os olhos no retrovisor mais uma vez, na imagem dos filhos dormitando. Ele sabia dos riscos da profissão e a última coisa que queria era deixar os filhos órfãos de pai. Ou mesmo Dulce uma viúva. Mas como viúva se nem eram casados? Novo *frisson*. Acionou o pisca-pisca, diminuiu a velocidade e parou o carro no acostamento. Pegou o celular do bolso e ligou para a namorada. Dois, três toques. Olhou o relógio: 8h17. Concluiu que devia estar de pé. No quarto toque, ela atendeu:

– Bom dia.

– Bom dia, meu amor – sussurrou Dornelas, de olho no retrovisor mais uma vez. Os filhos se mexeram no assento, mas não acordaram.

– Acordou inspirado hoje! – disse Dulce.

– Tenho boas notícias.

– Então me conte!

– Roberta está comigo. E bem.

– Ai, meu Deus, que notícia boa. O que aconteceu?

– Ela fugiu no começo da madrugada.

– Onde era o cativeiro?

– Na favela de Manguinhos, em Marealto. Estamos na estrada, voltando para Palmyra. Ela acabou de prestar depoimento. Miranda prendeu os dois rapazes que cuidavam do cativeiro. Dois menores de idade. Roberta os identificou.

– Ela foi violentada?

– Não, graças a Deus.

– Boa notícia, diante das circunstâncias. Você vai deixá-los na sua casa?

– Essa é minha dúvida. Não posso deixá-los sozinhos.

Dornelas falou sobre sua preocupação quanto ao sujeito do telefone e o tal plano alternativo que este poderia botar em ação.

– Você acha que ele seria capaz de fazer alguma coisa a essa altura? – perguntou Dulce. – A impressão que tenho é de que ele vai sumir, fingir de morto.

– Tomara que você esteja certa, mas não quero dar chance ao azar.

– Por que você não traz os dois para cá, para a minha casa?

– Pode ser – respondeu o delegado, pensando alto, em dúvida. – Mas não posso deixá-los trancados por dois dias. Você trabalha e eu também, por mais que hoje seja um sábado. Você vai ficar por aí?

– Se não pintar nenhum presunto no IML, vou. Cheguei faz pouco tempo. Vou tomar um banho, comer alguma coisa e dar comida para o Hitchcock. Se precisar, fico com eles o tempo que der.

Dornelas matutou um pouco sobre a oferta e pensou se não seria abuso demais deixar os dois filhos sob a responsabilidade da namorada logo no primeiro dia em que todos se conheceram. No caso de Roberta, ainda pior. As duas nem tiveram essa oportunidade. Os avós, sem chance. Dornelas perdera o pai. Já a mãe, embora morasse em Palmyra, passava os dias na Casa de Repouso e precisava da atenção constante de uma cuidadora.

A ex-sogra, por sua vez, morava no Rio de Janeiro e não nutria grande apreço pelo delegado. Nem ele por ela. Mandar os dois um dia antes, de ônibus, até seria uma boa ideia, não fosse o fato de as crianças detestarem a companhia da avó materna. Neide, a faxineira, estava fora de questão. Ela não trabalha aos sábados e Dornelas não se sentia seguro em deixá-los com ela. Não que desconfiasse da mulher, mas dos filhos, que a dobrariam na primeira oportunidade que encontrassem para fugir dos seus cuidados.

Por outro lado, destacar alguém da sua equipe seria um imenso abuso, algo inaceitável. Não apenas a delegacia de Palmyra dispunha de um efetivo limitado, como seria no mínimo imoral designar policiais para proteger a filha do delegado enquanto o cidadão comum, que paga impostos e deveria ter os mesmos direitos, sofre com a insegurança. Em suma, a oferta de Dulce era a única alternativa viável.

— Você tem certeza de que pode ficar com eles?

— Tenho. Pode deixá-los comigo. Se der, alugo uma baleeira, almoçamos fora... A gente arruma o que fazer. Qualquer problema, chamo você.

Num estalo, Dornelas sentiu-se feliz por ver sua vida de volta aos eixos, sobretudo por ter encontrado uma mulher que se encaixasse tão bem nela, aceitando-o integralmente, aceitando o empenho que ele investia em seu trabalho e agora aceitando até seus filhos sem nem mesmo conhecê-los direito.

– Amo você – disse ternamente.

– Eu sei – disse ela. – Amo você também. Demais.

Desconcertado, Dornelas resolveu mudar de assunto. A coisa tomou um rumo para o qual ele não estava preparado. Resolveu desviar a conversa:

– Você já tem alguma coisa sobre a menina do Centro Histórico?

– Tenho, mas não vou contar agora. Preciso de um banho primeiro.

– Combinado. Até já, então. Um beijo grande.

– Outro pra você.

Dulce desligou antes dele. Dornelas procurou um número no aparelho e ligou para ele. Uma voz fraternal atendeu no primeiro toque:

– Bom dia, doutor.

– Bom dia, Cláudio. Está no mar?

– Não, senhor. Estou sem barco até segunda-feira. Estou esperando chegar uma mufla nova de Marealto. Sair para o mar sem ela é querer levar uma multa pesada da Capitania dos Portos. Já é a terceira só nesse ano!

– É – confirmou o delegado, numa espécie de balido. A resposta foi tão curta e automática que Cláudio ficou mudo do outra lado da linha. Prosseguiu: – Tenho um servicinho para você. Quer fazer um bico, ganhar um extra para ajudar a pagar essa peça?

– O que o senhor mandar, doutor.

Capítulo 8

Absorto pela falta de sono, Dornelas parou bruscamente o carro no meio-fio, em frente ao portão da casa de Dulce. Roberta e Luciano acordaram com o tranco da freada.

— Chegamos — disse Dornelas, virando-se para o banco de trás.

Os filhos se reviraram lenta e desajeitadamente no assento como cãezinhos recém-nascidos numa caixa de papelão, os olhinhos ainda fechados. A claridade faiscante atravessava os vidros como dardos invisíveis. Piscaram desenfreadamente para se acostumarem com a luminosidade até que Luciano perguntou:

— Onde a gente está?

— Na casa de Dulce — respondeu o pai. — É aqui que vocês vão passar o dia.

— Por quê? — rebateu Roberta, na indignação própria da adolescência. Dornelas não se irritou com isso. Pelo contrário, ficou até contente, sinal de que a menina voltava ao seu estado normal mesmo depois do baque sofrido com o sequestro. Calmamente, explicou as ameaças que recebeu ao telefone — sem entrar nos detalhes do outro crime — e as preocupações com a segurança dos dois até que voltassem para o Rio de Janeiro.

— Mas a gente vai ficar preso aqui? — retrucou Luciano.

— Não, meu filho. Vão ficar com Dulce.

— Mas eu nem conheço ela! — exclamou Roberta.

Dornelas suspirou, recolheu alguns pensamentos e disse:

— Eu sei disso, mas Dulce é a mulher que amo. Ela é muito legal e tenho certeza de que vocês vão se dar muito bem.

– Por que você não arruma um policial para ficar com a gente? – perguntou Luciano.

– A gente vai ter guarda-costas? – perguntou Roberta, que levantou as sobrancelhas, pôs a mão na boca e olhou para o irmão de um jeito divertido. Na certa, ela pensava no que iria contar para as amigas assim que voltasse para a escola, na segunda-feira.

– Esse não é o trabalho deles, cuidar dos filhos do delegado – respondeu Dornelas. – Se as pessoas lá fora não podem ter esse privilégio, por que vocês teriam? Por essa razão, pedi uma ajuda ao Cláudio. Ele vai cuidar da segurança de vocês nestes dois dias.

Roberta fez bico. Luciano encarou o fato consumado sem questionar. Dornelas completou:

– Você é vítima de um sequestro, Beta, que pode ter ligações com outro crime ocorrido aqui em Palmyra ontem à noite. Quero que você fique em segurança com pessoas em quem confio.

O olhar da filha ficou enevoado pela lembrança do sequestro. Dornelas logo se arrependeu por ter tocado no assunto.

– E por que não ficar com você? – perguntou ela, cruzando os braços em tom de desafio. – Hoje é sábado.

Dornelas abriu um sorriso caloroso e respondeu como responde um pai carinhoso, porém assertivo:

– Porque faz parte do meu trabalho prender quem fez isso com você e com a outra vítima aqui em Palmyra. Quero o seu bem. O de vocês, aliás – disse, movendo o olhar para o filho. – Não há nada mais importante no mundo do que isso.

Três toques no vidro. Era Dulce, fresquinha e contente. Ao notar que o pai desviava a atenção para a namorada e que uma expressão alegre e abobalhada surgiu no rosto dele, Roberta resolveu abandonar a contenda, descolou as costas do assento e o envolveu num abraço apertado. Luciano, mais novo e tendo Roberta como modelo, fez o mesmo. Dornelas abraçou-os do jeito que deu, retorcido no banco, com o apoio de cabeça entre eles.

★

A apresentação foi bem diferente daquela que ele havia imaginado. Segura do seu espaço na vida do delegado, Dulce, muito educada, deu um beijo carinhoso em Roberta, que devolveu outro de um jeito burocrático.

A namorada encaminhou-os maternalmente para dentro de casa, apresentou-os a Hitchcock, o gato, mostrou os cômodos e os levou ao quarto de hóspedes, um pequeno escritório com um sofá-cama para duas pessoas. Luciano largou-se na cama. Roberta trancou-se no banheiro. Ansiava por um banho.

Com uma noite emocionalmente desgastante nas costas e a fome às pontadas na barriga, o delegado seguiu a namorada até a cozinha e ficou maravilhado ao saber que ela havia comprado os ingredientes do seu goró. Sem titubear, Dornelas pegou uma cumbuca, nela colocou seis colheres de farinha láctea, três de leite em pó desnatado – assim ditava a balança –, e adicionou um copo de água. Mexeu bem até virar uma papa.

Sob o olhar desgostoso de Dulce, atacou a cumbuca a ponto de se ouvir o tilintar da colher na porcelana.

– Não sei como você consegue comer esse negócio – disse ela, visivelmente enojada.

Dornelas sorriu e deu de ombros. Essa não era a primeira nem a última vez em que alguém se indignava com seu mingau. Virou-se para lavar a tigela e a colher numa das pias da cozinha e levou um pito:

– Essa, não! Está vazando não sei de onde. Use a outra.

Feito o serviço na pia vizinha, colocou tigela e colher no escorredor de louças e disse:

– Cláudio está a caminho daqui. Ele vai cuidar da segurança de vocês nestes dois dias.

– Você acha mesmo necessário? – retrucou Dulce.

– Acho – respondeu o delegado, resoluto.

Sem saída, Dulce encolheu os ombros. Dornelas mudou o rumo da conversa com uma pergunta:

– Sobre a menina no Centro Histórico, o que você descobriu?

Ciente de que tinha muito a dizer, Dulce encostou o traseiro e apoiou os braços na bancada.

– Foi uma morte horrível. Ela sofreu três lesões e todas muito graves.

– Pensei ter visto apenas duas: a da cabeça e a do coração.

– Três – disse Dulce com os dedos no ar. – Além do coração e da testa, havia um corte extenso na parte anterior do ombro com o braço direito.

Dornelas trouxe à mente a imagem da moça sobre o tapete:

– Ela estava deitada sobre esse lado. Essa lesão deveria estar escondida pela camisa empapada de sangue.

– Hum-hum – confirmou a namorada. – Um horror! Mas a extirpação do coração foi o que mais chamou minha atenção.

– Por quê?

– Foi feita por alguém que entendia do assunto.

O delegado adotou um olhar vago, passou a beliscar os lábios e mergulhou em pensamentos. De súbito, perguntou:

– Você tem ideia da ordem em que as lesões foram feitas?

– Acredito que a primeira foi a do braço. O corte foi feito por um instrumento muito afiado, uma navalha ou bisturi, na junção da parte anterior do braço direito com o ombro, extenso e profundo o suficiente para dilacerar a artéria braquial e o tendão, ato que não apenas produziu sangramento intenso como tirou o movimento nesse braço.

– Qual o sentido da lesão?

— De cima para baixo.

Dornelas anotou esse detalhe num canto da mente. Dulce prosseguiu.

— Acredito que as lesões na testa tenham vindo em seguida. Elas foram produzidas por alguma ferramenta de boca redonda e diâmetro largo, tipo uma marreta. Os golpes provocaram o afundamento dos ossos e a laceração da pele na região frontal, além da fratura da base do crânio e os grandes hematomas ao redor dos olhos.

— E daí o coração.

Dulce concordou com a cabeça e ressaltou:

— Foi feita por alguém que entende do assunto. Pode ser um médico, um veterinário...

— Explique-se.

— Quem fez isso conhecia os procedimentos cirúrgicos de uma toracotomia lateral.

— Em português, por favor.

A namorada deu uma risadinha e prosseguiu:

— Foi feita uma incisão longitudinal entre a quinta e a sexta costelas, que sai da região próxima ao esterno até o meio da axila do lado esquerdo. — Dulce desenhou o traçado no próprio peito, com os dedos sobre a camisa. — A pele, a camada subcutânea, o músculo e a pleura foram divididos cuidadosamente, como se faz numa cirurgia. Até as cartilagens costais foram cortadas para que se obtivesse uma exposição adicional ao coração. Daí, para se cortar todas as artérias e remover o órgão foi relativamente simples.

— Por que você acha que a ordem foi essa: braço, testa, coração? — Dornelas perguntou apontando para cada região do próprio corpo.

— Se o coração tivesse sido o primeiro, como o assassino teria imobilizado a vítima? Não há sinais de hematomas nos pulsos, indicando, talvez, o uso de uma corda ou algo parecido. Além do mais, havia respingos de sangue distantes a alguns metros do corpo, nas costas do sofá e nos pés das cadeiras, possível evidência de que a vítima se debateu antes de tombar no chão.

Dornelas confirmou a informação em silêncio, com um movimento da cabeça. Dulce seguiu em frente:

— Defendo a teoria de que ela recebeu em primeiro lugar o golpe no ombro, o que explicaria esses respingos. Com o objetivo de derrubar a vítima, as marteladas na testa vieram em seguida. Uma lesão dessa natureza mata uma pessoa, senão instantaneamente, após apenas alguns minutos. E o coração depois, numa sequência macabra, eu diria.

— Por que não o coração antes da testa, ou mesmo a testa antes do braço? — perguntou o delegado, procurando esgotar todas as possibilidades do tema. A ideia era não deixar nenhuma ponta solta.

— Não acredito que o óbito foi causado por hemorragia aguda externa por lesão da artéria braquial, a que irriga o braço, já que o sangramento ocorre progressivamente. O que faria a vítima nesse meio-tempo? E o assassino? Tomaria um copo de água? Iria ao banheiro? Não cola, assim como não acredito na extirpação do coração logo na sequência da lesão do braço. Isso exigiria muito mais trabalho, porque seria preciso imobilizar a vítima à força. Daí as pancadas na cabeça para acelerar o processo, acabar com a agitação. Independentemente da ordem, a vítima sofreu demais.

Dornelas captou no ar a razão de Dulce usar a palavra "vítima" em vez de "moça". Essa tática tinha o intuito de criar um distanciamento psicológico com a pessoa assassinada e não estabelecer um vínculo emocional com ela, pois, caso se deixasse levar pelas emoções, seu trabalho se tornaria insuportável.

— Entendo — disse o delegado ainda beliscando os lábios. — Isso explica a gritaria que o vizinho escutou. Talvez fosse do momento do ataque, da lesão no ombro às pancadas na testa.

Dulce concordou.

— Uma última pergunta. Foi um crime sexual?

— Pode ser. Havia esperma na vagina dela.

Dornelas ficou cismado com essa informação.

Um silêncio se seguiu. Ouviu-se apenas o barulho de uma porta se abrindo no andar de cima e um curió piando na gaiola.

— Vou voltar já para a delegacia e assumir de vez esse caso — disse Dornelas, resoluto. — Mas antes preciso de um banho.

— Acompanho você.

— Mas você não acabou de tomar um?

— Sozinha.

Subiram. Luciano dormia. Roberta vestiu o pijama e entrou na cama também. Dornelas e Dulce trancaram a porta do quarto e se esbaldaram debaixo do chuveiro.

★

Refeito em corpo e alma, embora com os olhos ardentes de sono, Dornelas ganhou a rua e seguiu para casa. Uma vez que Neide não trabalhava aos sábados era preciso passear com o cachorro antes que ele emporcalhasse a sala.

O simples tilintar do molho de chaves foi o suficiente para o animal arranhar ruidosamente o lado oposto da porta. Dornelas abriu-a um pouquinho, Lupi zuniu para a rua, pelo vão, e se aliviou num poste e numa árvore. O delegado entrou em casa, fungou aqui, ali, e ficou feliz pelo odor de casa limpa, sinal de que o cão não largara toletinhos de cocô no canto da sala. Inspecionou a barra do sofá: nenhuma mancha amarelada de xixi. Pegou um saquinho plástico na cômoda da entrada e ganhou novamente a rua.

Lupi farejava o chão, o muro, o lixo, rodopiava, corcoveava. Cocô que era bom, nada. Dornelas estudou o relógio: 9h42. Aflito, tirou o celular do bolso e ligou para o chefe.

– Bom dia, Joaquim.

– Bom dia, Amarildo.

– Como vão as coisas por aí, o caso da sua filha em especial? Dornelas contou toda a história.

– Fico feliz por isso – disse o chefe, de um jeito que o delegado sabia ser sincero, prova de que a longa amizade entre os dois era genuína. – E sobre a investigação da moça em Palmyra?

– É sobre isso que quero discutir com o senhor.

– Você.

– Você – pigarreou Dornelas. – Vou retomar a investigação.

– Faça isso.

– Mas preciso do seu apoio para afastar Peixoto do caso.

– Você quer que eu o afaste?

– Não. Eu mesmo farei isso. Apenas preciso que me apoie caso ele lhe peça que seja mantido à frente da investigação.

– Será que ele passaria por cima de você e viria falar direto comigo?

– É possível – respondeu Dornelas. – O homem faz de tudo para aparecer na TV.

– Se você reclama tanto do seu vice, por que não o remaneja para outra delegacia? – provocou Amarildo.

– Ele fez família em Palmyra, a mulher é daqui – ponderou Dornelas. – Não é uma sumidade em termos de investigação, mas pelo menos é boa pessoa, honesto.

– Essas são qualidades raras nos dias de hoje.

– Infelizmente – lamentou o delegado.

– Estou com você. Siga em frente – disse Amarildo, resoluto. – Li hoje nos jornais sobre o coração extirpado da moça. Isso não cheira a coisa sua.

– Não é. Segundo Solano, tem o dedo do Peixoto nisso.

– Então boa sorte com a imprensa. Esse é o tipo de crime que eles adoram.

Dornelas suspirou, pesaroso.

– Pegue quem fez isso o mais rápido possível – instruiu o chefe. – E tenha um bom dia. Se precisar de mim, estou no celular.

– Bom dia para o senhor também. Você, você.

Desligou e disparou "merda", entre os dentes trincando. Lupi, por sua vez ainda rodopiava, corcoveava. Dornelas estudou o relógio novamente. O tempo corria e ele não queria prender o cachorro em casa sem que ele fizesse o cocô da manhã.

– Vamos, Lupi. Preciso trabalhar – rosnou para o cachorro, que seguiu farejando, estudando o terreno, com calma.

No seu passo lento e arrastado, o saquinho de pão numa mão e o jornal na outra, aproximou-se o doutor Barbosa, conhecido farmacêutico e vizinho de longa data de Dornelas. Curioso, disponível em tempo e espírito aos acontecimentos prosaicos da cidade, doutor Barbosa estacou ao lado de Dornelas, estudou a situação e perguntou:

– O vira-lata tá com vergonha de cagar na rua, seu Joaquim?

– Pois é – respondeu meio sem jeito o delegado.

Foi a deixa para Lupi se aliviar num canteiro. Dornelas recolheu a produção no saquinho, jogou-o no lixo da rua, deixou o cachorro em casa e foi para delegacia. Doutor Barbosa seguiu seu caminho.

Capítulo 9

Da rua, de longe, Dornelas pôde ver uma multidão em frente à delegacia. Pelo jeito descontraído da turma, pés apoiados nas paredes, guimbas atiradas à distância, concluiu não serem vítimas de nenhum delito.

Ao entrar com o carro no estacionamento, sua impressão se confirmava: além da turba do lado de fora, foi capaz de identificar, pelas portas de vidro da recepção, câmeras fotográficas a tiracolo e coletes forrados de bolsos — o traje típico do jornalista de plantão.

A imprensa comparecia em peso à delegacia.

Um calor repentino aflorou pela gola da camisa e, com ele, uma vontade súbita de dar meia-volta, contornar o prédio com o carro e entrar pela porta dos fundos. Conteve-se ao dar-se conta de que o tiro poderia sair pela culatra: a atitude soaria para a imprensa como se o delegado-titular tivesse algo a esconder, o que faria da sua vida um verdadeiro inferno.

Dornelas avançou devagar e estacionou na vaga de sempre. Desceu do carro, relutante; o grupo começou a se mexer, caminhar na sua direção. O delegado fechou a cara, levantou a mão espalmada no ar e, sob a revoada de perguntas, todas relacionadas ao coração no tapete, xingou Peixoto mascando as palavras, antes de dirigir-se para a recepção.

Marilda estava lá, detrás da mesa, com a mesma expressão aparvalhada de uma mãe toureando quarenta crianças numa festa infantil. O delegado trocou olhares com ela e seguiu direto para sua sala. A recepcionista foi atrás, agitada, e abanando um papelzinho nas mãos.

– Isso aqui está uma loucura, doutor. Nunca vi coisa igual – disse ela, postando-se diante da mesa.

O delegado ajeitou-se na cadeira e passou a analisar a papelada, as pendências. A recepcionista entregou-lhe o recado.

– Quem é? – perguntou assim que bateu os olhos nos garranchos.

– Não sei – respondeu a mulher. – Tem uma vozinha desafinada de adolescente e deu apenas esse nome, Justiniano. Disse que tem a ver com a filha do senhor. Aconteceu alguma coisa com a Roberta, doutor?

Com a filha resgatada, e ciente de que a informação a respeito do sequestro ficara restrita a um círculo de poucos subordinados, e de que a telefonista havia ficado de fora dessa espécie de panelinha – não que a tivesse em menor conta –, Dornelas não quis alongar a conversa e respondeu seco:

– Nada. Está tudo bem.

A falta de convicção ficou evidente. Marilda, envolvida pela admiração secreta que nutria pelo chefe, baixou os olhos em profundo desamparo, como ficam algumas mulheres quando bruscamente excluídas de algum tema. Pesadamente, avançou com as mãos e acariciou o ventre saliente.

Dornelas sentiu-se penalizado por ter sido tão seco com ela. Mesmo com os pensamentos focados nas investigações em curso, era preciso reparar a situação. Pôs o bilhete na mesa, bateu os olhos no ventre dela, que de pé ficava na altura dos seus olhos, e perguntou:

– Como está a gravidez?

Marilda adotou uma expressão melosa, acariciou o abdome longamente e respondeu:

– Dessa vez, vai, doutor. Entrei na décima sétima semana e está tudo bem. Cadu está nas nuvens. Não é para menos, aquele homem passou apertado comigo. Ou ganhava coragem para furar o saco, ou ganhava o olho da rua.

A determinação da recepcionista o fez automaticamente erguer as sobrancelhas de espanto. Convenceu-se de que uma mulher desejosa de conceber uma criança é capaz de qualquer coisa. O marido que se cuide.

– Ótimo. Fico feliz por você – encerrou o assunto. – Assim que eu tomar pé das coisas aqui peço a você para ligar para esse tal de... – bateu os olhos no bilhete – Justiniano.

Marilda ficou ligeiramente envergonhada por ter exagerado na cantilena familiar. Ajeitou os óculos, pediu licença e deixou a sala.

Sozinho, o delegado rapidamente rememorou as gestações da ex-mulher, fez uma ponte com os dias de hoje, os filhos na adolescência e se sentiu relativamente contente. Constatou que não havia sido o pai mais presente do mundo, mas isso não significava falta de amor. Amava-os de um jeito só seu. As fofocas que circulavam na família da ex-mulher pipocaram na mente: ele era um pai omisso, um marido distante e que era impossível ter uma vida normal ao lado de um policial. Deu de ombros, desligou-se dos pensamentos, passou a mão no telefone e chamou Solano. O investigador materializou-se na porta segundos depois.

– Roberta está livre. Me ponha a par de tudo o que está rolando por aqui – disse ao subordinado.

Solano abriu um largo sorriso, mas, como notou que o chefe não estava de muitas palavras, apenas pigarreou, ajeitou-se na cadeira e começou:

– Chagas não conseguiu nada no Chevette.

– Não estou surpreso. O carro deveria conter digitais de metade da população de Palmyra.

Solano apenas balançou a cabeça e, meio sem graça, prosseguiu:

– Com a arma também, nada. O sujeito provavelmente estava de luva ou limpou o cabo depois de usar. O número de série foi esmerilhado. Mas o que chamou a atenção foram as balas, todas de festim.

– Hum-hum – disse Dornelas, que se afundou na cadeira, apoiou o cotovelo na mesa e a cabeça nessa mão. Disse de um jeito ligeiramente enfastiado: – Uma encenação, meu caro. Produzida com esmero para me afastar do ônibus. O que mais?

– Lotufo não encontrou o motoqueiro...

– Estou sabendo. O sujeito certamente considerou uma perseguição policial e bolou um plano de fuga que deu certo. O que mais?

A expressão de Solano era de um vazio total. Quase gaguejando, disse:

– O motorista do ônibus...

– Algo novo?

Solano balançou a cabeça de um lado a outro.

– Quer dizer que não temos absolutamente nenhum suspeito ligado ao sequestro além dos dois meninos!

Desapontado pelo pouco que tinha a oferecer, o investigador concordou com um meneio tímido da cabeça. O delegado levou à mente a imagem dos carcereiros presos por Sampaio. Ficou claro que o interrogatório mostrava-se como o único caminho concreto a seguir.

– E sobre a moça do Centro Histórico?

– O relatório da Perícia ainda não chegou. Chagas e sua equipe estão trabalhando nisso. Se o senhor puder cobrá-lo, ajuda.

Dornelas anuiu com um movimento da cabeça.

– O senhor já conversou com a doutora Dulce? – perguntou o subordinado, na tentativa de sair da saia justa.

– Hum-hum.

Um vácuo no tema. Em mente, o delegado saiu para devanear um pouco e, com isso, aliviar o peso da realidade das últimas horas. Solano resolveu esperar, visivelmente constrangido.

– Verifique quem é o proprietário do imóvel e o morador – retomou o chefe.

Solano iluminou-se todo.

– Já fiz isso, doutor. Ambos são a mesma pessoa. Brasileiro, daqui mesmo, ex-funcionário...

– Qual a ligação dele com a Maçonaria?

– Ele é Venerável-Mestre da loja maçônica daqui de Palmyra.

Solano cuspiu a resposta com a afobação de quem confessa um crime. A boca do delegado expandiu-se numa risada de satisfação, sinal de que sua curiosidade insaciável, a qual o levou a querer conhecer sobre temas variados, colocava-se, mais uma vez, a serviço da sua carreira. As leituras sobre a Maçonaria, as autorizadas pelo menos, não foram em vão.

– Você encontrou uma espada de lâmina ondulada no andar de cima?

O investigador fez que sim com a cabeça.

– Havia algum sinal de uso recente, mancha de sangue...?

– Nada, doutor. A peça estava intacta, instalada num pedestal de madeira na prateleira atrás da cadeira do escritório, no andar de cima. A lâmina brilhava como um espelho. Uma beleza.

– Quem é a menina?

– Rosana Gutierrez Figueira, 16 anos.

– Filha do morador?

– Isso é o mais impressionante. Ela era namorada do filho, Rodrigo, 18 anos. Ele estuda há meses na Inglaterra.

Dornelas franziu a testa.

– O que ela fazia lá?

– Segundo a mãe do menino, que estava na casa de uma amiga enquanto o pai frequentava uma reunião da Ordem, ela era filha única, os pais moram no exterior, e acabou se apegando à família, mesmo com o namorado distante.

Ao dar-se conta de que diversos membros da Maçonaria teriam de passar por depoimento, um breve arrepio percorreu a coluna de Dornelas. Tudo para comprovar o álibi do sogro, também Venerável-Mestre, que, neste caso, na prática, tinha o ônus da prova.

– Qual o nome do proprietário, morador...? – perguntou, num fio de irritação.

– Gileno D'Agostini Rubens.

– Sobrenome de pintor barroco.

Solano ficou no limbo.

– Deixe para lá. Peixoto interrogou alguém, sogro, sogra e respectivas companhias limitadas?

– Até onde sei, não. Ele está aguardando o relatório da Perícia antes de se pronunciar.

– Mas o que o cu tem a ver com as calças? – rebateu o delegado, ajeitando-se na cadeira num salto e lascando um tapa seco na mesa. Solano arregalou os olhos como se tivesse tomado um choque. – O que ele está esperando? As testemunhas combinarem o que dizer no depoimento, o criminoso ter tempo para pensar, limpar os rastros, inventar um álibi? Essas coisas têm de ser feitas na hora, no calor do momento, com o corpo ainda morno, a bagunça armada. – Deu outro tapa na mesa e disparou aos quatro ventos: – Por que ficar nesse lenga-lenga!?

Solano ficou mudo, não soube o que dizer. Da sua parte, o delegado intimamente lamentava o fato de ter sido afastado à força da investigação. Quem sabe ainda estava em tempo de recuperar a distância a que ele forçosamente ficou do criminoso, sair à cata de evidências, ou mesmo pistas, se é que ainda existiria alguma relegada ao esquecimento.

– Não sei, doutor. Mas ele já marcou uma coletiva para hoje à tarde.

– Onde?

– Que eu saiba, aqui.

– Para que horas?

– Dezoito.

Dornelas olhou o relógio: 10h53. Sete horas para encontrar alguma coisa para dizer.

– Peixoto está por aí?

– Na sala dele.

– Ele já sabe que minha filha está livre?

– Acho que não.

– Melhor – Dornelas esticou-se e agarrou o telefone, sinal de que a reunião havia terminado. Solano levantou-se de sobressalto. O delegado discou algumas teclas e prosseguiu: – Pegue mais informações sobre as amigas da sogra, quantas, endereços, essas coisas. E do sogro também. No caso dele, *piano, piano*.

O investigador ficou no limbo outra vez. Ciente de que não receberia explicação, saiu, amuado.

★

Sob o olhar do chefe, Peixoto entrou na sala com postura de um soldado nazista invadindo Paris; faltavam-lhe as medalhas forrando o paletó. Sentou-se e assumiu a pose aprumadinha de um cu de ferro do pré-primário, mãos nos joelhos e narizinho empinado.

Afundado na cadeira, Dornelas tambolirava no tampo da mesa, em dúvida sobre por onde começar. Ciente de que uma conversa delicada e desagradável se aproximava, mentalmente coletou um punhado de informações e as embaralhou de modo a construir uma explanação coerente. Para ele, Peixoto não era um delegado-assistente perfeito, se é que isso existe, mas tinha valor e qualidades que apreciava. Além do mais, não havia motivos para desancar o homem. Ele não havia feito nada errado, apenas não estava à altura da tarefa que lhe fora confiada.

Enquanto refletia, Dornelas e o subordinado mantiveram os olhos firmes um no outro. Ao sentir-se seguro sobre que caminho tomar, o delegado começou:

– Roberta escapou do cativeiro no meio da madrugada.

Peixoto arregalou os olhos. O primeiro baque. Dornelas não soube definir se por felicidade ou desilusão. Prosseguiu:

– O sequestro foi todo montado com o objetivo de me afastar da investigação de que você está cuidando.

Segundo baque.

– Como assim? Qual a ligação entre os dois crimes?

– Telefônica – retrucou Dornelas.

Na face do vice, uma expressão interrogativa.

– Enquanto eu estava na casa, subindo as escadas, recebi o telefonema de um homem exigindo meu imediato afastamento da investigação daquele crime. Era isso ou Roberta morria.

O vice anteviu o desfecho e recebeu o terceiro baque com silêncio e dignidade; os ombros se arquearam, ele juntou as mãos, passando a estudar e cutucar as unhas. "Um descascador de ervilhas", lembrou Dornelas, sobre a forma como Ernest Hemingway definiu um personagem em *O jardim do Éden*. O ânimo da entrada gradativamente se esvaía, a realidade se impunha de forma acachapante.

– Sinto muito, mas visto que os dois crimes têm uma ligação forte, vou retomar a investigação que incumbi a você – arrematou um Dornelas confortador, porém assertivo.

– Mas... – disse como que engasgado, o vice –, agora que...

– Sinto muito.

– O que diremos na coletiva?

– Não faço ideia. Façamos o seguinte: participaremos juntos, lado a lado, você e eu. Não quero receber crédito daquilo que você desvendou.

Um lampejo de vivacidade surgiu nos olhos de Peixoto. Com a participação garantida diante das câmeras, disse, em júbilo:

– Então, está feito.

– Ótimo. Diga agora o que você descobriu até aqui. De preferência, algo que eu ainda não sei.

Peixoto ficou ligeiramente preocupado. Mesmo assim, deu um pulinho na cadeira e começou:

– A vítima tinha 16 anos e sofreu três lesões.

– Já sei. Conversei com a doutora Dulce – Dornelas deu uma risadinha sarcástica. – Informação privilegiada, entende? Alguma digital no disco, na embalagem?

– Chagas ainda não entregou o relatório.

– Qual a previsão?

– Começo da tarde.

– Vou cobrá-lo disso. Onde estão os donos da casa, sogros da menina?

– Num hotel, devastados.

– Qual?

– Pousada do Cais.

Dornelas anotou no bloco sobre a mesa. Prosseguiu:

– Solano disse que você não interrogou nenhum dos dois até o momento, correto?

– Correto.

– E os pais dela no exterior, já sabem do destino da filha?

– Nós não avisamos – respondeu Peixoto, afastando o corpo até onde o encosto permitia. Se pudesse, deitava.

– Quem você acha que deve fazer isso?

Um silêncio. O delegado assistente ficou rígido no lugar, apenas os olhos revirando acelerados nas órbitas.

– Farei isso agora mesmo – disse ele, solícito.

– Aquela assistente social ainda faz plantão aqui?

– Dona Leila?

– Isso.

– Faz. Vou ver se veio hoje.

– Ótimo. Mas verifique antes com os sogros. Veja se eles não deram a notícia. Senão, é melhor que dona Leila cuide disso. A coisa será feita a distância, por telefone. Isso exige um cuidado extra.

Como uma mola acionada por acidente, Peixoto levantou-se, parou no meio do caminho e se sentou novamente.

– E quanto ao namorado? – disparou.

– Isso é assunto de família – respondeu Dornelas. – Uma vez que Rosana faleceu na casa dele, é tarefa dos pais avisarem o filho. Algum suspeito?

– Nada ainda. Apenas arrolamos como testemunha um sujeito que fez um reparo na pia da cozinha no meio da tarde de ontem.

– Qual o nome?

– Sansão.

Dornelas franziu a testa e perguntou:

– A que horas ele virá?

– Já deve ter chegado.

– Mais alguma coisa?

– Até agora, nada.

Não ficou surpreso. O desapontamento era visível. O crime ocorrera há mais de doze horas e uma única testemunha fora intimada para depor. Além disso, o laudo da Perícia estava no vácuo e não havia sequer um lampejo de reflexão sobre a cena do crime. Se ninguém cobrasse Chagas, a coisa bem que poderia ficar para Deus sabe quando, ou até que o telefone dele tocasse ou que alguém lhe desse um chute na bunda. O delegado pensou em como o sujeito que o ameaçou por telefone estaria contente se porventura soubesse do ritmo modorrento da investigação que Peixoto conduzia. Era justamente isso que ele esperava. Em comunhão com o próprio espírito, Dornelas agradeceu a filha ter escapado. Ciente de que é necessário um empurrãozinho extra para uma coisa acontecer no Brasil, disse:

– Veja se esse encanador já chegou. Vamos resolver isso agora.

Capítulo 10

— Nome? – perguntou o delegado.

– Santino Rocha – respondeu, em tom muito calmo, o sujeito.

Dornelas estudou-o por um momento e intuitivamente elaborou um diagnóstico: a maneira com que o homem se ajeitara na cadeira, afundando-se no assento, dobrando uma perna sobre a outra, enroscando as mãos sobre a barriga como se estivesse em casa, diante da TV, enfatizava o que lhe parecia um estilo pessoal. Das duas, uma: ou Santino era culpado e mostrava-se um mestre no disfarce ou esse era seu espírito em estado normal, o que indicava que ele não sabia patavina do crime para o qual estava depondo. O delegado instintivamente optou pela segunda. Não que descartasse a primeira, mas sua experiência o fazia crer que nenhum assassino, nem o mais maquiavélico, levava as coisas de forma tão despreocupada como o sujeito diante dele.

– Sansão é apelido?

– Nome profissional, eu diria.

– Qual sua profissão?

– Marido de aluguel.

Dornelas ergueu as sobrancelhas.

– Explique-se.

– Pequenos reparos, reformas, consertos em geral... essas coisas.

Seguiu no estudo: estatura mediana, cabelos escuros e longos, que havia muito não viam um pente; rosto anguloso, traços firmes, olhos negros e fundos. O tronco robusto e a barba cerrada davam a ele um aspecto selvagem e indomável. O estado das roupas contribuía para isso: calças jeans imundas e camiseta vermelha com a imagem estilizada de um cavalo empinado sobre as patas traseiras, as longas crinas ao vento.

Se fosse para estabelecer uma comparação, Dornelas chegou a pensar que o sujeito lembrava um homem de Neanderthal, desse que se vê ilustrado nos livros de história.

Ciente do crivo pelo qual passava, Sansão retorceu-se na cadeira, buscou a carteira num dos bolsos de trás e tirou um cartão de visitas que entregou ao delegado. Dornelas segurou-o entre os dedos, em sentido horizontal, e estudou-o detalhadamente.

Ocupando quase toda a parte superior havia o título escrito em letras maiúsculas: "Sansão — Marido de Aluguel — 24 horas." Logo abaixo, os números de um telefone fixo e de um celular, ambos com prefixo 24, o que indicava que ele atuava na região. No canto direito, havia uma foto minúscula dele em pé, de corpo inteiro, em pose de herói de histórias em quadrinhos: capacete amarelo, macacão bege com os botões à altura do peito intencionalmente abertos – tufos de pelos à mostra – e um martelo pendurado num cinturão; o retrato escarrado de um dos integrantes do Village People.

– Que conserto o senhor fez ontem na casa? – perguntou largando o cartão sobre a mesa.

– Troquei o sifão da pia da cozinha.

– A que horas o senhor foi chamado para isso?

– Lá pelas dez da manhã.

– Quem o chamou?

– Dona Norma.

Dornelas levantou os olhos de modo interrogativo para Peixoto, que aguardava encostado à parede com as mãos enfiadas nos bolsos.

– Sogra da vítima, doutor – disse Peixoto, pego de surpresa. – Quer dizer, mãe do rapaz, uma vez que ele e a vítima eram apenas namorados.

Solano, que conduzira o sujeito e fora intimado pelo chefe a permanecer na sala, revirou os olhos. O delegado voltou-se para Sansão.

– A que horas o senhor chegou à casa?

– Perto das dezesseis horas.

– Saiu?

– Meia hora depois. O lance foi rápido.

Dornelas lembrou que Dulce tinha um problema parecido numa das pias da cozinha. Resolveu especular, apenas por curiosidade:

– Quanto cobrou?

– Noventa reais. Sessenta pela visita. Trinta pela peça.

– Quem o recebeu?

– Dona Norma.

– Ela é quem abriu a porta?

– Sim, senhor.

– Havia mais alguém no imóvel?

– A faxineira, Lurdinéia, e uma adolescente, tremendo avião – Sansão levou a mão à boca. – Perdão. Soube que ela é quem foi morta, não é, doutor?

Dornelas não deu bola. Rebateu:

– Alguém mais?

– Não.

– Você pode descrever o que viu ao entrar na casa?

O homem, estirado no assento como se estivesse numa espreguiçadeira à beira da piscina, ajeitou-se um pouco, apenas o suficiente para poder responder à pergunta numa postura aceitável.

– Entrei na saleta, depois na sala grande. A moça estava assistindo TV.

– O senhor lembra o que ela estava assistindo?

– Não prestei atenção.

– Onde ela estava sentada?

– De frente para o aparelho, no sofá maior.

Dornelas trouxe à mente a imagem da sala: o sofá diante da mesa de centro, as almofadas amarfanhadas, o aparelho de TV preso à parede.

– Em que lugar do sofá?

– No meio, sentada de lado sobre as pernas dobradas.

– O senhor tem certeza?

– Absoluta. Nunca vou esquecer aquele par de coxas.

A informação capturou a atenção de Dornelas numa fisgada firme. Ele não emitiu julgamento, mas vasculhou a mente e lembrou de que na cena do crime a moça vestia calças compridas.

– Ela usava *shorts*? – perguntou.

– Sim, senhor.

Enquanto assimilava a resposta, uma linha de raciocínio tomava forma num canto até então inexplorado da mente. Resolveu segui-lo e botá-lo para fora assim que apanhou o cartão de visitas sobre a mesa:

– Vamos voltar um pouco. Explique essa sua modalidade de profissão que na minha época se chamava faz-tudo.

– O que o senhor quer saber?

– Se seu trabalho se limita a reformas e consertos em geral ou se o senhor presta alguns servicinhos extras para suas clientes.

Pela primeira vez Sansão mexeu-se no assento de um jeito nervoso.

– O que o senhor quer dizer com isso?

– Não se faça de bobo! O senhor sabe muito bem do que estou falando: sexo.

Sansão aprumou-se no lugar, coçou a orelha para disfarçar um nervosismo crescente e disse:

– É, isso rola vez ou outra.

– Esse negócio de marido de aluguel é apenas fachada?

– Não, doutor. De modo algum – refutou Sansão, visivelmente nervoso. – Meu trabalho é fazer consertos mesmo. Pinto paredes, arrumo telhados, calhas, instalo rufos, mexo na parte elétrica... é que sei lá... essas donas de casa hoje em dia andam tão carentes que às vezes rola uma coisinha a mais. E o senhor sabe, propaganda é a alma do negócio – apontou para o cartão de visitas que o delegado largara sobre a mesa.

– Explique-se.

O sujeito esticou o tronco, encheu os pulmões de ar, soltou uma baforada longa, profunda, e desatou a falar:

– Não sei, doutor, mas na minha visão as mulheres estão num mato sem cachorro. Tem mulher sobrando no mercado. Tá faltando homem. Até viado está passando aperto. Da forma como estou vendo, acho que elas é que são as culpadas, cavaram a própria cova. É que sei lá, elas andam tão histéricas com elas mesmas e com o mundo que passam os dias torrando o saco dos maridos ou dos namorados. Aqueles que não aguentam o tranco passam para o outro time. Já os heterossexuais ortodoxos, aqueles sem inclinação para dar o rabo, aguentam as próprias e comem as dos outros. A briga está tão feia que muitas estão chegando à conclusão de que o negócio é pegar mulher mesmo. Afinal, elas é que são gostosas. E não sei bem por quê, mas as que mais atendo são as casadas.

– Só mulheres?

– Só jogo nesse time, doutor.

– Prossiga.

Como duas comadres, Solano e Peixoto, até então coadjuvantes sem importância, se ajeitaram no lugar e afiaram os ouvidos.

– As casadas são as mais fogosas. Talvez por terem mais idade, saberem como a coisa funciona e não terem de ficar de pau duro, adoram uma boa foda. Quem não gosta é por que não foi devidamente introduzida ao tema. E tem a questão do tédio, de terem que trepar sempre com o mesmo homem, do mesmo jeito, nas mesmas posições... essas me chamam até para trocar lâmpada de abajur.

– Nunca recebeu ameaça de um marido ciumento?

– Nada, doutor. Não pense que eles estão ligando muito para isso. Pelo contrário. – Sansão abriu os braços como um padre em oferenda e prosseguiu: – Tem marido que pensa: "Pelo amor de Deus, alguém coma a minha mulher para me poupar esse trabalho." As solteiras, minha nossa, estão dando paulada no escuro pelos maridos alheios ou pelos poucos solteiros que estão resistindo a tanto assédio. Esses sim estão se esbaldando. É um verdadeiro banquete. Nos dias de hoje, não é homem que laça mulher, não senhor. As mulheres é que laçam os homens. São elas que estão comendo a gente.

Lá no fundo, Dornelas sentiu uma ponta de inveja. Porém, estava ciente de que não tinha vocação para ser o comedor inveterado que muitos dos seus amigos de escola se diziam ser. Ou mesmo que lhe faltava o desprendimento necessário para se atirar nesse pós-modernismo sexual. No íntimo, considerava-se um homem à moda antiga que valorizava a amizade, o compromisso, o respeito, a lealdade. Pensou em Dulce e sentiu-se contente e satisfeito por ter uma mulher que amava e com quem nutria uma vida sexual estimulante e divertida. Num átimo, foi forçado a reformular o pensamento. Dulce ainda ocupava a categoria de namorada. Sentiu-se ligeiramente incomodado com isso. Resolveu prosseguir:

– Pelo que diz, é o fim dos tempos.

– Não sei quanto a isso. Só sei que a sociedade está numa suruba que nunca vi igual – desabafou Sansão.

– Saiba que posso enquadrá-lo por prostituição – disse e logo recriminou-se o delegado ao ouvir como que um berro da consciência: "Deixe de ser careta."

– Por quê? – retrucou o sujeito – Meu trabalho não é esse! O que há de errado em transar com uma mulher quente e precisada de vez em quando?

Dornelas foi forçado a concordar com essa posição, porém se aproveitou da deixa para pressioná-lo um pouco mais.

– Alguma vez rolou com essa dona Norma?

O marido de aluguel arregalou os olhos.

— NÃO! De modo algum. Dona Norma é gente finíssima!

— E com a faxineira?

Sansão balançou a cabeça de um lado a outro sem muita convicção. Ele próprio percebeu isso pelo olhar desconfiado do policial à sua frente.

— Com essa, não, pelo menos. Feia que dói. Com outras, já rolou. Até com babá.

— O senhor teve desejo de transar com a moça sentada ao sofá?

— Estaria mentindo se dissesse que não.

— Ela circulou pela casa enquanto o senhor estava na cozinha?

— Não, ela ficou o tempo todinho lá. Nem olhou para mim quando entrei.

— Queria que olhasse?

Sansão fez um meneio com a cabeça.

— Sei lá. É sempre bom ser reparado, especialmente por uma mulher bonita.

— E o senhor, circulou pelo imóvel?

— Também não. Entrei, fui à cozinha, fiz o reparo e saí.

— Quem lhe explicou o que estava acontecendo com a pia?

— Dona Norma.

— Ela é quem o encaminhou à cozinha?

— Sim, senhor.

— Ficou lá durante todo o tempo?

— Não, subiu assim que me disse o que fazer.

— E a faxineira. Onde estava nisso tudo?

— Quando cheguei, estava na cozinha passando um pano na pia, guardando os pratos... dava sinais de que tinha terminado o serviço do dia.

— E ela, acompanhou o seu trabalho?

— Também não. Assim que dona Norma subiu e me enfiei debaixo da pia, Lurdinéia passou por mim, disse boa-tarde e acho que foi embora. De lá só vi o par de pernas gorduchas cruzando a cozinha. Não a vi mais depois disso.

— Quer dizer que enquanto o senhor permaneceu na cozinha, sozinho, a vítima permaneceu no sofá, sozinha, e dona Norma permaneceu no andar de cima?

O sujeito fez que sim com a cabeça. Dornelas virou-se para Solano:

— Vá atrás da faxineira.

O investigador começou a se mexer. Dornelas o interrompeu:

— Quando terminarmos aqui.

Solano voltou a encostar o corpo na parede. O delegado prosseguiu:

— Dona Norma é sua cliente faz muito tempo?

— Uns bons anos. Já consertei muita coisa naquela casa.

— Se ela o deixou sozinho, assumo que o senhor é um prestador de serviços de confiança, alguém para quem se pode deixar a chave da casa.

— Creio que sim. Ela já deixou a chave comigo mais de uma vez. A última foi no mês passado quando estava vazando gás do compressor da geladeira.

— Havia alguém no imóvel quando o senhor fez esse conserto?

— Não, senhor. Entrei, troquei o compressor e saí. Liguei depois para passar o valor.

— E a chave?

— Joguei na caixa de correio como ela pediu para eu fazer.

— E como ela pagou?

— O da geladeira ou o de ontem?

— Tanto faz.

— Ela deposita o dinheiro na minha conta bancária no dia seguinte. Para o de ontem, creio vá depositar na segunda-feira. Agora com esse crime, não sei mais.

— O senhor havia visto a vítima alguma outra vez?

— Nunca.

A resposta lhe soou sincera. Satisfeito até ali, Dornelas resolveu mudar o rumo das perguntas:

— Onde o senhor estava por volta das vinte horas de ontem?

Sansão olhou para o chão. Para o delegado esse foi um sinal de que o sujeito vasculhava de fato a memória, pois se olhasse para o teto certamente estaria inventando alguma lorota. Sansão disse:

— Na casa de uma italiana, consertando o compressor de ar-condicionado.

— O senhor pode me passar os dados de contato dela?

Sansão esticou-se na cadeira, tirou o celular de um dos bolsos e procurou um número na agenda. Assim que encontrou, virou o aparelho para o delegado, que espichou o pescoço como uma tartaruga e anotou o número no bloco de notas. Rasgou o papel e esticou o braço na direção de Solano.

— Verifique esse álibi agora mesmo.

O investigador pegou o papel e, ao virar de costas, o chefe o interrompeu:

— Mais uma coisa. Pegue com a PM o contato do homem que fez a denúncia, o tal que ouviu os gritos da moça, e converse com ele.

Solano fez que sim com a cabeça e saiu da sala. Dornelas voltou-se para Sansão:

— Rolou alguma coisa com essa italiana?

— Não, senhor.

— Por quê?

Sansão nem se deu ao trabalho de elaborar uma resposta. Respondeu à queima-roupa:

— Ela é excêntrica demais, esquisita demais.

— Em que sentido?

– Tem a pele esturricada de sol, uma uva-passa ambulante, anda sempre com umas roupas folgadas, uns chapéus com penachos na cabeça e fala alto pra caramba. Acho que está ficando surda. Prefiro ficar na minha. Além do mais, já cruzou o cabo da Boa Esperança.

O delegado franziu o cenho.

– O senhor sabe... – disse o sujeito ao pescar a dúvida no ar – já passou da idade, não dá mais no couro. A sem-vergonhice de mulheres assim fica apenas da boca para fora.

Tema encerrado.

– Onde o senhor passou o resto da tarde?

– Trabalhando. Um conserto aqui, outro ali. Graças a Deus, os negócios nunca foram tão bem.

Um vácuo. Dornelas refletiu um pouco e concluiu que por ora não tinha mais o que perguntar. Instruiu Peixoto para que realizasse imediatamente a oitiva, alertou o marido de aluguel para que ficasse à disposição da justiça e liberou os dois.

Sozinho na sala, estudou o cartão de visitas mais uma vez, pensou em Dulce, na pia quebrada, no futuro, na eventualidade de ambos se casarem algum dia, e ela, com o tempo e um eventual desgaste na relação, vir a procurar um sujeito como Sansão. Resoluto, picou o cartão em pedacinhos e jogou tudo no lixo. Marido de aluguel para cima da sua namorada, mulher, sabe-se lá, nem pensar.

Capítulo 11

Num bote, agarrou o telefone e discou algumas teclas.

— Pois não, doutor — disse Marilda do outro lado da linha.

— Ligue para esse... — buscou o papelzinho de recados na mesa e completou — Justiniano, por favor.

— É pra já.

Recolocou o fone no gancho e, por um momento, refletiu sobre esse nome que, lentamente, emergiu do inconsciente e produziu um eco na base do crânio. Um nome incomum que ele tinha a impressão de ter ouvido antes, em algum lugar. Enquanto vasculhava a memória, esticou o braço, abriu a gaveta e destacou uma tira inteira da barra de chocolate ao leite. O telefone tocou. Enfiou um quadradinho na boca, esticou o braço devagar e apanhou o aparelho.

— O rapaz, doutor.

Um clique.

— Seu Joaquim?

Assim que a voz retiniu no aparelho, uma sequência rapidíssima de associações foi arremessada para a consciência e a imagem de Justiniano surgiu na tela mental.

— Oi, Tino — respondeu gravemente o delegado.

— Tudo bem?

Nada bem, rebateu Dornelas em pensamento, pois, junto da imagem do rapaz, veio a da filha, depois a dos dois se apalpando num beijo molhado no sofá da sala, em plena madrugada. O desconcerto da situação foi tamanho, a experiência tão nova e acachapante, que, no momento, Dornelas ficou sem saber se dava uma espinafração em ambos ou se subia de volta para o quarto.

Optou pela segunda e ficou sem o naco de pudim de leite que intencionara comer na cozinha.

A memória levou uma espécie de ranço à boca, como se tivesse engolido comida estragada. Largou o resto do chocolate sobre a mesa.

– Recebi seu recado – bufou. – O que você quer?

Justiniano pigarreou.

– Saber se está tudo bem com a Beta. Vi na TV, ontem à noite, a notícia de um tiroteio na rodoviária... Eu sabia que ela estava chegando do Rio... Nos falamos à tarde, trocamos mensagens pelo celular, mas depois de um tempo não recebi mais resposta. Está tudo bem com ela, seu Joaquim?

Dornelas teve um lampejo. Tiroteio. Imagem. Televisão. Num salto ficou de pé.

– Você pode vir para cá agora mesmo?

– Acho que sim – respondeu Justiniano, quase gago de susto. – Aconteceu alguma coisa com ela?

– Não, nada. Roberta está bem. Venha agora se puder. E traga o celular.

– Tudo bem. Estou a caminho daí.

– Até mais, então. Um abraço.

Pego de surpresa, o rapaz disse, relutante:

– Outro.

Dornelas bateu o telefone antes dele, pegou de volta a lasca de chocolate e a enfiou todinha na boca.

Uma nova possibilidade, uma espécie de porta da esperança se abriu para ele, que se arremessou para fora da sala como que acionado por um elástico. *Por que diabos não pensei nisso antes?* Escancarou a porta e foi direto para a sala de Solano. Este dedilhava o teclado do computador.

– Está ocupado?

O subordinado congelou as mãos no ar e rebateu:

– Um café?

— Nada disso. Vá para a rodoviária e procure câmeras de vigilância no perímetro, no comércio em volta e veja se encontra alguma imagem da Roberta sendo levada para longe do ônibus ou entrando num Gol preto.

Solano captou a extensão do pedido. Salvou então o trabalho no computador, pôs-se em pé, pronto para ação, e escafedeu-se.

★

Dornelas voltou para sua sala. Foi tomado por uma excitação que havia muito não sentia. Correu para a mesa, abriu a gaveta e devorou outra tira inteira do chocolate, sem culpa. Tudo porque lera, fazia pouco tempo, a reportagem numa revista sobre as funções terapêuticas da sua guloseima favorita. Algo a ver com os flavonóides do cacau. Desde então, aumentou a dose diária com prazer.

Enquanto o chocolate não lhe acalmava o espírito, sentou-se numa das cadeiras de visitas, passou a mão no telefone e discou três teclas:

— Marilda, quando Justiniano chegar, mande-o direto para minha sala.

— Pois não, doutor — respondeu a telefonista.

Bateu o telefone. Estava agitado, ansioso. Olhou o relógio da parede. Verificou os e-mails no celular.

Aguardou bons quinze minutos. Ouviu então passos no corredor e uma batida na porta. Levantou-se num bote, abriu-a, estendeu o braço e praticamente puxou o jovem para dentro no aperto firme de mãos.

— Tudo bem lá em casa, família boa? — perguntou ao rapaz que, sugado para dentro da sala e atônito, fez que sim com a cabeça. — Ótimo. Trouxe o celular?

Justiniano, uma estátua que mal mexia os olhos, puxou o aparelho do bolso e relutantemente entregou-o ao delegado.

– Posso ver as mensagens que você trocou com a Beta?

Numa fração de segundos, o nervosismo foi substituído por puro assombro. De olhos arregalados, Justiniano apressou-se em dizer:

– Doutor, juro... Na noite em que o senhor flagrou a gente...

Sem desviar a mente da investigação, Dornelas percebeu a aflição do jovem e o convidou a sentar-se. Deu a volta na mesa, largou-se na cadeira e retrucou:

– Deixe disso, Tino. Está tudo bem.

O rapaz não se convenceu. O delegado resolveu completar:

– Roberta foi sequestrada ao sair do ônibus ontem à noite.

Os olhos do menino se arregalaram como os de um cavalo assustado. Justiniano então espalmou as mãos sobre a mesa e esticou o pescoço para falar. Dornelas cortou:

– Mas ela escapou e está bem. Capturamos os carcereiros. Ela está em segurança.

– Mas como, seu Joaquim?

Antes de fuçar no celular do namoradinho da filha, Dornelas foi tomado por um ar paternal e achou por bem contar toda a história. Sem rodeios.

Para começar, explicou que a profissão o obrigava a investigar as pessoas em contato próximo com a família, especialmente com Roberta. E o nome do rapaz subiu para o topo da lista assim que a voz surgiu ao telefone momentos atrás. Esses eram os procedimentos. Fim de papo.

Enquanto a boca mexia num falatório sensato, o íntimo funcionava num giro diferente – profundo e desarticulado – e o levava a uma conclusão à primeira vista inexplicável, porém definitiva: de que o rapaz à sua frente não seria capaz de sequestrar a própria namorada. Não seria. Simples assim. Dono de boa índole e de uma natureza contemplativa, poética, a personalidade de Justiniano não encaixava com a de um sequestrador maquiavélico, capaz de bolar e de colocar em ação um plano tão ambicioso.

Em mente, Dornelas sabia que um bom policial não pode dar-se ao luxo de tirar uma conclusão leviana como essa. Por outro lado, sentia carregar nos ombros experiência suficiente para diferenciar um criminoso de outra pessoa qualquer. É algo que vem com a idade, com o cheiro da rua, de pólvora queimada, quartos imundos, mães desesperadas e sangue coagulado.

Concluiu que, se um dia a filha vier a perder a virgindade – se é que já não perdeu –, fosse com um rapaz na linha dele, de espírito aberto e coração honesto.

– Roberta está descansando agora – arrematou. – Daqui a pouco ligamos para ela e combinamos de vocês se encontrarem.

O rapaz fez que sim com a cabeça e recuou na cadeira. Ciente de que havia sido um pouco rude e que a conversa desviara do objetivo, Dornelas levantou o aparelho no ar e perguntou:

– Posso?

– Claro, claro.

Mergulhou nele. Conferiu as ligações. Duas para Roberta, no meio da tarde, antes de partir do Rio de Janeiro.

– Quem é esse Melão? – perguntou virando o visor para o rapaz, que pulou para a ponta da cadeira e respondeu:

– Um amigo da escola. Roberta o conhece.

Enfiou-se de volta no aparelho. Número da mãe, do pai, mais nomes desconhecidos – todos com o nome de uma das operadoras de celular do país, um recurso conhecido para ajudar os usuários a economizar na conta.

– Esse aparelho tem mais de um chip?

– Não, senhor – respondeu o moleque.

Encontrou então três ligações para Roberta feitas depois das vinte e uma horas.

Foi para a aba de mensagens de texto. Verificou as trocadas com a filha. Nada especial: beijinhos, saudades, a ansiedade de jovens namorados. Seu interesse se concentrava mais no horário do que em qualquer outra coisa. As três últimas, sem resposta, foram enviadas às 20h28, 20h29 e 20h31. Vasculhou a mente e inferiu que era aproximadamente a hora em que Roberta saíra do ônibus e fora vista pela última vez. Satisfeito, devolveu o aparelho ao jovem.

– Obrigado. E desculpe pelo susto.

– Que isso.

Por mando da profissão, adotou o modo sensato e frio mais uma vez.

– Onde você estava quando trocou mensagens com a Beta?

– Em casa.

– Sozinho?

– No quarto, sim. Meus pais estavam na sala, assistindo a novela.

Fã confesso das novelas da Globo, Dornelas não lamentou ter perdido o episódio da noite passada. A trama dessa não capturara seu interesse como as tramas a que assistira na infância. Lembrou da cena de *Pecado Capital* em que o personagem Carlão, interpretado por um Francisco Cuoco bem jovem, era baleado agarrado a uma maleta cheia de dinheiro. Lembrou até do tema de Paulinho da Viola: *Dinheiro na mão é vendaval/É vendaval/Na vida de um sonhador/De um sonhador...*

Não se fazem mais Janete Clair e Dias Gomes, divagou um pouco, aterrissou e resolveu perguntar:

– Vocês tinham combinado alguma coisa para ontem à noite?

– Não, senhor. Tínhamos combinado de nos encontrarmos hoje pela manhã. Ela disse que ontem iria jantar com a família, conhecer a madrasta. Mas como a Beta não respondeu às mensagens, nem retornou as ligações e a noite passou, resolvi ligar para o senhor.

A palavra madrasta soou pesada aos ouvidos do delegado. A imagem que ele carregava de Dulce não casava com a da malévola tia de Cinderela do desenho animado de Walt Disney. Deu de ombros.

– Fez muito bem.

Passou então a mão no telefone fixo, ligou para o celular de Dulce que atendeu e confirmou que Roberta ainda descansava. Mandou um beijo e desligou. Virou-se para Justiniano e disse:

– Ligue mais tarde. Ela vai ficar feliz em ver você.

Levantou-se, agradeceu pela presteza do rapaz e o despachou para a rua.

Voltou para a sala, tirou o paletó do espaldar da cadeira e saiu. Era chegada a hora de voltar à casa do Centro Histórico. Ele queria estudar o imóvel antes de ouvir os moradores.

★

Espremeu-se entre os curiosos na frente da casa, deu um alô para o PM que toureava a multidão e entrou. Para sua surpresa, Chagas estava na sala, de cócoras, o bundão virado para a saída, espanando, com um pincel, uma poeirinha das costas do sofá. Por pouco Dornelas não deu um pé no cu do chefe da Perícia. Motivos é que não faltavam. Parou ao lado do sujeito e disse:

– Terminou a faxina?

Chagas virou o rosto e arreganhou os dentes para não deixar cair os óculos que escorregavam para a ponta do nariz. Pôs-se de joelhos e disse:

– Quase.

Dornelas resolveu deixar a brincadeira de lado.

– Está sozinho?

– Não, senhor. O papiloscopista está trabalhando no andar de cima.

– Ótimo. Quando você pretende liberar o imóvel?

– Daqui a pouco. Estou apenas tirando algumas dúvidas.

– E os relatórios, quando vêm?

O chefe da Perícia agarrou-se ao sofá, gemeu a meio, pôs-se de pé e levou as mãos à lombar. Pelos vincos no rosto, a região lhe doía.

Encarou o delegado e perguntou:

– O doutor Peixoto virá hoje?

Dornelas balançou a cabeça de lado a outro e disse:

– Voltei, meu chapa.

Chagas bufou. Na certa, pensava *acabou a moleza.*

– Qual dos relatórios?

– Todos: da arma, do carro, da moto... daqui.

– Calma, doutor. É muito trabalho para pouco tempo.

– Quanto tempo?

– Qual o mais urgente?

Dornelas pôs-se a refletir. Mesmo que houvesse digitais na arma, sua equipe levaria um tempão as comparando com as dos arquivos da delegacia, impressos e digitais. Se nada fosse encontrado nestes, a varredura nos arquivos do estado levaria uma eternidade. E uma vez que o número de registro havia sido esmerilhado, identificar a origem seria impossível. Deixou a arma para o final da fila. Pensou então no carro e na moto. O máximo que conseguiria, se é que alguém da sua equipe já não o fizera – as instruções foram dadas –, seria identificar quando e onde foram roubados. Por outro lado, ponderou, as trilhas das digitais teriam o mesmo destino dos da arma. Pesaroso pela falta de evidências úteis, pensou nos carcereiros em Marealto. Animou-se um pouquinho e disse:

– Daqui.

Chagas deu um pulinho no lugar e passou a coçar os cabelos ralos. A pressão do delegado fez aflorar nele um nervosismo latente.

– É o mais complicado.

– Então vamos por partes. Qual golpe você acha que a moça levou em primeiro lugar? E em que lugar da sala?

Chagas deu dois passos para o lado e estacou entre as costas do sofá e a mesa da sala de jantar.

– Neste ponto acredito que ela tenha tomado o primeiro, na parte frontal da cabeça...

Dornelas levantou a mão espalmada no ar e disse:

— Sem firulas, por favor.

Chagas pigarreou.

— Muito bem. Na testa. Neste ponto, acredito que ela tenha tomado o primeiro golpe na testa. Um de muitos.

Dornelas foi tomado por um espanto repentino.

— Peraí! Por que as pancadas na testa primeiro?

O chefe da Perícia deu então dois passos na direção da cozinha e se deitou no chão, ao lado de onde havia manchas escuras de sangue coagulado no tapete. Disse:

— Porque ela tomou a primeira pancada enquanto estava em pé, caiu mais ou menos aqui, recebeu mais algumas, e em seguida o golpe de um instrumento cortante, um bisturi talvez, na parte anterior do braço direito com o ombro. O coração ficou para o final.

— Isso eu sei. Mas por que a testa antes do braço? — Dornelas insistiu, uma vez que Dulce o havia convencido de que o corte no ombro viera em primeiro lugar.

Chagas levantou-se a meio, ajoelhou-se atrás do sofá, arreganhou os dentes mais uma vez e espremeu os olhos, mantendo o foco numa imensidão de gotículas escorridas ao longo do tecido.

— Por causa disso aqui, doutor. Veja só — ele apontava para uma infinidade de gotas de sangue escorrido e ressecado na camurça. Dornelas abaixou-se ao lado dele. Chagas prosseguiu: — A meu ver, se ela tivesse tomado o golpe na parte frontal do braço em primeiro lugar, de pé, a pressão sanguínea teria produzido jatos para frente, em sentido horizontal. Pela distância, essas gotas teriam formado manchas arredondadas no tecido. Vale dizer que esse tipo de camurça, sem impermeabilização, absorve líquidos como aqueles papéis-toalha que se usam na cozinha. Mas note aqui, doutor — ele apontou o indicador para um conjunto de gotículas formando o que parecia um arquipélago no Pacífico —, as manchas estão escorridas, e não pela quantidade de sangue em cada gota, mas, sim, pelo ângulo com que caíram no tecido. Por essa razão, acredito que ela tenha sido cortada no ombro enquanto estava no chão.

Dornelas fechou a cara, não por dúvida, mas pela explicação de Chagas, que fazia sentido. No entanto, e por não querer dar o braço a torcer, permaneceu cético. O chefe da Perícia ficou animado pelo relativo sucesso que sua teoria provocara no delegado. Prosseguiu em triunfo:

– Pense comigo, doutor. Vou dar um exemplo. – Chagas levantou a mão direita na altura do ombro como se segurasse um martelo. – Imagine que o senhor está a pouco mais de um metro de uma parede segurando uma brocha de caiação ensopada com água.

Os olhos de Dornelas fixaram-se no instrumento invisível nas mãos do homem, que foi adiante:

– Dê um golpe com ela para frente, como se martelasse um prego nessa parede. – Chagas ensaiou o golpe no ar – O que aconteceria? A água se desprenderia da broxa em gotas grandes e pequenas que voariam quase na horizontal e atingiriam a parede. A distância é pequena para as gotas caírem muito. Pela quantidade excessiva nas gotas maiores, certas áreas poderiam, pelo peso, escorrer. De acordo?

O delegado fez que sim com a cabeça.

– Agora, se o senhor pegar a mesma brocha com água e der um golpe para cima, as gotas formariam um arco no ar, subiriam, cairiam e quando se chocassem com a parede, criariam traços de escorrimento iguais a estes.

– Você pensou na diferença de altura entre a vítima de pé e as costas do sofá?

– Sim, senhor. A vítima tinha 1,67 metros e o topo das costas do sofá 0,82 metro. Isso, em si, já produziria os escorrimentos de sangue no tecido. Mas, se ela tivesse levado o golpe no ombro ainda em pé, pela diferença de altura, encontraríamos sangue nas almofadas do assento, no tapete diante do sofá, na mesa de centro... E não havia quase nada nesses lugares, apenas microgotículas redondas, o restinho dos borrifos. Além do mais – e essa é a evidência que mais fundamenta minha tese –, nas roupas da vítima e em volta dela, havia uma enorme quantidade de gotas redondas, o que reforça que os jatos de sangue foram esguichados para cima enquanto a vítima estava deitada no chão. Vale colocar que encontramos gotas até mesmo nos pés de algumas cadeiras em volta da mesa de jantar.

Forçado a admitir a sensatez da teoria, Dornelas grunhiu e disse:

– E o coração viria em último lugar.

– Isso mesmo.

Ambos levantaram-se. Chagas mais uma vez levou as mãos à lombar e gemeu.

– O coração teria sido arrancado aqui mesmo? – apontou para as marcas de sangue no chão, o delegado.

Chagas anuiu com um movimento da cabeça. Dornelas resolveu voltar ao assunto das pancadas.

– Você tem ideia de que tipo de ferramenta produziria aquele estrago na testa?

– Bom, ainda não cheguei a uma conclusão quanto a isso. A doutora Dulce deu alguma sugestão?

– Ela falou numa marreta.

– Pode ser, mas não creio. Um martelo está fora de questão, pois o diâmetro da cabeça é pequeno e os ferimentos indicavam um instrumento de boca larga. Não acredito numa marreta de dois quilos.

– Por quê?

– Embora a boca larga fosse mais ou menos do mesmo diâmetro dos ferimentos, a força e o impacto do peso teriam fragmentado muito mais a parte frontal da caixa craniana, o que de fato ocorreu, mas em menor grau.

– Homem ou mulher aplicou os golpes?

– Difícil dizer. Mas de imediato descarto a marreta.

Dornelas fez cara de dúvida. Chagas aproveitou a deixa.

– Doutora Dulce deve ter dito ao senhor que as pancadas deixaram a vítima inconsciente, mas não a levaram ao óbito.

– Sim.

– Ótimo, pois, em minha opinião, os golpes foram aplicados usando um malhete de madeira maciça, de boca redonda larga e não muito pesado. A força aplicada foi decisiva para o resultado.

– Um malhete – sussurrou Dornelas, de si para si.

– Sim, daqueles usados nos tribunais, nos leilões...

– ... e na Maçonaria – completou o delegado num sussurro. Ele então girou sobre os calcanhares e passou a observar a escultura de bronze no centro da mesa, uma peça maciça formada por um cinzel e um malhete repousados sobre uma pedra bruta.

Capítulo 12

— Você encontrou algo parecido por aí?

Chagas foi diplomático:

– Até o momento, nada.

O delegado agradeceu, deu-lhe as costas e seguiu na direção da escada.

Rememorando a ligação que recebeu quando fora coagido a descer e abandonar a casa, Dornelas ganhou os degraus envolto numa aura de mistério. Ao pisar no último deles, sentiu como se houvesse cruzado o limiar entre o ambiente profanado do andar de baixo e um sagrado ainda desconhecido do andar de cima.

No mais completo silêncio atingiu um pequeno corredor do qual saíam três portas.

A da esquerda o levou a uma suíte com duas camas de solteiro antigas, cobertas por colchas de tecido indiano ricamente estampados. Estavam arrumadas. Era o quarto com três das quatro portas-balcão que davam para a frente do imóvel. Apenas a do canto oposto estava aberta. Ao lado desta, havia uma cômoda de madeira escura de linhas rústicas com quatro gavetas. Dornelas deu um passo para trás e gritou pelo vão da escada:

– Chagas!

– Sim, doutor – a voz veio abafada pela distância.

– O quarto da frente está liberado?

– Sim, senhor. O dos fundos também. Falta o escritório.

Retomou a investigação. Deu alguns passos para dentro do cômodo, acompanhando a parede em que rebatia a porta, e cruzou a soleira de ligação com o banheiro. A quarta porta-balcão ficava ali. As folhas de madeira maciça estavam abertas. As dos vidros, cobertos por uma película fosca pela qual emanava uma luz morna que falecia no piso de ladrilhos hidráulicos, fechadas. Dornelas agarrou a cremona e a girou. Pelo estalo das ferragens e a sujeira acumulada entre a madeira e o piso, concluiu que elas deveriam estar naquela posição havia muito tempo.

Vasculhou as prateleiras atrás dos espelhos; em seguida, os armários debaixo da pia e os produtos de higiene no chuveiro.

Nada digno de nota.

Voltou ao quarto e resolveu inspecionar a cômoda. Abriu a primeira gaveta, uma das duas pequenas da parte de cima, e o puxador lhe saiu na mão. Encaixou a peça de volta no lugar, apalpou por debaixo das pilhas de roupas íntimas femininas e de lá tirou um vibrador de silicone azul de cerca de vinte centímetros, que mais lhe pareceram seis bolas empilhadas de sorvete sem o cone.

Voltou para a porta e gritou mais uma vez, escada abaixo:

– Chagas!

Alguns segundos e o chefe da Perícia surgiu no vão.

– Pois não.

– De quem é isso? – Balançou o instrumento no ar.

– Da vítima. Ela usava esse quarto.

Que importa? O máximo que a peça poderia apresentar seriam impressões digitais e secreções ressecadas. Deu de ombros, voltou para o quarto e recolocou o aparelho no fundo da gaveta. Abriu a do lado e as duas grandes debaixo. Apalpou aqui e ali. Nada além de roupas amarfanhadas, para não dizer uma bagunça armada.

Sobre a mesinha de cabeceira entre as camas, havia um abajur modesto e um aparelho de celular. Por instinto, esticou a mão para agarrá-lo e se conteve. Gritou, a mão no ar:

– Chagas!

– Sim, doutor.

A voz veio menos abafada dessa vez, seguida de passos na escada. O chefe da Perícia surgiu ofegante na porta, gotas de suor na testa, e bufou:

– Aqui.

– O celular é da vítima também?

Chagas fez que sim com a cabeça. A resposta não satisfez o delegado.

– Nada nele?

– O aparelho está sem bateria, mas pode conter informações úteis ao senhor. Já recolhi as digitais. Pode levar.

Dornelas enfiou-o no bolso e saiu à caça do carregador. Abriu a gavetinha. Havia nela um terço de madeira, um brinco de pena de pavão, um frasco de repelente de mosquitos, daqueles de colocar na tomada, e o carregador. Enfiou-o no outro bolso do paletó e fechou a gaveta.

Caminhou até a porta-balcão mais próxima, a do meio, e a escancarou; saiu na sacada estreita e, criteriosamente, estudou o piso de madeira, os abacaxis metálicos, as arandelas de vidro; debruçou-se então sobre o gradil de ferro à procura de marcas de pés nas paredes, ou algo similar que pudesse indicar uma rota de entrada ou fuga. Nada.

Deu-se por satisfeito com aquele quarto e voltou para o corredor no mesmo instante em que Chagas saía pela porta entre as duas suítes, a do escritório, e se preparava para descer.

Dornelas passou pelo escritório e observou o papiloscopista com luvas de borracha até os punhos, debruçado sobre uma mesa e removendo o excesso de carbonato de chumbo de uma parte da superfície. Por cautela, resolveu deixá-lo em paz. Não queria atrapalhar o serviço e dar a Chagas um pretexto que pudesse atrasar a entrega do relatório. Seguiu adiante para a suíte principal.

Era um cômodo grande, mesmo para um quarto de casal, e um pouco menor do que a sala logo abaixo. As duas janelas à esquerda, no fundo, davam para o jardim. No dente sobre a cozinha, ficava o banheiro, também grande.

Dornelas varreu o quarto com os olhos e notou que todos os móveis eram antigos e de muito bom gosto. Além do mais, a distribuição fora feita com critério, certamente por alguém que dominava decoração de interiores. Os objetos e adornos sobre cada móvel estavam impecavelmente em ordem, o que lhe deu a impressão de que ninguém morava ali, que o ambiente fazia parte de uma mostra de arquitetura ou de uma página de revista. Concluiu que ou a faxineira era muito eficiente ou a dona da casa extremamente cri-cri.

A cama de casal, encostada na mesma parede da porta, estava arrumada, a colcha esticadinha. Deteve-se nos criados-mudos.

Sobre o primeiro, entre a porta e a cama, havia um abajur adaptado de um mancal de trator com lâmpada e cúpula, uma imagem em barro de São Francisco de Assis, dessas que se encontram em qualquer loja de artesanato, um porta-retratos com a foto de um rapaz – possivelmente o filho do casal –, um exemplar surrado da Bíblia e uma vela escorrida pela metade, presa a um castiçal baixo de latão com uma caixa de fósforos no pé. Dornelas trouxe à mente a imagem de um similar que mantém ao lado da cama, além da lanterna na gaveta. As quedas de energia em Palmyra eram frequentes demais, especialmente nas datas festivas. Abandonou a memória e retomou a análise.

Na prateleira logo abaixo, uma caixa de lenços de papel dividia espaço com um imenso grampo ornado por um gato metálico; um folheto da Novena da Medalha Milagrosa e um punhado de cartões-postais estavam presos a ele. Tirou os cartões do grampo e os analisou um por um. Eram de cidades na Europa, todos escritos e assinados por Rodrigo aos pais, especialmente à mãe. Por essa razão foi fácil assumir que ela era quem dormia naquele lado da cama. Para confirmar, levantou o travesseiro e deparou com uma camisola de seda branca. Abriu um leve sorriso.

Deu a volta na cama e foi para o criado-mudo do Venerável--mestre. Um abajur igual ao do outro lado, o exemplar de *Corpus Hermeticum* de Hermes Trismegisto, e só. Na prateleira, apenas um tapa-olho, desses que se ganham nos voos internacionais, e dois protetores auriculares. Pelo fato das noites em Palmyra transcorrerem no mais absoluto silêncio, em especial no Centro Histórico, exceto nos feriados e nas datas comemorativas, Dornelas presumiu que a dona da casa tinha apneia do sono.

Passado o criado-mudo, havia uma pequena porta. O delegado a abriu e entrou num *closet* espaçoso. De um lado, as roupas dela. Do outro, as dele e as dela também. Para ter que ocupar um lado inteiro e mais da metade do outro, Dornelas presumiu que a mulher sofria de uma compulsão por vestidos, uma vez que mantinha ali muito mais do que era razoável usar. A seção de sapatos não ficava atrás. Na parede dos fundos, dezenas de pares ensacados um a um formavam uma pilha organizada do chão ao teto, como caveiras humanas numa tumba medieval.

Saiu e passou para a cômoda, esta encostada à parede lateral. Abriu as gavetas, apalpou as roupas. Nada importante. O imenso baú antigo ao pé da cama estava trancado com cadeado. Dornelas gravou a informação numa parte da mente junto ao lembrete de pedir a chave aos donos da casa.

Foi ao banheiro, fuçou as gavetas, as prateleiras atrás dos espelhos. Nada.

No armário debaixo da pia, deparou-se com incontáveis caixas de remédios, potes de loções, frascos de xampus, colônias, pomadas, cremes, secadores de cabelo de diversas potências, modelos distintos de escovas de dentes e de cabelos, tudo meticulosamente arrumado. Pelo estado desgastado de algumas das caixas, obra da maresia e do tempo, resolveu retirar um colírio e uma pomada da seção de remédios e se espantou ao constatar que ambos estavam vencidos havia muitos anos. Com certa repulsa, devolveu-os ao lugar e fechou as portas.

Voltou ao quarto e se debruçou sobre o parapeito de uma das janelas; analisou a altura para o jardim, os muros circundantes e os telhados da vizinhança. Tudo na mais perfeita ordem.

Antes de sair, ainda debaixo da soleira, girou sobre os calcanhares e fez uma varredura geral no quarto pela última vez. Impressionou-se com a possibilidade de se montar o perfil de uma pessoa analisando apenas o modo como ela vive, os produtos que usa, os hábitos que estabelece, as manias.

O ser humano se revela nos detalhes, pensou o delegado. *E talvez por isso, muito mais do que gostaria.*

Saiu e estacou diante da porta do escritório. O papiloscopista ainda estava lá, mas, desta vez, recolhendo a tralha numa frasqueirinha.

— Estou de saída, doutor.

Já era hora, pensou o delegado, mas disse:

— Não tenha pressa. Vou fazer uma ligação enquanto você termina.

Dornelas voltou para o corredor e ligou para o celular de Solano, da tecla rápida.

— Pois não, doutor.

— Alguma coisa com a faxineira?

— Ela confirmou a versão do marido de aluguel, de que saiu enquanto ele estava debaixo da pia. Foi para a casa dela e ficou lá. Falei com o marido, que confirmou a versão de que ela chegou pouco depois das 16h30 e não saiu mais.

— E a italiana do ar-condicionado?

— Mesma coisa. Sansão passou por lá pouco antes das vinte horas e saiu pouco depois das vinte e uma horas. Trocou o compressor. Mas, doutor, para tirar isso dela foi um sufoco. A mulher fala pelos cotovelos, contou do ex-marido com câncer, da filha que virou puta e da vida de não sei mais quem. E está ficando surda mesmo, porque grita o tempo todo. Achei que tinha visitado um hospício.

O chefe riu de mansinho.

– Algo mais?

– Estou atrás das gravações das câmeras de segurança do entorno da rodoviária. Até agora, nada satisfatório. A melhor seria uma da agência bancária da rua de trás. A câmera fica na entrada, no alto, virada para fora, sobre a porta de vidro. Se fosse fixa, forneceria uma imagem perfeita da rua onde Roberta disse que estava o Gol preto. Mas o vigia da noite, por falta do que fazer, botava o foco nos decotes das clientes que entravam para usar os caixas eletrônicos.

– Merda.

– Foi o que eu disse para o gerente, amigo do meu primo. O homem saiu de casa para ajudar a polícia e acabou descobrindo as falcatruas do vigia.

Enquanto Solano falava, Dornelas atinou para uma questão que julgou importante e disse:

– Agradeça ao gerente. E leve o vigia para depoimento. Ele pode fazer parte do esquema também.

– Deixe comigo.

– Falou com o sujeito que fez a denúncia para a PM?

– Nada de novo. Ele disse que ouviu gritos e ligou para a PM. Só isso.

– Ele não escutou nenhuma palavra?

– Apenas "socorro, socorro". Disse que foi tudo muito rápido.

Dornelas ficou pensativo e desapontado. No fundo, tinha esperança de que surgisse um nome que pudesse sugerir que a vítima conhecia o assassino. Ao notar que o chefe não respondeu, Solano perguntou:

– O senhor volta para a delegacia?

– Não sei. Estou na casa do Centro Histórico ainda.

O papiloscopista apareceu na porta, esticou o braço para dentro do escritório como um garçom quando apresenta uma mesa e desceu as escadas, frasqueira em punho.

– Preciso ir. Nos falamos depois. Quando tiver algo melhor, avise.

Desligou e enfiou o celular no bolso do terno.

★

O ambiente era solene. Não havia janelas. As paredes forradas por armários de um metro, seguido de prateleiras apinhadas com livros e obras de arte até o forro, deram ao delegado a impressão de ser menor. A ordem era impecável. O uso excessivo de madeira vermelha – cerejeira talvez – provocou nele sentimentos difusos entre intimidação e consolo. Lembrou da frase de um livro de viagens de Paul Theroux, quando este ficou hospedado na casa de uma senhora na costa da Inglaterra: "Um misto de conforto e opressão, como asfixia por travesseiros."

Sorriu de leve e retomou a análise.

No centro, havia uma escrivaninha parruda de madeira antiga ricamente trabalhada. Atrás, uma cadeira de espaldar alto com assento e encosto forrados em couro com os mesmos motivos da mesa. Diante do conjunto, duas cadeiras de visitas de aspecto delicado.

Dornelas teve a certeza de que o ambiente fora montado com o objetivo claro de mostrar consistência moral e peso intelectual para quem quer que visitasse o dono da casa.

Por mera curiosidade, resolveu passar os olhos no acervo de livros: Sócrates, Platão e Aristóteles dividiam espaço com Albert Camus, Sartre, Hannah Arendt, Kierkegaard, Theodor Adorno e Jung. Deparou com a obra completa de Shakespeare, com *Confissões*, de Santo Agostinho e *Ulisses*, de James Joyce; seguiu para *A terra devastada*, de T. S. Elliot, e *Madame Bovary*, de Gustave Flaubert, que puxou para folhear. Devolveu-o e foi para a próxima prateleira. Galileu Galilei, Francis Bacon, René Descartes; um exemplar, em português, de *A origem das espécies* de Charles Darwin, datado de 1959, e um espaço vago ao lado deste, provavelmente de *Corpus Hermeticum*, de Hermes Trismegisto, que havia encontrado no criado-mudo.

Se quisesse impressionar os amigos, o homem não faria feio se deixasse o acervo na sala de estar. Uma vez que o limitara ao ambiente privado do escritório, no andar de cima, Dornelas concluiu que o sujeito deveria ser muito culto. *Uma sumidade ou um pentelho*, pensou com sarcasmo, abandonando essa ideia assim que viu, na prateleira seguinte, a espada flamígera apoiada na horizontal sobre um elegante pedestal de madeira. Uma verdadeira obra de arte.

A lâmina, grossa no encontro com o cabo, afilava-se de modo ondulante até a ponta, como uma serpente prateada. No centro do cabo, possivelmente de ouro, havia uma pedra azul incrustada. Mais abaixo, o compasso e o esquadro sobrepostos, o símbolo da Maçonaria.

Em respeito à Ordem e ao dono, Dornelas não ousou tocá-la. Apenas fincou os olhos nela na tentativa de encontrar digitais, mesmo ciente de que o papiloscopista já teria feito justamente isso.

Cuidadosamente, girou o pedestal sobre a prateleira e a estudou do lado oposto. Nada. Reposicionou-a e sentiu uma espécie de peso na alma ao vê-la ali, imóvel, reluzente, como se todo o conhecimento, e qualquer que fosse o valor de quem a manejava, houvesse se transferido e impregnado o metal frio.

★

Já na rua, equilibrando-se no piso pé de moleque, Dornelas passou a mão no celular e buscou um número de telefone na caixa de contatos. Maldita combinação que ele não conseguia gravar.

– Peixoto?

– Sim, doutor.

– Quem ficou encarregado de contatar os amigos dos sogros para depor?

– Não faço a menor ideia.

Dornelas estacou de espanto.

– Como assim?

– Por que "como assim"? Para mim ninguém passou nada.

Inacreditável.

– Tudo bem.

Desligou, irritado.

Botou a mente para funcionar e constatou que o cansaço da noite maldormida estava lhe anuviando o raciocínio. Vasculhou a memória e resolveu ligar para Solano.

– Está com você a lista de amigos dos sogros para chamarmos para depoimento?

– Estava. Passei para Caparrós. Estou atrás das imagens, lembra-se?

– Sim, sim.

Coçou a cabeça. Uma brecha de silêncio. Solano resolveu quebrá-la com cautela.

– Pelo que ouvi, está dando o maior bode com isso.

– Por quê?

– Até onde sei, as primeiras pessoas que Caparrós contatou ficaram putíssimas por terem de ir à delegacia prestar depoimento.

Dornelas apertou os olhos com os dedos e disparou:

– Querem o quê, serviço de entrega?

O investigador sentiu o tranco e ficou mudo. Dornelas, assim que as palavras lhe saíram da boca, lembrou-se da recomendação de Amarildo de lidar com o pessoal da Maçonaria com muito tato. Respirou fundo, deixou a informação decantar um pouco e disse calmamente:

– Faça o seguinte: peça para Caparrós preparar uma lista completa com nomes, telefones e endereços das pessoas que vocês conseguiram reunir e deixe na minha mesa. Serei obrigado a contatar um a um pessoalmente.

– Pode deixar.

O delegado agradeceu, desligou e guardou o telefone no bolso. Caminhou um pouco sob o sol escaldante, apertou o passo e atravessou a rua cruzando pela frente de uma charrete enquanto o condutor, de rédeas em punho, contava maquinalmente a história da cidade para um casal de turistas apinhado sob a capota de lona no banco de trás; o cavalo, por sua vez, cagava sobre um saco de entulho amarrado aos varais; alguns toletes ficavam pelo caminho e rolavam sobre as pedras do piso.

Dornelas pulou um degrau de pedra e entrou no bar do Vito. Por hábito, olhou o relógio. Nem era preciso. Passava das duas e o estômago estava como que colado às costelas de tanta fome.

Capítulo 13

— Pousada do Cais, boa tarde – disse a recepcionista ao telefone.

– Boa tarde – disse Dornelas. – Quero falar com o senhor Gileno D'Agostini Rubens, por favor.

– Quem deseja?

– Delegado Joaquim Dornelas. Polícia Civil de Palmyra.

– Um momentinho.

Alguns segundos, um clique e uma voz grave surgiu:

– Boa tarde, delegado. Estava esperando sua ligação.

Como que acionado por um botão, Dornelas comparou a voz dessa frase, enquanto era dita, com a do sujeito que o intimou a abandonar a cena do crime. Por puro instinto, e bom ouvido, teve a certeza de que ambas saíram de bocas diferentes. A de Gileno tinha um tom formal e distante. A do outro homem, mais jovial e acessível. No entanto, ambas carregavam a mesma preocupação com clareza e precisão. O delegado questionou-se se seria uma questão de idade, formação acadêmica ou das leituras que Gileno fazia no escritório de casa. Não chegou a nenhuma conclusão. Atentou-se em armazenar a informação num canto da mente para colocá-la à prova assim que se encontrasse com ele. O delegado passou a medir as palavras.

– Boa tarde, senhor Gileno. Estive envolvido em outras questões.

– O senhor sabe do trabalho que faz e do que precisa ser feito.

– Perfeitamente. Além do mais, quis dar ao senhor e à sua esposa tempo para se recuperarem do ocorrido – disse Dornelas na primeira lorota do dia. Se estivesse à frente da investigação desde o primeiro momento, o interrogatório teria ocorrido na noite passada. O tempo correu e sua desvantagem para com o assassino aumentara. No fundo lamentou a inércia de Peixoto.

– Agradeço por isso. Estamos muito abalados. Rosana era como a filha que não tivemos. Uma tragédia. É tudo o que posso dizer.

– Compreendo. Mas, como o senhor sabe, conduzo uma investigação. É meu dever encontrar quem fez isso.

– Claro. Conte conosco. Faremos o que for necessário para ajudá-lo.

– Ótimo. Para quando podemos marcar uma conversa? Com o senhor e sua esposa.

Gileno respondeu com outra pergunta:

– A casa. Quando podemos voltar?

– Imediatamente. Saí de lá faz pouco tempo. A Perícia já terminou o que tinha que fazer.

– Posso mandar uma faxineira limpar tudo?

– Quando quiser.

– Ótimo. Vou cuidar disso agora mesmo.

Dornelas via que a conversa começava a se afastar do objetivo e resolveu repetir a dose.

– Qual seria a melhor hora para conversarmos?

– Bem, delegado. Norma está dormindo sob o efeito de calmantes. O senhor poderia vir no final do dia, ou quem sabe amanhã pela manhã?

– Que tal dezenove horas? Seria importante conversarmos ainda hoje sobre isso.

– Marcado para as dezenove horas, então. O senhor pode encontrar-nos aqui no hotel. Quarto 21. Voltaremos para casa apenas depois da faxina, que deve acontecer somente amanhã.

– Ótimo. Até mais tarde.

– Passar bem.

★

Dornelas pegou a estrada para Marealto pela segunda vez no dia. Com a filha salva e a barriga cheia, não foi preciso pisar fundo. Por precaução e medo de dormir ao volante, sintonizou o rádio numa estação famosa por tocar baladas insuportáveis.

Chegou à delegacia pouco depois das quatro. Pátio cheio, recepção entulhada, identificou-se para a recepcionista – não a mesma da manhã –, contou o motivo da visita e pediu para falar com Sampaio. A moça disse que o investigador estava em campo e que voltaria a qualquer momento. Pediu por Miranda. Impossível. O delegado titular saiu e não disse para onde ia, nem a que horas voltaria, se voltaria. *Foi para casa*, pensou Dornelas.

Perguntou então se algum investigador livre poderia conduzi-lo aos carcereiros da filha. A mulher soltou a típica resposta das atendentes das empresas de telefonia:

– Sinto muito, mas estão todos em atendimento. Sente um pouquinho. Em cinco minutos, alguém se libera e atende o senhor.

Contrafeito, Dornelas se apertou num dos bancos e encostou a cabeça na parede. Os pensamentos passaram a flutuar na superfície da mente como mosquitos deslizando numa lâmina d'água. O cansaço era grande demais para ater-se a um deles. Sem se dar conta, mergulhou num sono profundo e irresistível.

★

Sampaio chegou pouco tempo depois e se deparou com Dornelas dormindo na recepção. O investigador estava ciente do inferno pelo qual o delegado de Palmyra fora forçado a passar durante a noite. Resolveu deixá-lo descansar. Além do mais, ele precisava liberar um relatório atrasado e acreditava que quinze minutos eram mais do que suficientes para dar conta do serviço.

Entrou, fez o que tinha que fazer e voltou. Quinze cravados. Dornelas ressonava na mesma posição do filho, horas antes: nuca contra a parede, rosto virado para o teto, boca aberta.

O investigador ficou sem saber o que fazer. Considerou duas opções: acordá-lo e correr o risco de tomar uma bronca, ou deixá-lo dormir e correr o mesmo risco assim que o delegado acordasse por conta própria. Pelo menos é o que aconteceria se fosse com Miranda.

Ressabiado, bolou um plano simples. Foi à mesa da recepção, cochichou alguma coisa no ouvido da telefonista e saiu pela porta dos fundos. No pátio, sacou o celular e ligou no número de Dornelas, o qual o chefe forneceu no meio da madrugada. No terceiro toque o delegado atendeu afoito:

— Sim. Alô! Alô!

Segundo veio saber depois, pela telefonista, Dornelas deu um salto no lugar assim que o celular começou a tocar.

— Doutor, Sampaio aqui.

— Sim, Sampaio. Como vai? Perdão, caí no sono.

— Sem problemas. A telefonista disse que o senhor chegou e procurou por mim.

— Ah, claro. Vim interrogar os meninos.

— Perfeito. Chego em cinco.

Até já. Desligaram.

Tarefa cumprida, sem pesadelos. O investigador deixou o relógio correr enquanto se protegia do sol à sombra de uma mangueira antiga e frondosa, na esquina.

★

— Muito bem — desabafou Dornelas, que largou os cotovelos nos joelhos e olhou primeiro para um, depois para o outro dos dois meliantes. Ambos mantiveram a cabeça baixa como se procurassem uma formiga no chão. Sampaio resolveu ficar de pé, cobrindo a saída – Como vai ser?

A frase levou o raciocínio para uma área negra e opaca da mente, uma região povoada por medo e raiva. Por trás da fachada aparentemente suave, havia o convite sedutor que o transformaria num grandessíssimo filho da puta. Avesso a esse tipo de abordagem, recuou e resolveu adotar um tom firme e direto.

– Primeira coisa: educação. Quero os dois olhando para mim nos olhos.

O mais magro levantou a cabeça e passou a olhá-lo de esguelha. O mais atarracado manteve a cabeça baixa.

– Os dois – reforçou. – Não estou pedindo.

O atarracado então levantou a cabeça devagar e passou a encará-lo com raiva abundante, porém contida, as sobras como que transbordando pelas pálpebras.

Para facilitar o diálogo, o delegado esticou o pescoço sobre a mesa e estudou nome e foto da ficha de um, encarou o dono, depois fez o mesmo com o outro.

– Wellinton, catorze anos. Marcos, dezesseis. É importante que saibam de uma coisa: a menina que fugiu do cativeiro é minha filha. E, por acaso, sou delegado.

Wellinton, o esguio, mais moço e mais alto, arregalou os olhos e virou o rosto na direção de Marcos, que respondeu com um aceno breve e comedido de cabeça. Ficou claro que era ele quem comandava a dupla.

– Isso significa que não vou descansar enquanto não botar as mãos em quem atacou minha família.

Nem um pio.

– Quem contratou vocês?

Nada. Dornelas teve a impressão de que a tecla "mudo" de um aparelho de som tivesse sido acionada no ambiente.

– Vou perguntar mais uma vez: quem contratou vocês?

Silêncio total. Olhou o relógio.

– São 17h13 de um sábado. Posso ficar aqui o tempo necessário até que vocês contem tudo.

Ele então recuou no assento e cruzou os braços. Os meninos se entreolharam. O tempo foi passando. Presumindo que a coisa demoraria, e com o objetivo de criar um drama, Sampaio pegou uma cadeira do canto e propositalmente arrastou-a devagar, sobre o piso de cimento, para o mesmo lugar em que se postara. Os pés de ferro produziram um guincho capaz até de esticar pentelhos. E lá se sentou. Wellinton chegou a contrair-se no lugar.

Dornelas, por sua vez, tirou o celular do bolso e passou a ler os e-mails. Havia diversos sobre a rotina administrativa da delegacia, um de Peixoto, piadas de amigos, notícias, os lançamentos musicais, coisas do tipo.

Vez por outra, levantava os olhos e verificava se algum dos meninos tinha mudado de atitude e mostrava alguma disposição em colaborar com a polícia.

Fez uma busca na caixa de mensagens de texto, jogou mensagens antigas na lixeira e levantou os olhos mais uma vez. Deparou-se com Wellinton, de olhar vago e a primeira falange do indicador inteira enfiada no nariz. Ele cutucava ferozmente a região. Em dado momento, e imerso naquilo, o menino tirou uma lombriga viscosa que começou a enrolar com o dedão, formando uma pequena bola. Dornelas o manteve no foco e aguardou. Sem saber que cada movimento seu era estudado, Wellinton passou a procurar como livrar-se da catota. Ensaiou um assobio, girou os olhos pelo ambiente e encontrou os do delegado fixos nos seus.

– Se grudar debaixo da cadeira, vai direto para o xilindró – resolveu então aproveitar a deixa e voltou à carga, o delegado: – Quem contratou vocês dois?

Nada. Silêncio total. Wellinton, com a bolinha de meleca na ponta do dedo, que mais parecia uma verruga, rapidamente colocou-a na boca.

Vendo que a estratégia de bom moço não surtira efeito, o delegado resolveu abandonar o tom paternal e adotar o modo frio e duro da lei.

– Vocês querem voltar para casa hoje ou daqui a três meses?

Uma fagulha de espanto cruzou a mente de Wellinton, que arregalou os olhos e buscou em súplica o olhar de Marcos. Este respondeu friamente:

– Só vou falar na presença do meu advogado.

– Justo – disse Dornelas. – A questão é que até agora nenhum se apresentou. Aliás, nem mãe, nem pai também.

Um golpe baixo do qual Dornelas não se sentiu nem um pouco orgulhoso em dar. Era notório que grande parte dos falcões e carcereiros do tráfico tinha mãe presente e pai ausente. Jogar com isso era duro, porém necessário.

– Cada um de vocês quer ver a mãe em casa hoje, ou quer que ela venha buscá-los aqui quando a justiça assim determinar, o que pode acontecer, digamos, daqui a três meses?

Wellinton pulou para a ponta da cadeira e disparou:

– Quero ir para casa hoje.

Marcos deu-lhe uma cotovelada no flanco.

– Cala a boca, cara!

Wellinton levantou as mãos para revidar. Sampaio ficou de pé num salto e agarrou os pulsos do moleque.

– Vamos deixar disso! Se for para sair no tapa, a coisa acaba aqui e os dois voltam para o xadrez.

– Tranquilo, chefia, tranquilo – disse Wellinton, abanando as mãos no ar.

Marcos permaneceu quieto, alerta. Sampaio voltou para a cadeira. Sem se deixar contaminar pela contenda, Dornelas prosseguiu:

— E, então, Marcos, Wellinton quer voltar para casa hoje. E você?

O menino o fitava como um felino encurralado. A raiva parecia cozinhar dentro dele como carne dura em panela de pressão lacrada, o bico entupido e o fogo alto.

— Só vou falar na presença do meu advogado — repetiu maquinalmente.

— Muito bem. — Dornelas aguardou Sampaio ajeitar-se de volta na cadeira e devolver-lhe a atenção e disparou: — Vamos separar os dois. Marcos volta para o xadrez. Wellinton conta o que sabe e volta para casa. Hoje ainda.

— Feito, doutor. — O investigador deu impulso com os braços e ficou de pé novamente.

— Beleza. Beleza — disse Marcos.

De pé, atrás do menino, Sampaio aguardou uma instrução do delegado, que fez um aceno com a cabeça. O investigador voltou a sentar-se.

— Última chance. Agora ou nunca. Quem contratou vocês para cuidar do cativeiro?

Marcos tomou a palavra.

— Uma mulher.

Tomado de espanto, o delegado desejou vivamente que esta fosse a mesma mulher que seduziu Roberta a sair da rodoviária e a empurrar para dentro do Gol preto.

— Qual o nome?

— Malú.

— Malú de Maria Luiza ou Maria Lúcia?

— Não sei. Conheci como Malú.

— Sobrenome.

— Não sei.

— Quando foi isso?

— Faz uma semana — interveio Wellinton.

Marcos olhou para ele e corrigiu:

– Nove dias.

– Ela estava sozinha?

– Não, acompanhada de um cara lá do morro.

– Quem?

– Mané Cheiroso.

Dornelas vasculhou a memória e trocou olhares com Sampaio.

– Roberta mencionou esse nome de madrugada, correto?

– Sim, senhor.

– Quem é?

– Um dos chefões do tráfico em Marealto.

– Alguma ideia do paradeiro dele?

Sampaio balançou a cabeça. Dornelas caiu em decepção, pois ficou claro que os meninos faziam parte de uma engrenagem da qual não tinham a mínima informação. Uma ponta cega, igual ao motorista do ônibus.

– Vocês conseguem descrever essa mulher?

Os dois meninos trocaram olhares e fizeram que sim com a cabeça.

– Ótimo. – Dornelas voltou-se para Sampaio. – Benício ainda trabalha aqui?

– O retratista? – rebateu Sampaio, exultante. – Benício é o nosso Picasso!

– Chame-o.

O investigador esfregou as mãos de modo nervoso e disse, visivelmente sem jeito:

– Doutor, tem um probleminha.

– Diga.

– É sobre Benício... Senhor Benício, melhor dizendo. É que com a morte da mulher, ano passado, o homem sofreu demais e entrou fundo na bebida. Dona Amélia era tudo para ele.

– Fiquei sabendo. Como ele está?

Sampaio fez um meneio da cabeça.

– Bem.

Pelo jeito evasivo do investigador, Dornelas percebeu que havia algo mais.

– E?

Sampaio correu os olhos pelo ambiente, estudou a situação e disse:

– O senhor pode me acompanhar um minutinho?

O investigador saiu da sala. Dornelas o seguiu, fechou a porta atrás de si e preparou os ouvidos.

– Infelizmente, a coisa não parou na bebida – cochichou Sampaio.

Dornelas pensou no pior.

– Cocaína também?

– Não. Nada disso. A coisa tem andado mais para o lado de um baseadinho.

Dos males, o menor, pensou o delegado de um jeito condescendente.

Sampaio, visivelmente constrangido por ter dado a notícia, como se isso manchasse de alguma forma a reputação da delegacia de Marealto, desabafou, agitando os braços no ar:

– Sinto muito, doutor, mas, de uns tempos para cá, Benício pensa que isso aqui é o Uruguai. Conversei muito com o doutor Miranda sobre ele. Se a gente põe o homem na cadeia, acaba de vez com a vida dele e fica sem um retratista de primeira. Se não põe, fica essa situação estranha. É complicado!

– Compreendo – disse Dornelas, que se afundou em reflexão. Passou então a consciência sobre o tema como se faz com um ferro quente sobre roupas amassadas, e não se sentiu à altura de julgar como um homem deve lidar com a perda da mulher com quem ficou bem casado por mais de quarenta anos.

– Sem problemas. Você pode chamá-lo mesmo assim?

– Deixe ver por onde ele anda. Hoje é sábado, dia de folga... O senhor sabe.

Sampaio evaporou para a recepção. Dornelas voltou para a sala. Os meninos se entreolhavam com desconfiança.

Retomou o assento. Alguns minutos de um silêncio forçado se passaram. Um vozerio no corredor. Sampaio apareceu e o chamou. Dornelas o seguiu e fechou a porta.

– Hoje é mesmo o dia de folga do mestre Benício – cochichou o investigador. – Ele relutou em vir, disse que estava nu no quintal, regando as orquídeas da dona Amélia. Quando falei que era um caso especial para o senhor, prontificou-se a vir. Pediu um tempo para se vestir e dar um tapinha. Já, já ele chega.

– Ele fuma para desenhar?

– Fuma, mas não aqui. E, quando fuma, bate os irmãos Caruso de olhos fechados. O senhor vai ver – disse Sampaio, em comedido orgulho.

Dornelas pensou um pouco e disse:

– Tudo bem, mas você vai deixá-lo dirigir?

– De modo algum. Mandei buscá-lo.

– Ótimo.

Capítulo 14

Fazia um bom tempo que Dornelas não via Benício. Pelo que veio a saber – meses depois de o retratista perder a esposa –, dona Amélia mandou para a cova não apenas o próprio corpo como também a vontade de viver do marido. Por essa razão, pela pressa e por confiar no talento do homem, o melhor seria fazer vista grossa para os vícios dele.

Moralismos à parte, a situação era mesmo complicada de lidar. Dornelas ficou contente por situação similar não acontecer na delegacia de Palmyra. Chegou a essa conclusão assim que Benício entrou na sala e partiu para cima dele de braços abertos, olhos injetados e um sorriso descortinado no rosto.

– Doutor Dornelles, como vai o ministério?

O delegado ficou rígido como uma estátua de tanto embaraço e, por um momento, sem ação, até que achou por bem entrar no jogo e cumprimentar o retratista com o mesmo empenho. Resolveu que era melhor dar corda ao homem e ter o desenho logo do que bancar o durão e melar tudo. Além dos mais, ele estava fora de sua jurisdição. Se a imprensa descobrisse que um usuário de maconha cumpria expediente na Polícia Civil, não era a delegacia de Palmyra que sairia na capa dos jornais, muito menos uma foto sua.

Dornelas apertou efusivamente a mão do homem e disse:

– Como vai essa força, meu mestre?

Sampaio, que vinha logo atrás, ultrapassou Benício num salto, envolveu-lhe os ombros num abraço e interveio com cautela, como se faz com os loucos de hospício.

— Seu Benício, esse é o delegado Joaquim Dornelas. Você está confundindo com aquele outro, o ex-Ministro da Fazenda, Francisco Dornelles.

Abraçado pelo investigador e agarrado à mão do delegado, Benício lançou um olhar esgazeado para o alto como se analisasse, no teto branco, um afresco renascentista.

— Cristo Rei, aquele é careca como uma bola de bilhar. — E uma espécie de cortina negra baixou sobre ele, que encarou Dornelas já sem o entusiasmo de antes e arrematou de modo grave e triste: — Desculpe, doutor. Ando meio atrapalhado ultimamente.

Sentados e algemados, os meninos assistiam à cena boquiabertos. Sampaio puxou o braço, Dornelas livrou a mão e com ela deu um tapinha fraternal no ombro de Benício.

— Não se preocupe, mestre. O importante é que você esteja bem. Sou capaz de imaginar a falta que dona Amélia tem feito.

— Ah, doutor. Aquela velha era tudo para mim. E agora com os filhos grandes, casados, um para cada lado, passo os dias procurando o que fazer, para onde ir.

Abandonado pela mulher, que levou os filhos para longe, Dornelas foi tomado por uma empatia profunda e resolveu abrir o coração.

— Pois tenho uma boa dica para isso, meu caro: trabalho. Não tem nada melhor para tirar a gente do lamaçal de uma fase ruim do que o trabalho. Não apenas ajuda a organizar a cabeça, como nos faz ver que a vida continua. É preciso seguir em frente! Afinal de contas, você ainda tem seus filhos.

— Mas, doutor, quando a gente resolve ter filhos, não dá para escolher o que vem. Meu mais velho, por exemplo, não gosta de mim. Nunca gostou. Desde que Noquinha se foi... — Benício levantou as mãos para o ar —, que Deus a tenha, ele nunca voltou para me ver. Com mulher, não; quando o coração escolhe, manda. E a gente vai atrás, faz o que for preciso para convencê-la a se casar. Foi assim comigo. Demorei mais de ano para conseguir sair pela primeira vez com a mulher com quem fiquei casado por quarenta e três anos.

Dornelas absorveu as palavras com profunda admiração. Quisera ele ter se casado pela primeira vez amando assim. Numa vaga constatação, viu que esse não tinha sido o caso. Pois não é que o destino caridosamente lhe apresentava uma segunda chance com Dulce Neves! Quem sabe com ela vingue a vida a dois que ele sempre quis ter.

— Mas saiba que o que você e dona Amélia viveram é raro de encontrar.

— Raro nada. Raro é ter vontade e coragem de abrir o coração para a mulher que se ama. Os jovens de hoje, o que fazem? Passam os dias enfiados nos celulares, tirando fotos, mandando mensagens. Se não fazem isso, ficam enfurnados no trabalho querendo apenas ganhar dinheiro e poder. Ninguém mais tem coragem de sequer olhar nos olhos do outro, quanto mais construir um casamento. São de uma individualidade e de um egoísmo que nunca vi iguais.

Dornelas sentiu os músculos das pernas enrijecerem como duas pilastras de concreto. Quem poderia imaginar que ele teria ali, na sala de um escrivão, com um retratista drogado, uma breve porém profunda aula sobre o estado das relações humanas nos dias de hoje. Os intestinos deram como que um nó e, por um momento, ele se sentiu nauseado.

Meio sem jeito, agradeceu o homem, deu algumas instruções a Sampaio e a desculpa de que, para não atrapalhar o trabalho de Benício, esperaria na recepção.

Saiu, sentou no banco da recepção e mergulhou para dentro de si. Era hora de reavaliar umas coisinhas na própria vida.

★

O celular tocou. O delegado bateu os olhos no relógio: 18h36. Atendeu, alheio ao tempo.

– Dornelas.

– O senhor não vêm? – perguntou Peixoto, afoito. – A imprensa está em peso aqui.

Puta que pariu, a coletiva de imprensa... E o depoimento dos donos da casa às dezenove horas.

O dia caía. Com ele, a velocidade do raciocínio. Não precisaria ser um gênio para concluir que não chegaria a tempo em nenhum dos compromissos.

Por um lado, repreendeu-se pelo esquecimento. Por outro, perdoou-se pela confusão. O sequestro da filha havia mexido com ele de um jeito novo, intenso e desconhecido. Intimamente, sentia-se como se alguém tivesse invadido sua casa e trocado todos os móveis de lugar. O baque fora grande demais e até o momento ele não tinha tido tempo para digerir o fato. Não era hora de exigir demais de si mesmo.

– Não vou chegar. Ainda estou em Marealto aguardando um retrato falado. Não saio enquanto não tiver isso em mãos.

Pelo telefone, foi capaz de perceber que o entusiasmo do delegado assistente atingira a estratosfera.

– Sem problemas. Pode deixar que seguro as pontas por aqui.

– Ótimo. O que você pretende dizer?

– Os detalhes do caso.

– Quais?

Um silêncio. Peixoto sentia como que um fosso abrir-se sob os pés. Dornelas captou a aflição dele.

– Ligue já para o Chagas e pegue com ele os detalhes do relatório da casa. Apenas isso.

– Arrã. Os detalhes da casa.

– Não entre no mérito de como a vítima foi assassinada, dos

golpes que levou, dos detalhes do sangue, nada disso. Concentre-se na casa que vai ficar tudo bem.

– Tudo bem – repetiu o vice, mecanicamente.

– A imprensa vai tentar espremê-lo como um limão atrás dos detalhes de como a moça foi assassinada. Fique longe disso para o bem da investigação e do povo, que não precisa ficar sabendo de nada disso.

– Longe disso. Pode deixar.

Resolveu então aproveitar o nervosismo do delegado assistente e arrematar a conversa de um jeito ardiloso.

– Faça o que estou dizendo e sua carreira vai decolar.

– Deixe comigo, doutor. E obrigado pelas dicas. Vou ligar agorinha para o Chagas.

Mas faltava deixar uma coisa bem clara.

– Mas não se esqueça de dizer que o responsável pelo caso sou eu. Diga que estou em campo numa emergência. Se precisarem, estarei à disposição para esclarecimentos a partir de segunda-feira.

– Abraço. Boa sorte – desligaram.

Dornelas ligou para a Pousada do Cais, identificou-se e pediu à telefonista que chamasse Gileno. Um breve silêncio e a voz dela ressurgiu dizendo que o telefone do quarto tocava, ninguém atendia, e indagando se ele, delegado, não queria deixar um recado. *Perfeito*. Um recado evitaria uma mentira. Uma vez que o raciocínio não estava lá essas coisas, ele não queria ser desmascarado por uma atuação sofrível.

– Diga que houve um imprevisto e que a conversa que teríamos agora às dezenove horas fica para depois. Melhor até, que ligarei amanhã pela manhã para marcar um novo horário.

Agradeceu, desligou e aguardou um pouco mais.

O retrato ficou pronto quinze minutos depois. Segundo os garotos, na perfeição. Palmas para Benício e para o baseado que ele fumou antes do serviço.

Chega. Dornelas pegou o retrato, deu um abraço forte no retratista, bateu um papinho com Sampaio sobre a situação dos meliantes e voltou para Palmyra.

★

Direto para a casa de Dulce, porém ainda dividido. Ele não podia encontrar-se com ela e com os filhos sem antes dar uma voltinha com Lupi. Era isso ou o cachorro sujaria a sala, por aperto ou pirraça. Além do mais, Dornelas nutria pelo animal uma afeição digna de filho querido.

Quando deu na veneta da ex-mulher acabar com o casamento e mudar-se com os filhos para o Rio de Janeiro, o cão ficou como seu único aliado. Nas semanas seguintes à separação, foram os ouvidos de Lupi que aguentaram as litanias de mágoas e reclamações, dor e solidão. Segundo Dornelas, o melhor psicanalista que existe, pois escuta sem julgar, mantém pelo dono um amor incondicional e não cobra um tostão pelo serviço.

Ao dobrar a esquina e entrar na rua de casa, notou a luz apagada na arandela sobre a porta da entrada. Achou estranho, já que havia instalado, não fazia muito tempo, um sensor de iluminação. Mas logo relaxou, supondo que ele próprio deveria ter mexido no interruptor quando saiu às pressas no meio da madrugada.

Ao enfiar a chave na fechadura, a porta recuou. Estava aberta, destrancada, encostada apenas.

Luz apagada, porta destrancada...

A mente, mesmo cansada, avaliou rapidamente a situação e se deu conta de que, se havia alguém dentro da casa ou nas redondezas, ele, delegado, era o alvo.

Foi tomado por um fervor repentino. A reação física foi imediata: músculos rijos, respiração ofegante, pupilas dilatadas, coração às marretadas.

Num estalo, girou sobre os calcanhares, saiu do vão da porta entreaberta – quem sabe existia alguém, algum revólver apontado para ele no escuro –, grudou as costas na parede colada ao batente e sacou a arma. Escancarou a porta com a ponta do sapato e gritou pelo vão:

– LUPI!

Nada, nem mesmo o tilintar das patinhas no piso de tijolos.

Assobiou.

Aguardou.

Nada.

– LUPI!

Agachou-se, girou sobre os joelhos flexionados e, com a mão livre, acionou um dos três interruptores presos ao batente do lado de dentro, o do meio, que acendia a luz da sala.

Nada.

Acionou o de cima, que acendia a luz do hall de entrada.

Escuridão total.

Evitou o interruptor de baixo, que acenderia a arandela. Não queria jogar luz sobre si e, com isso, tornar-se um alvo fácil para um atirador competente do lado de fora.

Olhou em volta. Sábado à noite, final de semana sem nenhum evento na cidade.

Rua vazia.

Estudou uma esquina.

E, ao girar a cabeça para analisar a outra, fixou a atenção no toldo sobre a porta da loja de quinquilharias, do outro lado da rua. Atirou-se para lá e se escondeu na sombra dele. Sem saber, um gatilho foi disparado na mente, o das associações divertidas e geralmente inoportunas, e se viu na pele de Harry Lime de *O terceiro homem*, escondido na sombra de uma soleira. Faltava o gato a lamber-se entre os pés.

Deu um chega para lá na cena e constatou as casas vizinhas iluminadas, assim como a rua. Energia não faltava.

Alguém desligou a chave geral.

Fixou-se na porta aberta, no vão negro, e se sentiu engolido pela escuridão, como que sugado numa espiral descendente pela garganta de uma fera brutal. Entregou-se ao impulso incontrolável e, em pensamento, entrou na casa, visualizou a mesinha da entrada, o sofá, as poltronas ao lado, as mesinhas com os abajures, a mesa de centro, as colunas de madeira, o vão debaixo da escada, o bar, o conjunto da sala de jantar... Vagava pelo lugar como se, em consciência, jogasse luz sobre cada ponto da casa.

Foi adiante.

Passou pelo corredor de ligação da sala de jantar com a parte dos fundos, entre a escada da lavanderia e o quintal. Entrou na cozinha, vasculhou aqui e ali. Nada.

Em mente, recuou, subiu a escada, deu na janelinha ao lado da porta, virou, visualizou as máquinas de lavar e de secar roupas, o tanque, os armários, o vassoureiro, o banheiro da faxineira.

Desceu e voltou para a sala.

Subiu as escadas, virou à direita, entrou no seu quarto, banheiro, e nada. Atravessou o corredor e foi ao quarto dos filhos, o banheiro. Nada também.

Voltou e subiu para o sótão, o escritório; com a consciência, varreu o ambiente e, como se desliga uma lanterna, em mente, abandonou a casa.

Mesmo aparentemente vazia, Dornelas não quis arriscar-se a invadir de corpo e alma o lar escuro. As pernas tremiam. Resfolegava. Avaliando a rua à procura de qualquer movimento, tirou o celular do bolso e discou um número, da tecla rápida.

– Solano!

– Pois não, doutor.

Dornelas contou tudo, atropelando as palavras.

– Mande uma viatura para cá, agora!

Desligou e pensou em Lupi.

Fugiu ou foi pego? Se foi pego, o que fizeram com ele? Se fugiu, onde está?

Uma coisa era certa, Lupi era um vira-lata. Dornelas o tirou já adulto das ruas. Se tivesse escapado, em breve apareceria. Além do mais, muita gente nas redondezas o conhecia, e o nome e telefone do delegado estavam gravados numa plaquetinha metálica presa à coleira.

Por outro lado, se alguém o pegou com a intenção de passar um recado, a coisa toda mudava de figura. Dornelas ficou preocupado com essa possibilidade.

★

Dulce ficou uma pilha assim que soube do ocorrido. Pelo tom de voz esganiçado, beirava o desespero. Dornelas zanzava de um lado a outro na rua à procura do que dizer. Com as costas da mão vazia, esfregou a testa de arrependimento. Não deveria ter contado tudo pelo telefone. Uma coisa a mais com que se preocupar. Procurou acalmá-la dizendo que uma viatura havia chegado, policiais vasculharam a área e confirmaram que não havia ninguém à espreita, nem na casa, nem na rua. Ela não se convenceu.

Ele então resolveu usar uma rota de fuga para afastá-la do assunto.

— Como foi o dia de vocês?

A namorada caiu em prantos, balbuciava até. *Pronto, a bagunça está armada*, pensou o delegado. *O dia com as crianças foi um desastre*. Teve até medo de insistir. Resolveu mudar de estratégia.

— Quer que eu vá buscar as crianças e as traga para cá? Estamos terminando aqui.

Ela deu uma fungada, suspirou, pareceu estar limpando as lágrimas.

— Não precisa. É que sei lá, essa situação toda...

Confuso, como ficam os homens diante dos fluxos emocionais que por vezes arrebata uma mulher, ele ficou sem saber por onde retomar a conversa, o que dizer, o que fazer. Dulce captou a hesitação, voltou ao eixo e enxugou as lágrimas.

– Por que você não tranca tudo aí e vem para cá? – disse ela, de modo frio e prático. – Assim podemos liberar o Cláudio que, coitado, passou o dia todo plantado aqui na frente.

Dornelas havia se esquecido do amigo, penitenciou-se por ele, pensou em Lupi mais uma vez e concluiu que, por ora, não havia muito o que fazer senão esperar. E isso o irritava, pois ele detestava ter de ficar de braços cruzados aguardando o desenrolar de mais um atentado.

– Vou assim que terminar aqui.

Desligaram. Solano saía da casa que, minutos antes, ganhara vida como um pinheiro em noite de Natal. Jaque e Lotufo vinham no encalço, os três de armas em punho.

– Nenhum sinal de arrombamento. Como o senhor disse, a chave geral estava desligada – disse Solano.

Sem surpresa até aqui.

– O senhor acredita que exista uma conexão entre isso, o sequestro da Roberta e a morte da moça? – perguntou Lotufo.

– Não tenho dúvidas – respondeu o delegado, de espírito inquieto por ver que sua intuição se confirmava, as ameaças não pararam como Dulce – ingenuamente ou talvez por amor cego e excesso de otimismo – o levou a acreditar. Pelo contrário, estavam aproximando-se cada vez mais rápido e aumentando em grau e intensidade. Sentiu-se tolo por ter se deixado levar tão facilmente, por não ter se preparado para o que agora era evidente: o alvo era ele e havia um interesse muito forte por trás de tudo isso, talvez ainda maior do que acobertar o assassinato de um garota de 16 anos.

– Quer que eu chame o Chagas para tirar as digitais da casa? – perguntou Solano.

– Nah! – grunhiu Dornelas, pois bem sabia que isso não daria em nada, apenas atrapalharia a entrega dos relatórios já em atraso.

Disparou então algumas ordens, fechou tudo e seguiu para o carro, ruminando os detalhes do atentado, uma expressão bovina estampada no rosto.

Entrou, bateu a porta e depois os olhos no retrato falado no banco de passageiros. Puxou-o de debaixo do celular da vítima do Centro Histórico, deu uma boa olhada nele – o rosto de Malú –, jogou-o de volta no assento, deu a partida no motor e saiu fritando os pneus.

No caminho, chegou a uma conclusão definitiva: precisava tirar uma boa soneca.

★

– É ela, pai – disse Roberta ao estudar o desenho de Benício. – Tenho certeza. Lembro bem dessa pinta na bochecha.

Dornelas ficou contente. Mais um ponto dado numa imensa colcha de retalhos. Passou o retrato pelo escâner de Dulce e enviou a imagem no e-mail de todos os investigadores da sua equipe com a mensagem: DIVULGUEM ESTE RETRATO IMEDIATAMENTE. ESTA É A MULHER QUE CONTRATOU OS CARCEREIROS DE ROBERTA E A LEVOU DA RODOVIÁRIA. DORNELAS.

Ligou o celular e, para reforçar, mandou uma mensagem de texto para os celulares de todos eles, avisando do e-mail, da urgência.

Desligou tudo, jantou, tomou um banho longo e quente e desfaleceu na cama.

Capítulo 15

Abriu os olhos e sentiu o corpo como uma estrutura compacta de ferro retorcido e concreto. Mal conseguiu mover-se entre os lençóis. Pelos fios de luz que se espremiam pelas frestas das janelas, pode ver que Dulce saíra da cama.

Ligou o celular – 9h17 de um domingo –, notou a bateria fraca e olhou para o teto como se vislumbrasse um céu estrelado por puro encantamento.

O espírito renovado e a mente vazia o fizeram repassar ponto por ponto os eventos dos últimos dois dias, da espera na rodoviária na noite de sexta-feira ao sumiço de Lupi na noite passada. Uma sucessão de imagens, impressões, emoções e sensações formaram uma narrativa mental numa espécie de filme, de começo abrupto e final incerto. Fã confesso da sétima arte, Dornelas admitiu que a produção, por assim dizer, ainda se encontrava em andamento. Procurou prever o próximo passo, o que fizesse mais sentido.

Não foi difícil. Passou a mão no celular e ligou para a Pousada do Cais.

★

– Podemos deixar para as catorze horas? – rebateu Gileno, um ronco surdo e trepidante. – É o tempo para tomarmos pé da situação e comermos alguma coisa. Quero retomar posse das minhas coisas, da minha casa.

Um homem de hábitos, pensou Dornelas, mas disse, a contragosto:

– Marcado às catorze horas, então.

Gileno desligou antes dele. Por alguns segundos, Dornelas viu-se num vazio. Ele havia preparado o espírito e a mente para ter a conversa com o Venerável-Mestre imediatamente. Eram quase dez horas, o que contabilizava mais de quatro horas de espera. O que fazer nesse meio-tempo?

Uma ideia surgiu. Vestiu-se às pressas e saiu do quarto.

★

Ao ganhar o corredor, notou que Roberta e Luciano ainda dormiam.

Desceu de mansinho e viu Dulce na sala, de costas, a camisola curta tremulante sobre as belas e bem torneadas pernas — *uma força da natureza* —, arrumando a mesa para o café da manhã. Ele, sorrateiramente, veio por trás, abraçou-a e trouxe o corpo quente dela para junto do seu. Encaixada ali, ela ofereceu o pescoço para um beijo que ele deu, com malícia e carinho — uma combinação nova para ambos.

Sem se livrar do abraço, Dulce girou sobre os calcanhares, encarou-o — um olhar terno e, ao mesmo tempo, confuso —, e liberou uma lágrima que escorreu pelo canto do olho. Dornelas sentiu uma ponta de preocupação, uma fisgada elétrica na verdade, e concluiu que o dia anterior havia sido um completo fracasso.

Sem dizer palavra, envolvido no abraço, lamentou a forma como ela e os filhos se conheceram, como tudo transcorreu desde o momento em que o ônibus estacionou, e foi tomado por uma vontade latejante de poder voltar no tempo e deixar tudo como era antes.

Antevendo uma conversa difícil, ou até um estremecimento infeliz para a relação, fechou-se e resolveu não tocar no assunto. Colocou então o rosto dela entre as mãos e disse, olhos nos olhos:

— Falamos disso mais tarde, ainda hoje. Pode ser?

Ela anuiu com um movimento leve da cabeça, beijou-o – lábios secos e rígidos –, e se virou para terminar a arrumação da mesa. Dornelas passou por ela, foi à cozinha, preparou um goró dos grandes, que engoliu sem sequer sentir o gosto, e ganhou a rua para ser fustigado por um sol abrasador.

★

Conforme combinado com Solano, lá estava a lista de nomes, endereços e telefones das amigas de dona Norma e dos membros da Maçonaria que participaram da reunião com Gileno.

Dornelas jogou ao lado o retrato falado de Malú e colocou o celular de Rosana para carregar na tomada mais próxima à mesa.

Largou-se na cadeira e passou a ler os nomes masculinos da lista. Bufou, pois sabia do cuidado com que deveria lidar com os devidos donos, empresários importantes no município, gente influente da sociedade.

Maçons.

Amarildo havia deixado isso bem claro.

Não era o que mais o incomodava. A verdadeira cautela derivava do fato de que a Loja Maçônica União e Beleza, a única que ele conhecia na cidade, e que funcionou em Palmyra de 1823 a 1832, foi reaberta em 1983 – mais de 150 anos depois – por um delegado de polícia amigo do pai de Dornelas, este também maçom.

Os laços entre a Maçonaria e a cidade não se limitaram aos livros didáticos e à arquitetura do Centro Histórico, mas embrenharam-se também na família Dornelas.

Sem oferecer qualquer reação, o delegado, em mente, recuou para um passado distante, uma versão crua e tosca de si mesmo, e se viu no Ritual de Adoção de Lowton para o qual seu pai o forçou a participar.

Lembrou das roupas brancas, do estofo branco recamado de abelhas e ornado com grinaldas nas paredes; da água nas mãos, para que elas permanecessem puras; do sal na fronte para inspirar-lhe ideias sãs e justas; do mel nos lábios para que sua boca passasse a proferir apenas palavras doces; do vinho, símbolo da força vivificante, para inspirar-lhe o desejo do bem e da sabedoria; e do fogo para purificar todo o seu ser.

Assombrado como um bovino a caminho do abate, Dornelas passou pelo ritual sem saber ao certo a função de tudo aquilo em sua vida, em seu futuro.

Tinha 14 anos à época.

Aos 18, tendo satisfeito o ego do pai e as condições exigidas pela legislação maçônica, foi convidado a participar do Ritual de Iniciação. Não quis. Achou cedo demais para assumir um compromisso tão definitivo. A relação entre ele e o "velho", assim o chamava — às vezes com o escárnio de um palavrão —, estremeceu depois disso.

Antônio Dornelas via no filho um jovem impulsivo e irresponsável que precisava de mãos firmes que o colocassem no prumo. A Maçonaria cumpriria esse papel, uma vez que ele, pai, via-se incapaz de domar o espírito impetuoso do filho.

Joaquim não queria ser domado, mas fazer suas próprias escolhas, tomar suas próprias decisões, mesmo que viesse a quebrar a cara e pagar um preço alto por isso. Ele via no pai um velho rígido e beligerante.

Na idade adulta, já delegado, Dornelas chegou a ser sondado por um amigo do pai a exercer o direito adquirido de entrar de vez para a Maçonaria. Declinou novamente. Desta feita, explicou-se. Não queria criar uma vida secreta dentro do casamento recém-firmado com Flávia, mãe de seus dois filhos.

Nunca mais foi abordado. Não lamentou. No íntimo sabia que as decisões foram tomadas com a consciência limpa e o espírito sereno.

De volta ao presente, notou que sua preocupação, no fundo, não emanava do seu laço pessoal com a Ordem, mas da dimensão da resposta da Maçonaria caso um de seus membros fosse apontado como suspeito de um dos dois crimes, se não de ambos. Ele, delegado, poderia estar mexendo num enxame de abelhas ou acariciando leões.

Não teria uma experiência agradável em nenhum dos casos.

Carregou então a memória com um dos muitos aprendizados passados pelo pai: a Maçonaria exige de seus membros o completo respeito às leis vigentes. Ponto final. Sem discussão.

Mas qualquer rebanho pode ter uma ovelha desgarrada. É humano, pensou.

Tirou os olhos esgazeados do papel, levantou-os para um ponto indefinido do teto e intimamente agradeceu ao pai, onde quer que estivesse.

Tomou fôlego e retomou a reflexão. Analisou o laço estreito da Maçonaria com a polícia, o qual, diante das circunstâncias, poderia ser considerado um trunfo, uma vez que a Ordem conhece a fundo como funcionam as engrenagens da corporação. Mesmo não sendo maçom, o delegado não seria visto como um corpo estranho ao sistema, apenas como um profano do lado certo da lei.

Supôs que seria necessário redobrar o cuidado antes de apontar o dedo para qualquer suspeito. Mais uma vez – e de si para si –, agradeceu por Roberta ter escapado e, com isso, ele poder reassumir o caso. Largar uma questão delicada como esta nas mãos de Peixoto seria uma catástrofe.

Dornelas bufou novamente, desta vez, ao sentir o peso da morte do pai despencar-lhe sobre os ombros. Com ele, o desentendimento, o rancor, o vazio que permeou sua vida depois que o velho se foi. Tudo voltou como o espectro embaçado e oscilante de um passado ainda não digerido, de uma relação marcada por amor e agressão, um pedaço de si ansiando por expiação.

Afastou-se das emoções, passou a mão no telefone e ligou para o primeiro nome da lista de Solano: Humerandino Couto. Dornelas conhecia-o apenas de nome. Era dono de um dos maiores supermercados da cidade.

★

Ao dizer que estava ocupado com afazeres da casa, exigências da mulher e coisas e tal, o delegado aproveitou para comparar a voz de Humerandino com a do sujeito que o chantageou pelo telefone. Completamente diferentes.

– Afinal de contas – arrematou o homem –, é um domingo de manhã.

Dornelas irritou-se com a evasiva e enfatizou que não o estava convidando para um churrasco em família, mas para um interrogatório.

Vendo-se acuado, Humerandino concordou e pediu se o papo, como resolveu definir, poderia ser na sua própria casa e na hora mais apropriada ao delegado. Pego de contrapé, pois pensava em chamá-lo para depor na delegacia, Dornelas escutou como que um anjo sussurrando a frase do chefe ao pé do ouvido: *aborde essa gente com muito tato. Os laços da Maçonaria com a polícia são antigos e muito fortes.*

– Em meia hora, estarei aí. Pode ser?

– Aguardo o senhor. Vou pedir para minha mulher passar um café.

O homem passou o endereço e bateu o telefone.

★

A casa era grande e ficava fora do Centro Histórico, próxima ao Forte de Palmyra, no alto do morro; uma vista deslumbrante para a baía. Humerandino foi pessoalmente recebê-lo à porta, conduziu-o pela sala de estar, passando pela de jantar; circundaram a piscina e o convidou a sentar-se diante de uma mesa larga no salão na edícula.

Humerandino vestia bermudas, camiseta e sandálias de borracha. O delegado, à paisana, vestia calças, camisa de gola e mangas curtas e sapato. Suava. Ajeitou-se na cadeira e foi logo dizendo:

– Senhor Humerandino...

O sujeito, atarracado, largou-se na cadeira do lado oposto da mesa.

– Pode me chamar de Mero, por favor.

Dornelas pensou no peixe homônimo e estudou o homem por alguns segundos: o rosto como que esculpido em pedra, os cabelos grisalhos e revoltos, o olhar firme, o biotipo compacto e rechonchudo e concluiu que se encaixava perfeitamente no apelido.

– Igual ao peixe?

– Isso mesmo.

– Muito bem. Senhor...

O sujeito cortou antes que ele terminasse a frase.

– Senhor, não. Igual ao peixe.

Dornelas limpou a garganta, pronto para recomeçar. Mero então avançou sobre a mesa, abriu uma caixa de madeira e levantou um objeto no ar de modo teatral.

– Um charuto?

Dornelas freou a frase já no alto da garganta, a primeira pergunta formulada.

– Obrigado.

– Obrigado, sim ou obrigado, não?

– Não, obrigado.

– Não fuma ou não mistura prazer com trabalho?

O bate-rebate começava a irritá-lo. Educadamente, respondeu:

– As duas coisas juntas.

– Ah – grunhiu Mero, em decepção dissimulada. Voltou-se então para o charuto, girou-o delicadamente entre os dedos, admirou-o de cima a baixo como se admirasse o próprio pênis ereto, apanhou um cortador na caixa de madeira e, sem dó, decepou-lhe três milímetros da cabeça.

Em movimentos estudados, acendeu um isqueiro e passou a queimar o pé do charuto de longe, cerca de sete centímetros, para um ruído crepitante – como o de um rato mascando cereal – preencher o silêncio.

Em comedida felação, Mero passou a dar longas baforadas no charuto. Colunas azuladas de fumaça começaram a subir em espirais até formar uma nuvem que se expandiu no ambiente.

Assim que o atingiu, Dornelas teve vontade de abanar os braços no ar, senão se levantar e sair. Conteve-se e limitou-se a nutrir a intenção de contra-atacar com um peido. Uma ideia absurda, bem sabia, mas que fora produzida pela raiva que o dono da casa o forçara a destilar. Abandonou-a de imediato.

Deduziu que Mero sabia que ele, delegado, pisava em ovos com a Maçonaria; Mero parecia estar tirando proveito disso, talvez até divertia-se com o fato. Na certa era amigo de alguém poderoso no alto escalão do governo e via Dornelas como um funcionário do seu supermercado, alguém menor na cadeia alimentar.

Sem deixar-se envenenar pela constatação, nem pela fumaça, esperou o final da apresentação e perguntou:

– Você participou da reunião da loja maçônica na sexta-feira à noite?

Mero afastou o charuto da boca, lançou um olhar atravessado para Dornelas e fez que sim com a cabeça.

— A que horas chegou?

— Sete.

— Saiu?

— Da loja, às nove horas. Depois fomos beber um copo d'água.

Antônio Dornelas usava muito esse termo — copo d'água —, o sinônimo para uma jantar exclusivo para os membros da Maçonaria ao fim de uma reunião.

— Onde?

— No Pippo.

— O restaurante italiano do Centro Histórico?

— Esse mesmo.

— Quantos compareceram?

— À reunião ou ao copo d'água?

— Ambos.

— Éramos cinco nos dois eventos.

Preparou-se para dizer "senhor". Conteve-se.

— Você, Gileno e outros três.

— Isso mesmo.

— Os mesmos três?

— Exato.

Dornelas refletiu por um instante e resolveu disparar uma pergunta mais ousada, mais pessoal.

— Você é formado em quê?

— Isso tem a ver com a investigação?

Dornelas fez que sim com a cabeça.

— Agronomia.

— Por que não seguiu carreira?

— Me apaixonei pelo cheiro de dinheiro mais do que de terra.

Nem um músculo moveu-se no rosto do delegado.

— Tem algum conhecimento ou experiência em veterinária ou medicina?

Mero balançou a cabeça de um lado a outro.

– Conhecia a vítima, namorada do filho de Gileno?

Mero desfez a pose e estendeu os braços sobre a mesa, entre os dedos o charuto aceso apontado para cima – agora mais perto do delegado – como incenso numa cerimônia litúrgica.

– Que dó! Moça tão bonita, na flor da idade. E morreu de modo tão brutal.

Dornelas captou no olhar a motivação para alongar-se no tema. Resolveu alimentá-la.

– Soube como ela morreu?

– Li no jornal. Golpes brutais. Apenas um animal seria capaz de fazer algo similar com um ser humano.

Dornelas intimamente xingou Peixoto pela divulgação dos detalhes. Limitou-se a dizer:

– Não respondeu se a conhecia.

Mero sacudiu a cabeça e desabafou:

– Sim, conhecia. Confesso que não entendia bem o que ela fazia naquela casa com o namorado estudando na Inglaterra.

– Nem eu – disse contente, de bate-pronto, por ter encontrado um laço de empatia com Mero. Talvez isso pudesse instigá-lo a contribuir mais. – Pelo que ouvi, os pais moram no exterior e ela apegou-se à família do namorado.

– Apegou-se é carregar um pouco na tinta, delegado. A família mora no exterior, mas, pelo que ouvi, ela não tinha onde cair morta, tanto que caiu onde caiu, na casa dos outros.

– Explique-se.

– Ela era muito bonita, uma moça que mexia com os homens. A meu ver, tinha interesse no dinheiro da família de Gileno. Os pais dela são gente muito simples. Não pense que, por viverem na Europa, nadam em dinheiro. Pelo contrário. Ele é um pequeno funcionário da embaixada brasileira em Lisboa, e a mãe cuida de apartamentos de brasileiros que decidiram investir naquele país. Uma espécie de empregada de luxo.

– Você parece conhecer muito bem os detalhes, quem são, onde vivem... essas coisas!

Mero espalmou a mão vazia sobre a mesa.

– Delegado, Palmyra cabe na palma de uma mão. Na verdade, moramos numa ilha. Ou formamos amizades entre os poucos moradores, ou dependemos de aventuras com os turistas. O senhor sabe do que estou falando.

Dornelas tanto sabia que deixou a observação passar e se preparou para a próxima pergunta que, mesmo por achar mais adequado fazê-la para Gileno, decidiu dispará-la para Mero:

– Por que ela não foi morar com o namorado na Inglaterra? Ou com os pais em Lisboa?

Mero abriu os braços, deu de ombros e retomou as mamadas no charuto, a ponta ardendo em brasa. Dornelas retomou:

– Qual o nível de contato que você tinha com ela?

– Pequeno – respondeu com desdém. A atitude disparou uma sirene no cérebro do delegado, que resolveu ousar ainda mais.

– Alguma vez teve desejo de levá-la para a cama?

Um golpe brusco no ar com a mão do charuto; grumos de cinza espatifaram-se no chão.

– O senhor veio me ofender na minha própria casa, delegado? Teté está na cozinha preparando seu café!

– De modo algum – disse Dornelas, que teve a curiosidade fisgada com o nome. Buscou no bolso a lista que Solano preparara e leu a coluna feminina. – Teté é Estér dos Santos, sua mulher?

Mero fez que sim com a cabeça e se recostou na cadeira, carrancudo.

– Aliás, lá vem ela.

Dornelas virou a cabeça para onde Mero olhava e viu uma mulher mirrada, bem mais jovem que o marido e de aspecto humilde, circundando a piscina e equilibrando nas mãos uma bandeja com garrafa térmica, duas xícaras, potinho de adoçante e açucareiro. Pelo vestido de tecido barato e o avental preso à cintura, poderia facilmente tê-la confundido com uma faxineira.

— Bom dia, delegado — disse ela, num sorriso preparado, assim que pousou a bandeja sobre a mesa. Dornelas devolveu o cumprimento e concentrou atenção nas mãos pequenas e fortes, na pele espessa e escamosa. Estér prosseguiu: — Açúcar ou adoçante?

— Açúcar, por favor.

Teté serviu-o e serviu outra xícara que entregou ao marido. Dornelas agradeceu e perguntou:

— Você não toma?

Ela contraiu-se no lugar e lançou um olhar nervoso para Mero, que avançou como que pronto para intervir.

— Não, obrigada. Não quero atrapalhar a conversa de vocês.

— Eu insisto. Vou precisar conversar com você também. Assim aproveitamos a ocasião.

Estér juntou as mãos diante do avental e olhou para o marido mais uma vez, desta à espera de instrução. Ele anuiu com uma piscadela e um movimento sutil da cabeça.

— Volto num minuto.

A mulher deu-lhe as costas e sumiu dentro da casa.

Dornelas gravou esse traço subserviente da relação num canto da mente e bebericou o café. Mero repousou o charuto aceso num cinzeiro de barro, a cinza fraca, porém fumegante, e bebeu também enquanto Estér voltava e circundava a piscina, agora com xícara e pires nas mãos.

Sob o olhar perscrutador do delegado, a mulher serviu-se da bebida e de três gotas de adoçante; puxou um banquinho que ficava ao lado da mesa e nele se sentou. Mero acompanhava os movimentos com inquietação, apenas os olhos indo e voltando, da mulher para o delegado, como que acionados por controle remoto.

Dornelas terminou o café e resolveu quebrar o silêncio.

– Éster, onde você estava às vinte horas de sexta-feira?

– Num jantar, com algumas amigas.

– Onde?

– Na casa de Rute, uma delas.

– Quantas mais?

Ela bebeu o café como um passarinho e disse:

– Éramos em cinco.

Dornelas pegou a lista novamente e leu em voz alta:

– Éster Couto, Rute Vasquez, Norma Rubens, Maimara Feliciano e Romilda Freitas.

Teté anuiu e bebeu mais do café.

– A que horas chegaram?

– Às 19h30.

– Todas juntas?

– Não. Fui a segunda a chegar. Norma chegou antes.

– E depois?

Estér olhou para além da xícara, o chão. Em mente, calculava.

– Maimara e Romilda chegaram logo em seguida.

– Juntas?

– Não. Maimara chegou cinco minutos depois de Romilda.

– E o que fizeram além de jantar?

– Norma, como sempre, tricota. Nós quatro jogamos tranca. No meio de tudo isso, jantamos e batemos um papinho.

– Beberam?

– Norma, vinho do Porto. Romilda, Maimara e eu, uma cervejinha. Rute sequer molha o bico.

– A que horas saíram?

– Pouco depois das 22h.

Mero acompanhava a conversa recostado na cadeira, os braços nos apoios, vez por outra baforando o charuto que fumegava sem parar, impregnando o ambiente com um aroma adocicado e enjoativo. Dornelas olhou para ele e depois para a mulher.

– Vocês estão casados há quanto tempo?

Ambos trocaram olhares.

– Quinze anos – respondeu Estér, firme.

– Filhos?

– Dois do meu primeiro casamento – intercedeu Mero. – Moram com a mãe, no Rio de Janeiro.

Dornelas pensou por um instante, virou-se para a mulher e disparou:

– O que você fazia antes de se casar com ele?

A mulher empinou o nariz e disse em tom de desafio:

– Sou filha de pescador. Trabalhei na peixaria do meu pai até conhecer o meu marido. Tenho 37 anos e muito orgulho de onde vim.

– Você limpava os peixes, cuidava do caixa...?

– Cuidava de tudo. Ou melhor, quase tudo. Meu pai pescava e eu vendia, pesava, limpava os peixes, camarões, lulas, polvos.

– Você conhecia Rosana?

– Claro. Somos amigos de Norma e Gileno. Convivemos bastante com ela e Rodrigo.

– E o que achava dela?

Estér deu de ombros, fez cara de desentendida e lançou:

– Uma moça bonita...

A resposta pairou no ar por alguns segundos.

Dornelas fixou a atenção no descaso e preferiu não se alongar no tema. Retomaria o assunto numa segunda oportunidade. Além do mais, estava nauseado pela fumaça e satisfeito com o desfecho até ali. Agradeceu pelo café e se levantou.

– Estou à disposição, delegado – disse Mero, já na porta.

– Sei disso – arrematou Dornelas, que apertou a mão do homem e foi embora.

Capítulo 16

Esperançoso de que a vizinhança pudesse ter alguma informação sobre Lupi, o delegado conversou com dona Carmelina, os olhos da rua. A suarenta dona da loja de quinquilharias abanava os braços no ar ao dizer não ter visto nada, não ter ouvido nada nem falado nada com ninguém. Dornelas foi para casa amuado.

Estudou bem as redondezas, enfiou a chave na fechadura e entrou. Lupi estava lá, preso a uma coleira numa das colunas da sala, o rabinho abanando, a língua de fora. Havia, a um metro dele, no limite da coleira esticada, toletinhos de cocô empilhados.

Não era hora de broncas.

Avançou para abraçá-lo e viu um embrulho de plástico leitoso, pouco maior do que um tijolo, sobre a mesa de centro em frente ao sofá. Por impulso, esticou a mão para agarrá-lo e recuou. Passou a mão no celular e ligou para o número de Chagas.

— Já sei, doutor, os relatórios — adiantou-se o chefe da Perícia, enfastiado com as cobranças, assim que viu a identificação no aparelho.

— Tem coisa nova — disse Dornelas, em tom conspiratório.

— Como assim?

O delegado explicou o sumiço do cachorro, o reaparecimento e agora o embrulho sobre a mesa, certamente uma mensagem. Uma bomba?

— Mande o papiloscopista para cá imediatamente.

Desligou, ligou para Solano e pediu para que ele fosse para lá também. Nem se deu ao trabalho de chamar um chaveiro. Olhou o relógio: 13h20. Era o tempo de comer alguma coisa e ir para a casa de Gileno. Solano chegaria antes de ele sair. Estudou bem o cachorro, soltou-o da coleira, limpou a sala e jogou o saquinho plástico com a produção no lixo da rua; lavou as mãos e foi para a cozinha fazer um prato.

★

Quando Norma abriu a porta, o delegado deparou-se com uma mulher de aspecto desolado, a carne como que agarrada a um esqueleto ambulante; os olhos claros e empapuçados, o olhar vítreo de bicho de pelúcia, os cabelos curtos tingidos de loiro levemente desgrenhados, os braços pendentes nos flancos. Como que articulado por um motorzinho, um deles levantou-se e ofereceu a mão enquanto da boca saiu uma voz de sonoridade quase mecânica.

– Boa tarde, doutor. Entre, por favor.

– Com licença.

Dornelas devolveu o aperto e entrou. Norma fechou a porta atrás de si e o conduziu para a sala principal. Gileno estava em pé, as mãos enfiadas nos bolsos das calças, olhando fixamente para o lugar onde a namorada do filho foi encontrada morta.

– O delegado Dornelas está aqui, Neno – disse a mulher, num fio de voz. Ela então apontou para a sala e arrematou: – Fique à vontade. Vou deixá-los em paz.

Deu-lhe as costas e subiu as escadas. Dornelas aquiesceu. Pelo estado emocional dela, não quis intimá-la de imediato. Talvez mais tarde, depois da conversa com o marido.

Avançou então dois passos para dentro da sala. Gileno sequer se movia, mantinha o olhar fixo no chão. Dornelas aguardou. Em dado momento, o homem desfez a pose e se voltou para o delegado:

– Um assassino esteve aqui, dentro da minha casa. – Gileno encarou-o, respirou fundo e, apontando para o chão, arrematou, os dentes trincando: – Quero que o senhor pegue quem violou minha casa, quem manchou com sangue minha reputação.

Dornelas foi até ele e ofereceu a mão.

– O senhor tem minha palavra.

Gileno devolveu o aperto com vigor. Ambos encararam-se por alguns segundos, tempo suficiente para o delegado fazer uma rápida análise do sujeito. O aperto firme denotou uma grande vitalidade física, mesmo para um homem de idade. Os cabelos prateados e os óculos de aro de tartaruga contribuíam para deixá-lo ainda mais velho. Se tivesse que arriscar, o delegado daria setenta anos para ele.

Gileno convidou-o a sentar-se num dos sofás.

– Vamos conversar.

Dornelas acomodou-se na poltrona que faceava o jardim. Gileno sentou no sofá, no mesmo lugar em que Sansão viu Rosana no dia do crime. O delegado imaginou a cena com ela ali, os joelhos dobrados, assistindo TV quando Sansão passou por trás, deu-lhe uma boa espiada nas pernas nuas e foi para a cozinha.

– Sou todo ouvidos – disse o homem, batendo as mãos nas coxas.

– Então precisamos de mais alguém falando, porque eu também sou.

– O que o senhor quer saber?

Dornelas avançou no assento e fincou os cotovelos nos joelhos.

– Em primeiro lugar, quem era Rosana e o que ela fazia aqui?

Gileno esfregou as mãos e disse, em tom de desabafo:

– Complicado, doutor. Essa moça apareceu na vida do meu filho faz mais de ano e meio, quando ele fez uma dessas viagens de mochila pela Europa. De trem, o senhor sabe.

Dornelas fez que sim com a cabeça. Gileno prosseguiu:

– Conheceram-se em Portugal, mais especificamente Lisboa. Os pais dela são brasileiros e moram lá.

O delegado lembrou do que Humerandino havia lhe contado e pensou no peixe.

– Mero me contou sobre o trabalho dos dois.

– Ótimo. Mero é um grande amigo meu. Pode confiar nele de olhos fechados.

O delegado nada disse. O silêncio fez Gileno atinar para o fato de Dornelas ser um profano, o que significava que, por força da profissão, ele jamais seguiria cegamente o conselho de um Venerável-Mestre, por mais venerável que fosse. Um passo importante para ambos, pois contribuiu para que cada um delimitasse seu próprio território na conversa.

– Independentemente disso, Rosana e Rodrigo se apaixonaram. O que aconteceu em seguida? Bem, ele a trouxe para cá ao final da viagem com autorização dos pais e tudo. E passou a morar conosco. Simples assim – disse Gileno, perplexo, as mãos espalmadas no ar.

Dornelas permaneceu calado. O silêncio deu trela para que o homem prosseguisse:

– Num primeiro momento, Norma e eu achamos aquilo um tanto estranho, especialmente o fato de os dois quererem dormir no mesmo quarto como um casal. Ele tinha 17 anos e ela, 15. Rodrigo é nosso único filho e não fomos educados dessa forma, com esse nível de liberdade.

O homem esfregava nervosamente uma mão na outra como se as estivesse lavando numa torneira. Ficou claro para o delegado que a consciência e a educação do pai atritaram-se com as práticas do filho.

– Mas o que fizemos? Aprendemos a nos adaptar aos novos tempos. Aceitamos Rosana e aceitamos o fato de ela e Rodrigo dormirem juntos sob este teto.

– Era isso ou...?

– Ou ele iria embora com ela para sempre. – Os olhos se encheram de água. – Aceitamos à força. Entende?

Dornelas balançou a cabeça para cima e para baixo e esperou o sujeito recompor-se.

— Mas tanto Norma quanto eu aprendemos a gostar dela. Era uma boa moça, simples, humilde, mas de bom coração.

A imagem do órgão sobre o tapete foi como que arremessada à mente do delegado, que, mesmo acostumado, recostou-se na poltrona, os intestinos retorcidos.

— Perdão — disse o homem, como que se penalizando por um pecado cometido. — Li nos jornais sobre como ela morreu.

Em pensamento, Dornelas xingou Peixoto novamente, mas disse:

— Sinto muito pelo fato de os detalhes terem sido divulgados na imprensa. Infelizmente, não temos controle sobre esse processo.

— Não sinta, doutor. Eu queria mesmo conversar com o senhor sobre isso.

— A divulgação?

— Não exatamente, mas acerca do modo como ela foi assassinada.

Dornelas voltou para a ponta do assento e afiou os ouvidos.

— Sei que o senhor não é maçom — disse Gileno, com muito tato.

— Não sou. Meu pai era.

— Conheci seu pai. Um ótimo sujeito. Pena que foi embora desse mundo cedo demais.

Dornelas congelou com a informação. Esfregou as mãos e desejou fortemente que a conversa não desviasse para sua vida pessoal.

— Independentemente disso — repetiu o homem —, por ser filho de maçom, o senhor alguma vez ouviu falar no mito de Hiran Abiff?

— Vagamente — respondeu Dornelas.

— Hiran Abiff é uma figura lendária e importantíssima para a Maçonaria simbólica, a qual seguimos e praticamos aqui em Palmyra, especialmente para o Rito de Iniciação ao Terceiro Grau. Essa lenda representa um *Landmark*, como dizemos. —

Gileno deu um pulinho para a ponta da almofada e encarou o delegado: – Hiran Abiff foi o arquiteto responsável pela construção do Templo de Salomão, o templo que guardaria as placas dos Dez Mandamentos e onde seria a morada de Deus. Não vou entrar em detalhes para não chatear o senhor, mas o mito em torno dele foi criado por sua conduta irreparável como mestre e pela forma como foi assassinado. – Gileno fez uma breve pausa. Queria ter certeza de que detinha a total atenção do convidado. Prosseguiu: – Havia, naquela época, três graus de construtores: aprendizes, companheiros e mestres. Como chefe, Hiran era mestre e foi assassinado por três companheiros desejosos de chegar ao grau de mestre sem esforço. Em poucas palavras, quiseram o título sem trabalhar para isso. Pois bem, sabendo que Hiran ia diariamente ao templo para rezar, certo dia os três o aguardaram do lado de fora da obra. Ao chegar à porta Leste, Hiran foi abordado pelo primeiro deles, que lhe pediu o segredo, o passe, a senha para chegar ao grau de mestre e, com isso, desvendar os segredos do Templo. Diante da negativa, esse construtor o feriu com uma régua. Ferido e fraco, Hiran conseguiu fugir. Quando chegou à porta Sul, foi abordado por um segundo construtor querendo a mesma coisa. Ao receber também a negativa, este o feriu mais uma vez, desta com um esquadro de pedreiro. Rastejando, o arquiteto chegou à porta Oeste, onde se deparou com o terceiro construtor. Este pediu a mesma coisa, recebeu a negativa e atingiu Hiran com um golpe de maço, um malhete, na testa. A Bíblia faz breves citações sobre Hiran e o Templo de Salomão. Não sei se isso de fato ocorreu, mas posso afirmar que essa lenda constitui a identidade, o cerne da Maçonaria. Não existe um rito sequer na Maçonaria em que não se exponha a essência da lenda de Hiran Abiff.

Dornelas ficou mudo. Refletia.

– O senhor está dizendo que quem matou Rosana conhecia o mito?

Gileno anuiu com um movimento breve da cabeça. Parecia desapontado por ter de dar essa informação.

— Mas não quero dizer com isso que um maçom tenha cometido o crime — adiantou-se. — Existem nuances na lenda e nos golpes que Rosana sofreu que podem ou não ser atribuídos a um maçom. Basta entrar na internet. Existem diversas versões disponíveis da lenda ali. Faça uma pesquisa no Google. Qualquer um poderia ler aquilo e cometer esse crime.

— Isso então significa que o assassinato de Rosana possui um caráter simbólico?

— É muito provável.

— E qual é o significado?

— Isso, infelizmente, não poderei lhe revelar.

O delegado deu de cara com um muro, chegou ao limite do que um profano poderia saber. A partir daquele ponto, só mesmo um maçom. Lamentou não ter seguido os passos do pai. Não que quisesse entrar para a Maçonaria. *Decisões tomadas, decisões mantidas.* Queria ter entrado apenas para poder saber hoje, agora, como é o mundo do outro lado, visto sob a ótica maçônica. Uma curiosidade começou a devorar-lhe as entranhas, similar à dos fanáticos que insistem em desvendar os segredos da vida após a morte.

Divagou um pouco e disparou:

— O senhor diz então que, não importando a forma ou a ordem dos golpes, eles podem ter sido desferidos por qualquer um, maçom ou profano. Estou certo?

— Corretíssimo, doutor. Alguém está confundindo a polícia, por conhecimento ou falta dele. Em essência, é isso.

O delegado fez uma breve pausa para refletir e perguntou:

— O senhor gosta de música erudita?

— Adoro — respondeu Gileno, levantando-se e convidando Dornelas para perto da televisão, abrindo a porta de um armário e apresentando colunas criteriosamente organizadas de música erudita em CDs, DVDs e *blu-rays*. Os olhos brilhavam como os de menino apresentando a coleção de carrinhos para o melhor amigo de escola.

Dornelas estudou-a e notou uma pequena lacuna na coleção dedicada a Mozart. Apontou-o com o dedo e perguntou:

– O senhor sabe que disco ocupa este espaço?

Gileno parou diante da brecha, estudou o entorno, vasculhou a memória e respondeu:

– A *flauta mágica*, de Mozart. Onde está?

– Comigo. Quando encontramos o corpo de Rosana, A *flauta mágica* estava em modo *pause* no seu leitor de *blu-ray* aos 33 minutos do filme.

– Soberano Grande Inspetor-Geral – balbuciou. Em mente, foi para longe. – Isso torna ainda mais evidente o que eu disse ao senhor.

– Por quê?

– A Maçonaria simbólica possui apenas três graus: aprendiz, companheiro e mestre. Mas o número 33 refere-se aos graus filosóficos. O nome dado a cada grau difere do rito que a loja segue. Em nossa loja, seguimos o Rito Escocês Antigo e Aceito. Mas Palmyra conta com outra loja maçônica simbólica, que segue o Rito Brasileiro. Neste, o grau 33 é conferido ao Servidor da Ordem da Pátria e da Humanidade.

– Entendo – Dornelas passou a beliscar os lábios, sinal de que as sinapses funcionavam a pleno vapor. – Existe algum tipo de rivalidade entre as duas lojas maçônicas de Palmyra?

– De modo algum. Eles seguem um rito. Nós outro. Sou amigo de alguns membros daquela loja.

– Serei mais claro. Existe alguma possibilidade de algum membro daquela loja ter cometido esse crime?

Gileno parou para pensar e respondeu:

– Não vejo razão para isso.

– Rosana teve contato com algum membro daquela loja?

— Creio que sim. Como disse, tenho amigos lá. Volta e meia Norma e eu recebemos amigos para jantar, tomar uns drinques. Temos amigos maçons e não maçons também. Alguns certamente vieram com as esposas, inclusive.

— Qual era o comportamento de Rosana diante desses amigos?

— Sempre cordial, educado. Como disse ao senhor, ela era uma moça normal de quem, com o tempo, passamos a gostar mais e mais. Sabe, doutor, não sei como deve ser isso, pois nunca tive essa experiência, mas posso imaginar a dor que um pai sente ao perder um filho. É o que sinto agora ao perder Rosana.

Dornelas viu-se no fim de um túnel. Hora de recuar.

— Assim que o disco e os controles forem liberados, mando alguém trazê-los para o senhor.

— Obrigado.

— Voltando à ópera de Mozart, o senhor vê alguma outra conexão dela com o crime? Pergunto porque sei que o número simbólico três domina toda a obra: três bemóis na clave, três meninos, três senhoras.

— O senhor fez sua lição de casa ou gosta de música erudita? — rebateu Gileno, admirado.

— Gosto muito, mas, neste caso, meu conhecimento é superficial.

Pelo brilho nos olhos, Gileno pareceu ter rejuvenescido dez anos ali mesmo.

— Bom, vamos lá. Sobre Mozart podemos conversar. Tamino é obviamente apresentado como um profano, ou seja, um não maçom. Em seguida, como um neófito; depois, como um jovem maçom com o grau de aprendiz, com sua cerimônia de viagem e voto de silêncio; mais tarde, no segundo grau, como companheiro, com o voto de jejum; e por fim, o terceiro grau, como mestre.

— Os três graus da Maçonaria simbólica.

— Exato. E tem mais! Existe, nessa ópera, uma belíssima

passagem simbólica da escuridão para a luz, que foi indicada no libreto da peça em sua estreia, em 1791. Mozart e Schikaneder, o criador do libreto, queriam mostrar mais do que apenas os três graus, queriam chegar aos 33 graus filosóficos. Isso está espalhado por toda a peça. A mensagem que ambos queriam dar era uma só: *Ordo ab Chao*, ordem advinda do caos, ou da escuridão para a luz.

– Ordem advinda do caos – sussurrou Dornelas, de si para si.

– Veja, delegado, é importante ressaltar que não estou quebrando nenhum juramento para com a Maçonaria. O que estou dizendo pode ser facilmente encontrado na internet.

– Foi-se o tempo de a Maçonaria ser denominada uma sociedade secreta?

– Foi-se, ainda bem. Eu diria que a Maçonaria está mais para uma sociedade discreta do que secreta.

– Agradeço pela aula. Posso conversar com sua esposa?

Gileno esfregou as mãos mais uma vez e disse:

– Aguarde um minuto, por favor.

Escafedeu-se.

★

Enquanto aguardava, Dornelas passou a mão no celular e ligou para Dulce. Pediu para falar com Roberta.

– Filha, a que horas sai o ônibus de vocês?

– Acho que às 16h45. Deixa eu ver – um farfalhar de papéis e a voz ressurgiu: – É isso mesmo.

– Chega ao Rio de Janeiro às 22h?

– Arrã.

– Sua mãe vai buscá-los.

– Arrã.

Arrã o quê?, quase rebateu. Olhou o relógio, 15h15, e disse:

– Vocês não vão sozinhos. Vou ver isso já. Ligo daqui a pouco.

Desligou e ligou para Cláudio, que estava em terra, sentado à frente da casa de Dulce e louco por uma graninha extra. Retornou para Roberta:

– Cláudio vai junto. Às 16h15 passo aí para levar vocês.

– Combinado.

– Beijos – desligaram.

★

Ao preparar-se para guardá-lo, o celular tocou.

– Manda, Solano.

– O papiloscopista terminou por aqui na casa do senhor. Recolheu material para chuchu.

– Ótimo. Peça para o Chagas me ligar assim que abrir o pacote.

– Feito. – Ao notar que o chefe se preparava para desligar, Solano enfiou-se de volta na conversa: – Doutor!

– Diga.

– E quanto ao Lupi, deixo ele aqui?

– Não, não. Leve-o para a delegacia, por favor.

Dornelas preparou-se para pedir para que o subordinado levasse o cão para dar uma volta, fazer um xixizinho. Conteve-se. Seria muita folga, embora, francamente, soubesse que Solano faria exatamente isso.

Capítulo 17

Assim que ouviu passos na escada, voltou-se para lá e passou a acompanhar Norma com os olhos; os passos lentos, ritmados, arrastados, as mãos agarradas aos corrimões. Ao atingir o térreo, a mulher aproximou-se dele como uma velha enceradeira desgovernada. O delegado chegou a pensar que ela desabaria no caminho. Amparou-a e a ajudou a acomodar-se no sofá. Norma largou o corpo no mesmo lugar em que, alguns minutos antes, estava o marido. Dornelas retomou o posto na poltrona.

— Pois não, doutor.

Com muito tato, o delegado retirou a lista de nomes do bolso e disse:

— Dona Norma, serei breve.

— Por favor.

— Onde a senhora estava às vinte horas de sexta-feira?

— Na casa de uma amiga, Rute Vasquez.

Dornelas bateu os olhos na lista e, em mente, conferiu a informação de Éster.

— A senhora foi a primeira a chegar?

— Sim.

— A que horas foi isso?

— Pouco depois das dezenove horas.

— Quem chegou em seguida?

Norma adotou o olhar petrificado de uma estátua. Permaneceu assim por uns bons segundos. Parou até de respirar. Em dado momento, ganhou vida novamente e disse:

— Éster? Sim, foi Éster.

— E depois?

— Maimara e Romilda. Não lembro quem chegou antes de quem. Eu já estava na sala, enfiada no meu tricô.

— Muito bem. A senhora bebeu alguma coisa?

— Apenas vinho do Porto.

— E suas amigas?

— Rute não bebe, pois foi alcoólatra quando jovem. Romilda, Maimara e Éster acho que beberam cerveja.

Dornelas gravou a informação a respeito da dependência de Rute num canto da mente. Quanto ao resto, nada de novo até aqui.

— Saíram a que horas?

— Por volta das vinte e duas horas.

— A senhora tricotou durante todo o tempo em que esteve lá?

Norma rebateu a pergunta com outra:

— O senhor já conversou com alguma das minhas amigas?

— Já.

— Nesse caso, não, não tricotei. Jantamos também e batemos um papinho.

— E suas amigas?

— Jantaram e jogaram tranca.

Dornelas coçou a testa, refletiu. Em dado momento, disparou:

— Nenhuma de vocês deixou a casa do momento em que entraram até a hora em que saíram?

Norma balançou a cabeça de um lado a outro.

— Quem tem a chave da entrada desta casa?

— Eu, meu marido, meu filho, que está na Inglaterra, e a faxineira. Rosana tinha uma cópia também.

— Onde está essa cópia?

— Acredito que na bandeja sobre a mesinha da entrada.

Dornelas prontificou-se a verificar essa informação e disse:

— Conversei com Sansão.

– O marido de aluguel?

– Sim.

– Nome estranho para uma profissão, não acha? Mas, pelo que se vê pela televisão, o mundo de hoje, talvez funcione.

Para não perder o foco, nem o tempo, Dornelas não emitiu comentário.

– Sansão disse que a senhora chegou a deixar uma cópia da chave com ele.

– No mês passado. O compressor da geladeira havia quebrado, Lurdinéia estava em férias e eu não estava em casa. Além do mais, Sansão é de confiança.

– E como ele devolveu?

– Deixou na caixa de correio, conforme o instruí.

As histórias batem. Nada de novo mesmo. Tudo muito correto e previsível. Por alguns segundos, o delegado ponderou a direção a seguir. Norma aguardou quieta, as mãos emaranhadas sobre o colo, o olhar desconectado, como que em transe.

– Qual era a relação da senhora com Rosana?

Norma arregalou os olhos e tremeu no lugar, pareceu ter tomado um choque. Aprumou-se e disse:

– No começo, quando ela apareceu com meu filho, muito difícil. Eu e meu marido não estávamos preparados para receber uma nora assim, de supetão.

– Ele não chegou a avisar de antemão que a traria ao voltar da Europa?

– Não, senhor. Eles simplesmente apareceram ali, na minha porta. – Norma torceu o corpo no sofá e apontou para a entrada. – Rodrigo nos apresentou Rosana e lá mesmo disse que ela passaria a morar conosco, a dormir com ele.

– E?

– Bem, eu e Gileno tomamos um tremendo susto.

– E então?

— Eles entraram juntos e depositaram as malas na sala. Eu e meu marido pedimos para que ela esperasse um pouco e chamamos Rodrigo para uma conversa lá em cima no escritório.

— E como foi essa conversa?

— Tensa.

— Por favor, me conte.

Norma agitou-se no lugar.

— Vamos voltar um pouco mais no tempo.

Dornelas aguçou os ouvidos. Norma prosseguiu:

— Gileno foi funcionário de carreira no Banco do Brasil aqui de Palmyra e região. Começou bem de baixo e se aposentou como o manda-chuva depois de décadas de bons serviços prestados. Desde que Rodrigo chegou a esta casa, meu marido depositava mensalmente um dinheirinho numa poupança em nome do meu filho.

— Quanto por mês, mais ou menos?

— R$100,00, R$ 200,00, às vezes R$1.000,00. Agora, pense nesse valor acumulado, rendendo, por dezesseis anos, quando Neno deu a Rodrigo o acesso ao dinheiro? A quanto chegaria?

— Não sei, R$ 100.000,00? — disparou, pensando alto.

— R$ 132.327,49. Era o que ele tinha acumulado ao sair para essa viagem de mochila pela Europa. Pois quando voltou, tinha um pouco menos que isso, cerca de R$ 117.000,00 ou coisa assim. Ao dizer que Rosana moraria conosco, e que éramos contra, o que ele fez? Chantageou a mim e ao meu marido, dizendo que ou ela moraria nesta casa, no mesmo quarto que ele, ou iria embora com Rosana de uma vez por todas. Não pudemos fazer nada. Ele tinha acesso irrestrito ao dinheiro.

— E os depósitos, como ficaram depois disso?

— Neno nunca mais depositou depois dessa discussão.

— E Rosana nisso tudo?

– Rosana? – questionou-se Norma, baixinho. – Rosana ficou. E foi ficando. Era isso ou a rua, pois não tinha um centavo sequer, nem mesmo para um ônibus para o aeroporto do Galeão.

– Como foram os dias seguintes à chegada?

– Um dia por vez.

– Tensos?

– Nem tanto. Eu e meu marido fomos forçados a questionar nossos costumes, educação... Tivemos que nos adaptar aos novos tempos.

– Como foi isso?

– Duro. Desconfortável. Não se muda a forma de pensar de uma vida da noite para o dia. Mas nos esforçamos muito, pois amo meu filho. Fiz isso por ele. Com o tempo, passei a me afeiçoar por Rosana, talvez como a filha que nunca tive.

Norma olhou para o colo e esfregou de leve o ventre. Uma lágrima escorreu.

– Perdão, doutor. Não quero que isso se torne uma consulta ao psicanalista.

– De modo algum. É fundamental que eu saiba tudo que aconteceu.

A mulher recobrou-se e espalmou as mãos no ar.

– Agora o senhor sabe.

– Não de tudo.

– Como assim?

– Não sei o que Rosana fazia durante o dia, o que Rodrigo fazia; escola, faculdade. Não sei por que ele foi para a Inglaterra e a deixou aqui, ou por que ela não voltou a morar em Lisboa com os pais de forma a ficar mais perto dele.

– São muitas questões numa só. Vamos por partes. Rosana conseguiu vaga na mesma escola que Rodrigo, aqui em Palmyra. A única escola particular decente da cidade.

– Qual?

– Pitágoras.

Dornelas surpreendeu-se, uma vez que seus filhos estudaram lá. Resolveu não divulgar essa informação.

– Rosana tinha 16 anos, correto?

– Isso mesmo.

– Quando completaria 17?

– Ano que vem, em novembro.

Dornelas fez as contas. Roberta estava com 15. Completaria 16 dali um mês. Considerou a possibilidade das duas terem se cruzado ou mesmo se conhecido na escola. Tiraria isso a limpo com a filha mais tarde.

– Quem pagava as mensalidades dela?

– Rodrigo.

– E as dele?

– Nós.

– Rosana teve algum atrito na escola, alguma inimizade?

– Não que eu saiba.

– Ela e Rodrigo estudaram na mesma classe?

– Não. Ele cursava dois anos acima dela.

– E por que ele resolveu ir para a Inglaterra sozinho?

– Rodrigo passou no vestibular faz alguns meses, no Rio de Janeiro. Como quer seguir carreira em Relações Internacionais, trancou a vaga e foi estudar inglês numa escola no interior da Inglaterra. Saffron Walden, se não me engano.

– Por quanto tempo?

– Seis meses. Volta daqui a três meses e meio.

– Presumo então que ela não o acompanhou pelo fato de o curso ser caro e ela não ter dinheiro para pagá-lo. Correto?

– Isso mesmo.

– E quanto a ela voltar a morar com os pais em Lisboa?

– Eu e meu marido chegamos a conversar sobre isso, mas

nunca cogitamos mandá-la embora. Da mesma maneira como ela chegou, ficou.

– A senhora já comunicou a ele sobre a morte de Rosana?

– Sim. Ontem mesmo. Está arrasado.

– Ele vai voltar para cá?

– Não. Vai direto para Lisboa, para o funeral, tão logo o corpo de Rosana chegue lá. Os pais dela nos pediram para lidar com o translado. Estamos aguardando o IML. Meu marido está cuidando disso.

– Muito bem. Vou ver como está o processo no IML e se podemos acelerá-lo.

– Agradeço por isso. Mais alguma coisa, doutor? Estou exausta.

– Estamos no fim.

– Ótimo.

– Como foi ter Rosana morando nesta casa com Rodrigo na Inglaterra?

– Melhor do que eu pensava. Com o tempo, passei a me afeiçoar por ela e nos tornamos amigas. Como disse ao senhor, ela foi a filha que nunca tive.

– Uma última coisa: como a senhora encara o fato de seu marido ser maçom?

Norma espantou-se mais uma vez. Desta, passou a beliscar continuamente uma dobra do vestido.

– Interessante, pois nunca ninguém me fez essa pergunta. – Ficou pensativa por um instante. – Como encaro? Encaro como se eu não tivesse acesso a uma parte da vida dele.

– Como se ele se dedicasse a uma vida secreta? – Dornelas ousou perguntar, uma vez que essa era a reclamação que sua mãe tinha do velho durante toda a vida com ele. – Como a uma amante?

– Como a uma amante é um exagero, delegado. Mas encaro como se meu marido não fosse completamente meu.

Dornelas agradeceu a sinceridade, desculpou-se por ter se alongado no papo e se levantou. Norma o acompanhou até a entrada e tirou uma chave da bandeja sobre a mesinha.

– Esta é a cópia de Rosana.

Certo de que Chagas deveria ter tirado as digitais dela, Dornelas apenas agradeceu enquanto Norma destrancou a porta. Ao abri-la, uma curiosidade agitou o espírito dele.

– Posso fazer uma última pergunta ao seu marido?

– Claro.

Norma deu-lhe as costas e foi chamar Gileno, que apareceu alguns minutos depois.

– Pois não, doutor.

– Rodrigo passou pelo Ritual de Adoção de Lowton?

Gileno foi pego de surpresa.

– Sim, passou.

– Com que idade?

– Treze anos, se não me engano.

– E o Rito de Iniciação?

Gileno balançou a cabeça de um lado a outro, o desapontamento estampado no rosto.

– Por que não?

– Disse que não era para ele.

Fim de papo. Dornelas agradeceu, apertou a mão do homem, já sem o vigor de antes, e foi embora satisfeito.

★

– Eu conhecia Rosana, pai, da escola. Assisti ao noticiário ontem na TV e esqueci de comentar isso com você. Estou chocada.

Correndo contra o tempo, Dornelas pisou fundo pelo caminho mais curto para chegar à rodoviária. Acostumado a navegar numa baleeira no murmulho suave da baía de Palmyra, Cláudio seguia mudo no banco de passageiro, agarrado ao painel e à porta. Roberta e Luciano iam no banco de trás, relaxados e sorridentes.

– Ela estudava na sua classe?

– Não. Na mesma série, mas em outra classe. Cruzei com ela por pouco tempo. Eu e o Lu mudamos com a mamãe para o Rio de Janeiro logo depois de Rosana ter entrado na escola.

– Como era ela, assim, no dia a dia? – perguntou, de olho no retrovisor.

– Normal, acho eu. – Roberta fez uma breve pausa para vasculhar a memória. – Lembro só do bafafá quando as meninas descobriram que ela não era mais BVL.

– BVL? – retrucou o pai, sem pensar. – O que é isso?

– Boca virgem de língua.

Dornelas agarrou firme o volante e pisou fundo no freio. Os pneus guincharam no asfalto até o veículo estacar por completo. Cláudio arregalou os olhos, os músculos retesados.

Dornelas contorceu-se no banco e vociferou:

– Você é BVL?

Roberta timidamente fez que não com a cabeça.

Pergunta idiota, pois a imagem de Justiniano, as mãos do garoto como os tentáculos de um polvo sobre o corpo da filha no sofá da sala, surgiu e estremeceu-lhe a alma.

– Rolou algo além disso?

– Não.

Parcialmente aliviado, Dornelas voltou-se para frente, engatou a primeira marcha e saiu devagarinho, os pensamentos girando na mente com a profusão de um enxame de abelhas furiosas.

Como se nada tivesse acontecido, Roberta resolveu quebrar o silêncio:

– Rosana fazia o maior sucesso com os meninos, mas como todo mundo sabia que ela namorava o Fernando...

– Você o conhecia também?

— Só de vista. Uma amiga minha já ficou interessada por ele, mas pulou fora assim que descobriu que ele só tinha olhos para a namorada.

— Rolou alguma briga dela com alguém na escola, alguém de quem não gostava ou coisa parecida?

Pelo retrovisor, viu a imagem tremida da filha fazendo um bico, balançando a cabeça e depois dizendo:

— Não que eu saiba.

Com boa parte da mente ocupada pela revelação de Roberta, Dornelas pisou no freio sem pensar e outra parada brusca se seguiu. Cada filho pegou sua mochila; todos desceram do carro. Foi então comprar a passagem de ida e volta de Cláudio, que acompanhou aparvalhado Roberta e Luciano até a plataforma.

O delegado encontrou-os na porta do ônibus, entregou a passagem ao amigo, pagou o valor combinado, apertou firme a mão dele e disse:

— Obrigado por mais essa. Isso é muito menos do que você merece por ter cuidado da minha família.

— Deixa disso, doutor. Tamo aqui pra isso. — E entrou no ônibus.

Dornelas deu então um abraço forte e um beijo em cada filho.

— Liguem para mim assim que estiverem com sua mãe. Eu mesmo quero dar a notícia para ela.

Roberta ficou amuada. Dornelas apertou-a ainda mais entre os braços. Luciano juntou-se aos dois e disse:

— A gente não se viu muito neste final de semana. Não deu para matar as saudades.

— Desculpe, filho — disse o pai, pesaroso —, mas daqui duas semanas nos vemos novamente. — E já pensando na logística e na segurança dos filhos, arrematou: — Se eu tiver coragem, vou visitar vocês.

Beijos, abraços, lágrimas. Luciano e Roberta entraram no ônibus e tomaram seus assentos. Dornelas fez uma conchinha com as mãos diante da boca e gritou para a filha, do lado oposto do vidro fechado:

– Pegou a cópia do B.O.?

Ela fechou a mão e apontou o dedão para o alto.

– Cancelou a linha do celular?

Mais um sinal positivo.

A imensa caixa metálica então ganhou vida, sacolejou na manobra e, num gorgolejo incessante, partiu. Dornelas acompanhou o veículo sumir na mesma esquina onde vira o sujeito do Chevette azul com a arma em punho; lembrou vivamente dos dois tiros – estalos agudos varando a noite –, da moto espatifando-se contra o muro, do motociclista estirado no chão.

O começo de tudo.

Resignado, deu as costas para a rodoviária e foi à rua lateral na qual Roberta disse que estava estacionado o Gol preto e para onde Malú a levou. Pensou em quem estaria ao volante do veículo, uma vez que Malú entrou com Roberta no banco de trás, e se deu conta de que a mulher do retrato falado de Benício era o elo de todo o esquema, a pista mais fresca até aqui.

No entanto, existia mais alguém acima dela. Um homem, talvez. O motorista do Gol preto? O sujeito que o intimou pelo telefone? Seriam ambos a mesma pessoa? Quem quer que fosse poderia ser o mandante ou o próprio assassino do crime do Centro Histórico. Se Malú tinha alguma coisa a ver com esse crime ou se sua atuação limitava-se ao sequestro de Roberta, isso ainda precisaria ser verificado.

Parou diante da agência bancária, imaginou o carro estacionado ali em frente e ligou para Solano.

– Pois não, doutor.

– Alguma coisa com o vigia do banco?

– Nada. O sujeito é um completo idiota. Trabalha para uma dessas empresas de segurança e mudou a posição da câmera por falta do que fazer.

– Você deu uma dura nele?

– Sim, senhor. Não veio nada e o dispensei. O gerente da agência já comunicou o fato para a empresa, que deu cartão vermelho para ele.

– Ótimo. – Dornelas pensou rapidamente na lista com os três casais que ainda precisariam passar por depoimento e se sentiu ligeiramente nervoso por não ter chegado nem à metade. – Preciso de uma ajuda sua e quem sabe de Lotufo também.

– Diga, doutor.

Com a lista em mãos, Dornelas explicou a situação e narrou nome por nome dos casais que ainda precisariam ser interrogados. Solano tomou nota do seu lado da linha. Por fim, despediram-se e desligaram.

Antes de guardar o celular, o delegado estudou mais uma vez o local e foi embora, enfiado em pensamentos.

Capítulo 18

Final de tarde de um domingo ensolarado. Dornelas partiu aliviado da rodoviária, em grande parte por ter embarcado os filhos para o Rio de Janeiro, tê-los tirado dessa bagunça pelo menos até as investigações terminarem. A escolta de Cláudio o deixava ainda mais tranquilo.

E agora, casa ou Dulce?

Havia uma terceira opção: um trabalho policial a ser feito. O delegado via-se correndo contra o tempo.

Um conflito de interesses instalou-se em seu espírito.

Teve então uma vontade súbita de passar a mão no telefone e ligar para mais alguém da lista e, quem sabe, fazer um terceiro interrogatório naquele mesmo dia, dali a meia hora. Ponderou o cansaço, o sol – um medalhão dourado mergulhando atrás da coluna de montanhas –, visualizou uma pizza sobre a mesa da sala e foi forçado a conformar-se com o fato de que não conseguiria disposição de ninguém num final de domingo.

Por outro lado, precisava passar na delegacia para pegar Lupi. Essa ideia o agradou, não apenas por ter encontrado o cachorro com vida, como poderia aproveitar para fazer uma caminhada meditativa de lá para algum lugar, sua casa ou a da namorada. Namorada? O questionamento o incomodou, pois trouxe à mente o compromisso da conversa que ele se prontificou a ter com Dulce.

Além disso, a cabeça estava atulhada e ele não queria perder a oportunidade de digerir em paz os acontecimentos dos últimos dois dias.

★

Imerso em pensamentos, zanzou pelo Centro Histórico com Lupi preso à coleira. Não queria ter de abandonar o raciocínio por causa do envolvimento do cachorro em alguma briga com os vira-latas que costumam circular soltos por ali.

Refletiu sobre a reunião da Maçonaria e o jantar das amigas na casa de Rute, os dois eventos no mesmo horário. Nada de errado nisso. Porém lamentou ter esquecido de perguntar a Gileno se era comum Rosana ficar sozinha na casa, uma vez que o Venerável-Mestre devia ter eventos da Ordem uma vez por mês. Pelo menos essa era a regularidade à época do velho Antônio. Pensou em Norma e em perguntar-lhe se ela também costumava reunir-se com as amigas com a mesma frequência e nos mesmos dias das reuniões do marido. Resolveria essas questões amanhã, por telefone.

Pensou também em aproveitar a ligação para pedir a Gileno os nomes dos membros da outra loja maçônica de Palmyra que tiveram algum contato com Rosana. Isso foi o suficiente para seu raciocínio focar-se nela.

As informações que obteve a respeito da menina, moça, mulher, sabe-se lá, seguiam rumos parecidos e, ao mesmo tempo, conflitantes. De Mero, ouvira que ela estava na flor da idade, que mexia com os homens. De Estér, apenas que era uma moça bonita.

Mas bem sabia o delegado que, nos meandros da comunicação de uma mulher, existe muito mais do que apenas palavras soltas ao vento. A frase de Estér veio carregada de escárnio e desdém. Teria Rosana se insinuado de alguma forma para o marido de Estér? Teria Mero demonstrado algum interesse físico pela moça? A reação dele à pergunta sobre o desejo de levá-la para a cama poderia ser encarada tanto como uma ofensa quanto uma reação espontânea à pergunta, igual a uma agulhada no nervo. Sem freios na mente, Dornelas foi além: esteve Rosana interessada no dinheiro de Mero? Se esse era o caso, Estér teria motivos suficientes para matar Rosana. Sua experiência em lidar com uma faca reforçava essa hipótese.

Norma, por sua vez, confirmou a informação de Estér de que nenhuma das amigas saiu da casa até vinte e duas horas, quando foram embora.

Uma pergunta absurda surgiu com o lampejo de uma revelação: estariam as cinco amigas mancomunadas e envolvidas no assassinato de Rosana?

Todas eram esposas de maçons e tinham, de uma forma ou de outra, algum contato com o universo dos maridos. Segundo Gileno, a pesquisa sobre o mito de Hiran Abiff era simples e as informações estavam disponíveis e abertas na internet.

Dornelas prontificou-se em pesquisar por conta própria assim que pudesse.

E uma vez que a Maçonaria Regular não lida bem com a ideia de admitir mulheres – embora existam movimentos favoráveis nesse sentido –, o assassinato de Rosana poderia ser encarado como um manifesto feminino, um ato de vingança provocado por séculos de preconceito e discriminação.

Essa linha de raciocínio fez com que a frase *Ordo ab Chao*, "ordem advinda do caos", ou da "escuridão para a luz", voltasse à sua mente. E questionou-se: que tipo de caos, de escuridão, Rosana representava? Que ordem foi restabelecida com sua morte? A resposta surgiu com facilidade: Rosana trouxe o caos para a vida de Norma e Gileno assim que chegou da Europa com Rodrigo. Matá-la seria a forma de restabelecer a ordem familiar. Simples assim. E simples demais para um crime tão bem arquitetado.

Essa teoria dava a Norma, ou Gileno, ou ambos, motivo para matar a nora. Mas Dornelas tinha dificuldade em acreditar nessa hipótese tão óbvia, não apenas pela franqueza arrebatadora de ambos nas suas declarações, como o fato das relações familiares, dos conflitos, dos depósitos bancários – e todo o mais que envolvia a presença de Rosana desde o primeiro dia na casa – ter ficado tão às claras, que não sobrava, à primeira vista, muito espaço para que os dois, ou apenas um deles, pudesse estar envolvido no crime de alguma forma.

Mas, por ética profissional, resolveu duvidar veementemente dos depoimentos e não abandonar essa hipótese. Dornelas carregava experiência suficiente nos ombros para saber que facilidade nem sempre é sinônimo de erro. O Venerável-Mestre e sua mulher poderiam muito bem ter encenado tudo aquilo de forma a mostrar uma verdade tão evidente que, por si só, seria descartada.

Além do mais, era cedo para apontar um culpado. Havia não apenas o cuidado ressaltado pelo chefe, como ainda três casais para prestar depoimento, além dos membros da outra loja maçônica de Palmyra, cujos contatos ele, delegado, ficou de cobrar de Gileno.

No entanto, no meio de todo o caso e das reviravoltas dos últimos dias, uma luz clara e firme exigiu sua atenção: Dulce. Passou a especular sobre o que poderia ter acontecido entre ela e os filhos e pensou em perguntar aos dois. Desistiu. Ambos estavam no ônibus e Roberta sem linha disponível no celular. Além do mais, chegariam às vinte e duas horas no Rio de Janeiro. A essa hora, a conversa com Dulce já faria parte da história.

Avaliou então sua vida depois da separação, o período de luto em que uma nuvem negra e espessa circundou sua existência, e o quanto o amor por Dulce o ajudou a superar essa fase. Pensou no futuro e nas opções que um homem na sua idade teria àquela altura da vida: permanecer solteiro e ao léu em relacionamentos vazios com mulheres velozes, ou seguir a bússola do seu coração, apontada para a mulher que amava terna e profundamente e que o amava de um jeito firme e maduro?

Não encontrou dificuldade para decidir. Passou numa joalheria chique da cidade e escolheu um anel de ouro cravejado de diamantes; parcelou a compra no cartão de crédito e ganhou a rua com a caixinha na mão, exultante.

Era noite de domingo. As investigações em curso que esperassem um pouco.

★

O celular tocou assim que ele deu os primeiros passos para fora da joalheria. Puxou-o do bolso da calça, leu o nome no visor e disparou:

– E, então, o que havia no pacote?

– Três cuecas – respondeu Chagas, na lata.

O delegado estacou e sentiu o rosto em brasa. Antevendo o desfecho do tema, num misto de vergonha e irritação, perguntou novamente, com mais cautela dessa vez:

– E quanto às digitais?

– Bem, doutor, é meio constrangedor dizer isso, mas a maioria delas, para não dizer todas, são da senhora sua mãe.

Deus meu! Dornelas guardou a caixinha com o anel no bolso para ter tempo de pensar o que dizer, pôs a mão livre na testa e, numa tentativa de sair do embaraço, retrucou:

– Como as digitais da minha mãe foram parar no sistema da polícia?

Chagas pigarreou e respondeu, meio sem jeito:

– O senhor se recorda daquela vez em que ela fez B.O. por causa do furto do carro?

Como poderia esquecer? A mãe foi à farmácia dirigindo o próprio carro, comprou o que precisava, voltou para casa a pé e depois comunicou a polícia sobre o furto do veículo. Uma investigação foi aberta e o carro encontrado no estacionamento da drogaria no mesmo dia. As digitais dela estavam impressas no veículo todo, dentro e fora. Uma vez que ela havia sido diagnosticada com mal de Alzheimer pouco tempo antes, ninguém se atreveu a comentar o assunto na rádio-peão da polícia. O respeito pelo chefe era grande e a doença da mãe o deixara abalado.

Assim que soube, o geriatra a proibiu de dirigir e aconselhou o delegado a interditar civilmente a mãe. Dornelas resistiu à segunda opção, não apenas porque mantinha controle das despesas, como não queria tirar dela a atividade mental de poder organizar a própria vida.

Mas, para não deixá-la cair novamente em tentação, coube a Dornelas tirar dela a carteira de habilitação e vender o veículo. Dona Márcia esperneou e vociferou o quanto pôde, mas não teve jeito. A partir de então, caso precisasse ir de carro a algum lugar, que chamasse um dos táxis de prontidão na entrada do Centro Histórico. Essa foi a ordem expressa que Dornelas deu às cuidadoras contratadas a passar os dias e as noites com a mãe.

Agora, quase um ano depois, e com a doença em estágio mais avançado, situações estapafúrdias como essa passaram a ser cada vez mais frequentes.

O delegado coçou a testa, esfregou os olhos, desculpou-se pela mãe, agradeceu Chagas pela presteza e desligou. O embaraço foi tamanho que sequer teve coragem de cobrar os relatórios que faltavam. Ligou então para a gerente da Casa de Repouso de Palmyra, que fica no Centro Histórico, a duas quadras da igreja Matriz.

– O que aconteceu dessa vez, Marinês?

– Doutor, dona Márcia deu um baile na gente ontem. No final da tarde, ela disse para a cuidadora que iria ao banheiro. O tempo começou a passar e a moça foi ver o que estava acontecendo. Não é que dona Márcia havia sumido, pulado a janela!? Ficamos em polvorosa aqui, sem saber o que fazer.

– E por que não ligaram para mim?

– Bom, não queríamos atrapalhar o senhor. Além do mais,

ela apareceu quase duas horas depois com um cachorro na coleira e um pacote nas mãos. Ao vermos um número de celular na plaquinha da coleira, ligamos. Qual não foi minha surpresa ao ler no visor que era o número do senhor. Desliguei no ato. O senhor sabe, esse crime horrível na cidade... Eu não queria incomodá-lo. Mandei Judite ir com ela levar o cachorro para a casa do senhor. Afinal, dona Márcia ainda tem a cópia da chave e mais ou menos sabe o caminho.

— A que horas foi isso?

— Bem à noitinha, depois do jantar.

— E a luz, Marinês? Cheguei na casa no começo da noite e a chave geral havia sido desligada.

— A luz? Não sei dizer. Deixe eu ver. — A mulher afastou o telefone do rosto e deu um berro para Judite. Dornelas ouviu passos se aproximando, as duas mulheres trocando imprecações e Marinês voltou à linha. — Judite disse que sua mãe desligou a chave geral para o senhor poder economizar energia e, quem sabe, entrar na faixa de desconto na conta de luz. Com essa falta de água e os apagões que temos sofrido... Um minutinho. — Marinês afastou o fone da boca mais uma vez e passou a discutir com a subordinada. — É isso mesmo, doutor, Judite não se opôs.

— Tudo bem. Sem problemas. Onde está minha mãe nesse exato momento?

— Se não fugiu novamente, na casa dela, com a folguista da noite.

— Fugiu?

— Brincadeirinha, doutor. É que é tanta tristeza com essa velharada moribunda daqui que a gente precisa pegar leve de vez em quando.

— Qual o nome?

— Sônia, mas pode chamar de Songa.

– Songa?

– De songamonga. É que ela é fanha e um pouco lerda, meio aérea mesmo. Mas vou contar uma coisa para o senhor: não podia ter pessoa melhor para lidar com os idosos. Songa aguenta cada rojão, ouve cada barbaridade que vou te falar, doutor.

Basta. Dornelas agradeceu e desligou. Ligou para a casa da mãe. Uma voz feminina e desconhecida atendeu:

– Alô!

– Alô? – disse o delegado, com cautela.

– Guem fvala?

– Dornelas aqui. É a Sônia?

– É, é a Songa. O fenhor quer falar com fua mãe?

– Quero, mas antes quero saber como ela está?

– Bois então... Dona Márfia está descanfando agora. Ela tobou aquele antideprefivo forte e foi deitar.

Dornelas ficou sem saber o que dizer e acabou perguntando:

– Como ela tem estado nos últimos dias?

– O fenhor fabe, têm dias em que ela tá que tá, e outros de uma calma afombrosa. Lembra aquele filme do médico e do monstro?

– Hum-hum.

– Bais ou benos afim.

– Você acha que ela vai acordar hoje ainda, talvez para jantar?

– Não. Ela já jantou, comeu um fopa e foi para a gama. Agora, fó amanhã.

Sem mais a fazer além de lidar com a nuvem de culpa que começava a formar-se dentro do peito, disse conformado:

– Obrigado, então. Amanhã vou dar uma passada por aí ou na Casa de Repouso. A que horas ela vai para lá?

– Às nove.

– Ótimo. Obrigado.

– Não há de quê, doutor. Qualquer coifa, ligo para o fenhor.

– Por favor, faça isso. – E, quando ia desligar, completou:

– A qualquer hora.

– Tudo bem. Boa noite.

Songa desligou antes dele.

★

Já sem o mesmo ânimo de antes – a situação da mãe, a evolução da doença, a dependência física, a necessidade de uma cuidadora em tempo integral, fatos que o envolveram numa nuvem de melancolia –, Dornelas passou na própria casa para deixar Lupi. A última coisa de que precisava agora era chegar à casa de Dulce e ter de lidar com o arranca-rabo entre seu cachorro e Hitchcock, o gato da namorada.

Assim que abriu a porta, mudou de ideia. Entrou, soltou o cachorro da coleira e trancou a porta atrás de si; colocou ração no pote de plástico, trocou a água e subiu. Talvez um banho e roupas limpas o ajudassem a renovar o espírito.

Despiu-se, ligou o aparelho de som e pôs para tocar a Sinfonia n. 9 em Dó Maior, de Schubert, a Grande, sob a batuta do maestro Zubin Mehta.

Abriu a torneira e se entregou de corpo e alma a uma chuveirada quente e revigorante.

★

Envolto numa nuvem do perfume de que a namorada mais gosta, a garrafa de um bom vinho nas mãos e a caixinha com o anel no bolso, resolveu tocar a campainha. Do lado de dentro da casa, Dulce perguntou quem era, olhou pelo visor e abriu a porta.

– Esqueceu a chave?

Dornelas deu de ombros e disse sim da boca para fora, uma

vez que a cópia que ela dera estava no outro bolso, junto com as chaves da sua casa e da gaveta da delegacia, a mesma dentro da qual ficam escondidas as barras de chocolates ao leite. A noite tinha um caráter especial para ele, e o fato de Dulce abrir a porta e o convidar a entrar aumentava sua expectativa e dava pompa e circunstância para o que viria a seguir.

Assim que o aroma do perfume chegou até ela – e em seguida o delegado pronto para beijá-la –, Dulce abriu um sorriso terno e carinhosamente o afagou no rosto liso. Beijaram-se longamente.

O toque dos lábios teve para ele o efeito de um poderoso ansiolítico.

Como de costume nos domingos à noite, havia dois lugares postos à mesa, além da bandeja de cerâmica redonda para manter a pizza quente, o cortador e a espátula.

Dornelas entrou de mansinho como um temente a Deus invadindo território sagrado. Dulce estranhou o excesso de zelo e o mediu de cima a baixo no trajeto que ele desenvolveu até a sala. Captou nele uma leve tensão no jeito de andar. Fechou a porta atrás de si, seguiu-o, encarou-o e disse:

– Perfume, barba feita e vinho. Um homem como você tem algo mais em mente para um domingo à noite, delegado Joaquim Dornelas.

Dornelas ficou mudo e admirado com a capacidade da namorada de não apenas ler sua alma, como decodificar, em apenas uma frase, boa parte do emaranhado de pensamentos que ocupavam sua mente.

Observou-a por alguns segundos e relaxou ainda mais, pois sabia que havia entre eles correntes ocultas e poderosas de um entendimento profundo, uma cumplicidade silenciosa que palavras não conseguem alcançar.

Depositou então a garrafa na mesa, cravou os olhos nos dela e disse com muito tato:

– Não sei o que houve entre você e meus filhos, mas seja lá

o que for, podemos superar isso juntos.

– Não houve nada entre mim e seus filhos. Eles são ótimos. Nos entendemos muito bem.

Uma expressão confusa estampou-se no rosto dele.

– Mas...

– Fique tranquilo. Está tudo bem.

A confusão aumentou em grau e intensidade, o que não impediu que a mão, como que com vida própria, entrasse no bolso da calça e de lá retirasse a caixinha.

Dulce ficou embasbacada ao acompanhar o objeto saindo do bolso, a outra mão abrindo a tampa e um lindo anel de brilhantes surgir diante dos olhos; os intensos fachos de luz irradiando dos diamantes incrustados no círculo de ouro.

– Você é a mulher e o amor da minha vida, Dulce.

– Estou grávida.

A notícia à queima-roupa atingiu-o de modo duro e seco, comparável a um soco bem dado na boca do estômago. Dornelas precisou de um tempo para se recompor. Dulce aguardou, calada.

– Grávida? – ele perguntou, num fio de voz.

Ela fez que sim com a cabeça.

– Descobri ontem.

Dornelas lembrou da lágrima escorrendo e pensou em noites mal dormidas, no choro incessante de um bebê no meio da madrugada, em fraldas sujas, no cheiro de leite azedo que permeia a casa; pensou nos filhos adolescentes e na perspectiva de recomeçar tudo do zero.

De súbito, teve vontade de sair correndo dali. Conteve-se e entregou-se a um pulsar longo, agradável e profundo que emanou da alma.

Sem dizer palavra, desprendeu o anel do bercinho da caixa, pegou a mão esquerda de Dulce e o encaixou perfeitamente no dedo anelar.

– É bom ter uma criança em casa. Mais uma razão para eu querer me casar com você. O que acha?

– Sim – disse Dulce atirando-se nos braços dele e caindo em prantos. Dornelas sentiu os pés como que fincando raízes no chão e amparou-a com carinho. Dulce ficou ali um pouquinho, desvencilhou-se dele e ponderou, limpando as lágrimas:

– Só não sei onde vamos morar, você na sua casa e eu aqui, juntos... Não sei.

– Esse é o problema mais fácil de resolver. Primeiro você precisa ligar para o médico e marcar um ultrassom.

– Farei isso amanhã pela manhã.

– Ótimo. O resto vamos resolver ao longo do caminho. Está bom para você assim?

– Perfeito.

– Você já pediu a pizza?

– Já, a nossa. Quer abrir o vinho?

– Você pode beber?

– Não começa.

Dulce deu-lhe um selinho, as costas e sumiu saltitante para a cozinha.

Capítulo 19

Contente por ver sua vida de volta aos eixos – especialmente a harmonia entre seu trabalho, seus filhos e Dulce –, Dornelas chegou à delegacia pouco antes das oito.

Fazia tempo que ele não ocupava sua sala, sua mesa e sua cadeira com tanto vigor. Sentar ali novamente depois da confusão dos últimos dias era como apropriar-se novamente do seu núcleo pessoal de inteligência e controle, como se tudo o mais a partir daquele ponto não passasse de extensões físicas do seu sistema nervoso central.

Certo de que a delegacia estaria quase às moscas a essa hora da manhã, destrancou a gaveta e escancarou uma das barras de chocolate ao leite escondidas no fundo. Destacou dois quadradinhos e os deixou derreter num canto da boca. Nem o festival de impropérios que a ex-mulher disse ao telefone na noite anterior, muito menos o estado de saúde da mãe, foram suficientes para aplacar seu bom humor.

Lembrou de que havia combinado com Songa de visitar a mãe. Ponderou e achou que era cedo para isso, assim como era cedo para ligar para Gileno e Norma e esclarecer as questões que esquecera de perguntar no papo.

Com o espírito leve e a cabeça fresca, puxou a lista com os nomes da carteira, pensou nos próximos passos da investigação e avaliou que era chegada a hora de cobrar os relatórios de Chagas. Na sua cabeça, o mal-estar com a situação das cuecas e da mãe era coisa do passado, e a investigação em curso precisava seguir seu rumo.

Passou a mão no telefone e discou três teclas.

– Marilda, por favor, ligue para o Chagas.

– É pra já.

Desligou. Alguns segundos se passaram e o telefone tocou.

– Chagas na linha, doutor.

– Obrigado.

Um clique e a voz do chefe da Perícia surgiu de rompante:

– O senhor vai ficar por aí?

– Se nada aparecer, sim.

– Passo em meia hora para levar os relatórios.

– Espero por você.

Abraços, passar bem. Desligaram.

Dornelas estudou a pilha de papéis no escaninho e resolveu deixá-la para depois. Começar o dia com trabalho burocrático era um convite para reduzir seu entusiasmo.

Destacou mais um teco do chocolate, abocanhou-o e aguardou. O telefone tocou novamente. Com a língua, mandou o chocolate para um canto da boca no mesmo instante em que o braço avançou para agarrar o aparelho.

– Dornelas.

– Doutor – disse Marilda –, padre Alberico está aqui e quer muito falar com o senhor.

Padre Alberico?

Olhou o relógio e, por um instante, viu-se nos tempos de escola, mais precisamente nos dias de missa em que os padres exigiam dos alunos a confissão dos pecados. Nessas ocasiões, uma vez por trimestre, e sempre olhos nos olhos – nada da discrição do confessionário –, Dornelas inventava qualquer pecado óbvio para um adolescente, algo que agradasse aos ouvidos do seu confessor, e voltava para a classe envolto numa nuvem de culpa que carregava pelo resto do dia.

Malditos interrogatórios, costumava pensar.

Mas tudo fez sentido depois de tornar-se delegado, pois viu que as confissões se assemelhavam em muito a um interrogatório policial: havia leis a ser cumpridas, um representante para aplicá-las e uma punição ao final do processo para as ovelhas desobedientes. Tudo igualzinho. Pensou na última vez em que foi à missa, na mãe, católica fervorosa, e disse:

– Mande-o entrar. – Engoliu a massa pastosa de chocolate de uma vez e, levemente preocupado, levantou para receber o pároco.

Será que Dulce pediu que ele viesse?

Foi o tempo de circundar a mesa para dedos ossudos baterem na porta como duas leves marteladas. Dornelas abriu-a devagar e, assim que os olhos compassivos do padre encontraram os seus, sentiu-se confortado sob o escrutínio daquele homem que o conhecia tão bem, o mesmo que o batizou, celebrou sua primeira comunhão, crisma e seu primeiro casamento.

Padre Alberico, pároco da Igreja Nossa Senhora dos Remédios, a igreja Matriz, havia quase cinquenta anos, era um homem alto, magro, de ombros ossudos, rosto de traços rudes como que esculpido em argila por dedos vorazes, nariz adunco, grandes olhos azuis sob espessas sobrancelhas brancas e fiapos brancos e esparsos na cabeça. Parecia saído de um dos filmes de Fellini. Mas, assim que as feições encontraram uma referência no fundo da mente, Dornelas viu no homem um clone perfeito do venerável Jorge de Burgos, em *O nome da rosa*, de Umberto Eco. Seria ele, Dornelas, a versão palmyrense de William de Baskerville?

O pensamento o divertiu.

Assim que deu o primeiro passo para dentro da sala, o padre abriu um sorriso sereno e levou a mão esquelética à frente para cumprimentar a ovelha mais desgarrada do seu rebanho.

– Querido Joaquim.

Dornelas deixou-se envolver pelo abraço paternal.

– Que bom vê-lo, padre.

Dois tapinhas nas costas e o homenzarrão desvencilhou-se do abraço. Os grandes olhos azuis então perderam o tom amigável e assumiram uma expressão dura e compenetrada. Dornelas ficou em alerta com isso, convidou o padre a sentar-se numa das cadeiras de visitas e retornou à sua própria. O susto do telefonema foi tamanho que ele até esqueceu de fechar a gaveta em que mantinha escondidas as barras de chocolate.

Quem sabe um quadradinho adoce as palavras do homem!

Tirou a barra escancarada de dentro da gaveta e a deslizou por cima da mesa, na direção do pároco, que voltou a abrir um sorriso.

– O tempo passa, os hábitos ficam – disse o padre, esticando o braço e puxando a barra para si. Destacou uma fileira e mordeu metade.

Dornelas acompanhou a movimentação e resolveu dar início ao papo. Estava curioso para saber onde a coisa ia desaguar.

– Há quanto tempo não nos vemos, padre?

– Se for por conta da sua presença nas minhas missas, século passado! Se bem que, na minha idade, tenho realizado poucas, infelizmente. – Uma breve pausa para mastigar e ele disparou: – A não ser que você tenha participado das missas do padre Osmar.

– Eu jamais faria isso com o senhor.

Padre Alberico enfiou o que restava do chocolate na boca e abriu um leve sorriso por ver que o peso de suas palavras ainda encontrava eco na alma do delegado. Dornelas, embalado pelo aspecto formal da reunião, puxou a barra para si como que para fazer um brinde improvisado, destacou um naco e perguntou, antes de enfiá-lo na boca:

– O que o traz aqui? Pelo que me lembro, essa é a primeira vez que recebo sua visita na delegacia.

O tom no olhar do homem evoluiu do compenetrado para o fantasmagórico.

– Coisas estranhas tem acontecido nesta cidade, Joaquim.

– O senhor se refere ao crime da última sexta-feira?

– Não apenas a isso, mas a todas essas festas e eventos que a Prefeitura tem promovido por aqui. Sei que ativam o comércio, enchem os cofres públicos de dinheiro... Mas, você sabe, atrás disso segue uma onda de drogas, bebidas, costumes vis, crimes horrendos.

Dornelas não estava entendendo onde padre Alberico queria chegar. Esticou o braço, arrancou mais um naco do chocolate e se afundou de volta na cadeira. Padre Alberico, por sua vez, tremelicou no lugar e afastou a barra de si.

– Coisas estranhas têm acontecido na igreja também.

Dornelas trouxe à mente os casos de abuso sexual envolvendo padres, bispos e cardeais em igrejas ao redor do mundo. Será que o pároco tinha aprontado alguma e os papéis se inverteram, o venerável Jorge de Burgos havia chegado a uma idade em que precisava confessar seus pecados a William de Baskerville? Avançou o corpo para frente, fincou os cotovelos na mesa e aguçou os ouvidos.

– Que tipo de coisas?

– Trabalhos do demônio.

– O que o senhor quer dizer com isso?

– Gritinhos, risadas, gemidos... À noite... Na igreja.

– Desde quando o senhor ouve isso?

– Semanas, Joaquim. Semanas. Cheguei a questionar minha sanidade, a pensar se eu não estava mais para lá do que para cá, ouvindo vozes do além. Sabe, um ancião como eu já consegue aceitar a finitude da existência e construir uma ponte entre a vida terrena e a que vem a seguir, junto de Deus.

– A que horas isso tem acontecido? E em que dias?

– Sempre às sextas-feiras e sábados, depois das missas da noite, as únicas que prego.

– Explique-se.

Padre Alberico ajeitou-se na cadeira.

– Depois das missas, recolho-me à minha sala, encostada à sacristia, e me dedico à reflexão, à leitura e aos estudos das liturgias...

Dornelas resolveu desviar do eixo da conversa, uma vez que conhecia o elo comum com o pároco, e o interrompeu, curioso:

– O que o senhor está lendo nesse momento?

O homem parou de respirar por alguns segundos, avaliou o ambiente e disse baixinho:

– Segredo policial?

– O senhor tem minha palavra.

– Estou terminando o último livro do padre Marcelo. – As palavras lhe saíram da boca em tom de desabafo, como se padre Alberico estivesse confessando um crime. Dornelas, tomado de um espanto divertido, até alçou as sobrancelhas.

– Padre Marcelo?

O ancião abriu os braços no ar ligeiramente envergonhado, em *mea culpa*.

– De que adiantam as palavras de Deus se elas não chegam a quem precisa? Esse homem é um fenômeno, Joaquim. Como costumam dizer, propaganda não é a alma do negócio?

O delegado abriu um sorriso e, por um instante, quis estender-se no assunto, mas resolveu voltar às perguntas.

– Até que horas o senhor permanece lendo na sua sala?

– Dez, onze da noite. Depende do dia, da leitura. Essa é a melhor hora, pois a igreja esvazia enquanto Zezinho cuida de tudo até fecharmos as portas para o dia.

– Zezinho, o zelador?

– Ele mesmo. Ainda está firme lá.

– Quem mais fica na igreja até o fechamento?

– Padre Osmar, alguns acólitos, coroinhas e dona Ivone.

Um breve silêncio, que padre Alberico entendeu e resolveu completar:

— Dona Ivone é a matriarca da igreja, ajuda nas catequeses, recolhe doações, essas coisas.

— Que idade tem?

— Setenta e lá vai pedrada. Mais nova do que eu.

— O senhor pode me dar os nomes dos acólitos e coroinhas?

— Claro.

Dornelas pegou o bloco de notas e uma caneta e preparou os ouvidos. O padre vasculhou a memória e disse, contando nos dedos:

— Josimar e Cauã são coroinhas. Rafael, Vicente e Jurandir são os acólitos. Óbvio que temos bem mais que isso, mas estes são os que estão sempre por lá.

— O senhor alguma vez saiu da sua sala quando escutou essas vozes?

— Não.

— Por quê?

— Puro medo. Além do mais, todos sabem que, quando me tranco para estudar e refletir, saio apenas para ir embora. Ninguém ousa interromper.

— O senhor fica bravo quando isso acontece?

— De maneira alguma. Acho que não fazem pela minha idade e talvez por algum respeito que conquistei em minha congregação.

— Não sai nem mesmo para um xixizinho?

— Nada. Mandei construir um pequeno banheiro na minha sala. Privilégios da idade, sabe?

— Uma suíte.

— Por assim dizer. Mas sem chuveiro.

— Alguma vez o senhor dormiu ali?

— Noite adentro, nunca, pois não há cama. Possuo apenas uma mesa, cadeira e uma poltrona reclinável em que leio e, não raro, caio no sono. Ah, e os livros também. Me sinto bem entre eles.

– Entendo. Quando sai, para onde vai?

– Direto para a casa paroquial jantar, tomar um banho e cair na cama.

– O senhor é sempre o último a sair às sextas-feiras e aos sábados?

– Nem sempre. Às vezes Zezinho sai depois. Quando sai antes, ele bate na minha porta avisando que está de saída, o que significa que estarei sozinho dali em diante.

– Ele tranca a porta quando sai?

– Sim.

– O senhor mantém a cópia da chave sempre em mãos.

– Está sempre no bolso da calça.

– E os barulhos a que o senhor se refere, foram ouvidos antes ou depois de Zezinho sair?

– Sempre depois.

Dornelas freou as perguntas por um instante. Refletia. Em dado momento, retomou com uma pergunta:

– O senhor consegue reconhecer alguma dessas vozes?

Padre Alberico arregalou os olhos, levantou os braços no ar e disse com a voz embargada:

– Que o Senhor esteja ao meu lado, mas não serei eu um novo Judas.

Dornelas, por sua vez, foi envolvido por uma nuvem de preocupação, irritação e desconfiança, tudo ao mesmo tempo. Decidiu levantar-se e ir sentar ao lado do pároco, na cadeira vizinha.

– O senhor está amparado pelo segredo da confissão?

Padre Alberico fez que sim com a cabeça, os olhos esbugalhados de pavor.

– Então responda o seguinte: quando foi a última vez em que ouviu essas vozes?

– Sexta-feira retrasada.

– Na passada, não?

– Nada.

A *noite do crime*. Dornelas pôs-se a pensar e perguntou:

– Quem tem cópias das chaves da igreja?

– Você se refere à da porta da frente, à da sacristia e à da sala João XXIII?

– Todas.

– Bem, para as portas da frente e da sala João XXIII, somos apenas eu, padre Osmar e Zezinho. Da porta da sacristia, a que usamos no dia a dia, nós três e mais dois.

– Quem?

– A faxineira e dona Ivone.

– E para a casa paroquial, onde o senhor e o padre Osmar dormem?

Padre Alberico ficou irritado com a pergunta e pôs o indicador em riste no ar.

– Durmo em meu quarto, sozinho. Padre Osmar, no dele.

Dornelas nada disse. Dizer o quê? Padre Alberico emendou:

– Além do mais, nunca me deixei levar pelos pecados da carne e muito menos admiti viadagens para o meu lado.

O venerável Jorge de Burgos escancarava a alma e em altos brados. Os olhos de William de Baskerville reviraram nas órbitas por puro enfastio, mas, se era para entrar no mérito e tirar a questão da frente, resolveu perguntar:

– Padre Osmar... O senhor sabe... É... ?

– De modo algum.

– Ótimo. E quanto às chaves da casa paroquial?

– Apenas eu, padre Osmar e a faxineira.

– A mesma da igreja.

– Sim.

– Qual o nome dela?

– Dienifer, mas todos chamam de Di.

Dornelas anotou no bloco sobre a mesa, ao lado dos nomes dos acólitos e coroinhas.

– De volta às vozes então. Vinham da sacristia?

– Não sei dizer. Podem ter vindo de lá, da sala de catecismo, do depósito, de qualquer lugar. A igreja, mesmo construída no final do século XIX, tem uma acústica fabulosa.

– Mais uma coisa apenas.

– Não me pressione, Joaquim!

O homenzarrão estava assustado e sofrendo de um conflito de alma terrível. Certamente sabia de uma porção de coisas e não podia revelar nem uma vírgula sequer. Se revelasse, podia ter de pagar uma multa pesada, ser preso e até excomungado. Nem mesmo em depoimento judicial ele seria obrigado a quebrar o sigilo.

– Vozes masculinas ou femininas?

– Só mais essa?

– Sim.

– Ambas.

– Crianças?

Padre Alberico balançou a cabeça de um lado a outro com resignação. Ele sabia que a pergunta viria mais cedo ou mais tarde. Dornelas ficou aliviado com a resposta e com a presteza do homem em ajudar a polícia.

Para poupar-lhe da aflição da alma, o delegado agradeceu a visita, acompanhou-o até a rua e voltou para sua sala imerso em pensamentos. Se esses gritos a que o pároco se referia tinham ou não relação com o crime do Centro Histórico, isso precisaria ser verificado. Mas a coincidência dos dias e horários de ambos os eventos o deixaram tão cismado que ele retirou o paletó do espaldar da cadeira, saiu pisando firme pelo corredor e entrou na sala de Solano. Por sorte, viu que o subordinado tinha acabado de chegar, pois depositava a arma e o distintivo na mesinha ao lado do computador.

– Vai grudar a bunda na cadeira ou tem coisa para fazer em campo?

– Por enquanto, nenhuma das duas coisas. O que o senhor tem em mente?

– Venha comigo.

Foram à sala de Caparrós. Uma vez que o investigador tinha se envolvido diretamente com a Perícia na noite do sequestro de Roberta, o chefe instruiu-o a receber os relatórios de Chagas e dar uma boa lida neles. Se alguma coisa nova surgisse ali, que Caparrós o avisasse pelo celular.

Foram à recepção, avisaram Marilda e ganharam a rua.

Capítulo 20

A primeira porta lateral, a da sacristia, voltada para o rio das Pedras, estava aberta. Dornelas saiu da rua de terra batida, subiu a calçada pé de moleque – que circunda toda a edificação –, e depois o degrau de granito para entrar no vão sombreado da soleira.

Duas batidas e ele entrou com Solano no encalço. Mesmo com as janelas abertas, e talvez pelas paredes de quase um metro de espessura, a sacristia guardava um frescor matutino misturado com o aroma de velas queimadas, incenso e churrasco. Dornelas estranhou esse último, mais forte ali dentro, e logo viu uma instalação improvisada no parapeito de uma das janelas: um ventilador de chão jogando um sopro suave sobre uma panela sem cabo; dentro, toletes de carvão crepitando quase em brasa. O turíbulo aguardava ao lado, pendurado pela argola, num prego na parede. Um rapaz, de braços cruzados, olhava fixamente para a panela.

Os preparativos para a missa da manhã encontravam-se em pleno vapor.

– Bom dia – quebrou o silêncio, o delegado.

O rapaz, como que saído de um transe, descruzou os braços e se virou para ele.

– Bom dia. Em que posso ajudá-los?

– Eu gostaria de conversar com o padre Osmar. Ele está?

– Foi tomar um café. Volta em meia hora.

– Qual seu nome?

– Vicente.

– Você é um acólito, correto? – perguntou Dornelas, lembrando do nome fornecido havia pouco por padre Alberico.

– Arrã.

– Tem alguém aqui que possa nos mostrar a igreja enquanto padre Osmar não chega?

Vicente esfregou as mãos de modo nervoso e perguntou:

– Quem é o senhor?

Dornelas foi até ele e ofereceu a mão.

– Joaquim Dornelas, o delegado da Polícia Civil.

Vicente, franzino, apertou-a com apreensão. Certamente não estava acostumado a ver um homem de terno e gravata na igreja Matriz às dez da matina de uma segunda-feira. Muito menos o delegado em pessoa.

– Este é Solano. Ele trabalha comigo.

Vicente e o investigador trocaram cumprimentos.

Um silêncio. O acólito juntou as mãos e as esfregou mais uma vez. Ele emanava presteza e ansiedade. Parecia aguardar uma instrução que não vinha, como um avatar de videogame em modo pausa.

– Então, você acha que alguém pode nos mostrar a igreja enquanto padre Osmar não volta? – insistiu Dornelas.

– Estou sozinho aqui. Deixe-me ver se Zezinho está por aí.

O rapaz deu-lhes as costas e sumiu por uma das portas de acesso à assembleia. Solano aproveitou a deixa, tirou o celular do bolso e se enfiou nele. Dornelas deu de ombros e decidiu estudar o ambiente. Na verdade, já o conhecia bem, assim como toda a igreja, pois foi ali que ele se preparou e passou por cinco dos sete sacramentos cristãos.

O velho Antônio o deixou escapar da Maçonaria, mas não da Igreja Católica.

Dornelas pensou por alto se, eventualmente, encontraria algum entrave burocrático cristão para casar-se com Dulce depois do divórcio de Flávia, mas não soube responder em definitivo. Resolveu atentar-se à sacristia.

No centro da sala, havia uma mesa retangular enorme sem nenhuma cadeira ao redor. Se tivesse, calculou, seria para doze pessoas. Na parede oposta à porta de entrada havia, entre duas portas de acesso à assembleia, um imenso baú antigo para guardar mantimentos impecavelmente restaurado – herança da época da escravatura. Sobre ele, castiçais de prata, uma edição surrada do Novo Testamento e um quadro com foto do papa Francisco apoiado sobre a tampa à espera de ser pendurado. Na parede, logo acima, um buraco sem prego.

Passada a janela com a instalação improvisada, havia uma escada larga para o piso superior. Dornelas sabia que dava acesso aos bastidores do altar e ao salão de catecismo, e que neste havia três portas balcão voltadas para a assembleia e duas para o rio das Pedras. Debaixo da escada, um pequeno corredor do qual saíam três portas, duas de um lado e uma de outro. A segunda da esquerda era a da sala do padre Alberico, a primeira a da copa e a do lado oposto do banheiro.

Caminhou para a primeira porta de acesso à assembleia – por onde Vicente saiu –, espiou pelo vão, seguiu ao longo do baú de mantimentos e chegou à segunda porta. Fechada. Não quis abri-la.

Olhou para Solano, que permanecia de pé e ainda imerso no celular, e seguiu adiante; cruzou o vão de acesso para a ala seguinte da sacristia, onde havia outra porta de acesso para a rua – trancada a chave e com os ferrolhos passados – e um armário com as portas escancaradas. Dentro, paramentos sacerdotais e algumas alfaias litúrgicas.

Passado o armário, mais uma porta fechada. Era a terceira e última para a assembleia daquele lado da igreja. Diante desta, um estandarte de cruz, velas processionais e uma cadeira com uma batina pendurada no espaldar. Ao fim da sala, uma portinhola encostada.

Depois de tantas portas fechadas, Dornelas não resistiu e abriu esta, mesmo sabendo que dava para o oratório com a imagem de São Franscisco de Paula. Diante deste, os estandartes das 28 comunidades que a paróquia Nossa Senhora dos Remédios aglutina.

Fechou-a e voltou para onde estava Solano. Vicente apareceu no mesmo instante pela porta por que tinha saído.

— Zezinho está vindo — disse o rapaz. — Ele vai ficar aqui enquanto mostro a igreja para vocês.

— Ótimo — disse o delegado.

Solano guardou o celular no bolso. Zezinho apareceu, vindo da assembleia, abriu um sorriso assim que viu Dornelas, aproximou-se do delegado com o braço esticado e disse:

— Meu querido Joca — disse o homem e logo repreendeu-se. — Me perdoe. Delegado Joaquim Dornelas agora.

Solano sorriu. Dornelas apertou a mão do homem.

— Deixe disso, Zezinho. Como você está?

— Com a vida de sempre, cuidando da igreja, das missas, dando uma mãozinha para o padre Alberico. Ele já está com idade, sabe? Precisa de uma ajudinha extra.

Aos olhos do delegado, que não o via fazia alguns anos, Zezinho havia incorporado uns bons quilos: as bochechas estavam mais flácidas, os olhos mais caídos, gomos de gordura preenchiam toda a volta do pescoço e a barriga crescera para os lados e para frente. Apenas as ondas ensebadas dos cabelos haviam escasseado substancialmente.

— Acabei de encontrá-lo. Ele foi me visitar na delegacia.

Zezinho ergueu as sobrancelhas.

— Na delegacia?

— Pois é, disse que tem ouvido barulhos estranhos por aqui nas sextas-feiras à noite.

O zelador arregalou os olhos de espanto.

— Barulhos? Que tipo de barulhos?

— Gritinhos, gemidos, coisas do tipo.

Zezinho apontou os dois indicadores para o chão e rebateu:

– Aqui na igreja?

Dornelas fez que sim com a cabeça. Solano e Vicente observavam a conversa calados. Zezinho baixou os olhos, fechou a cara de modo pensativo e coçou o queixo.

– Antes ou depois da minha saída?

– Ele disse depois. Disse também que, às vezes, você sai antes dele.

– Isso mesmo. Ele fica trancado naquela salinha lendo, estudando... Quando saio antes, dou três toques na porta e aviso que estou de saída.

– E quando ele sai antes?

– Sai gritando por mim pela igreja. Respondo de onde estiver que sairei assim que terminar tudo.

As histórias batem.

– De volta aos barulhos, de quem você acha que podem ser?

– Não faço a menor ideia.

– Apenas as luzes da sacristia permanecem acesas quando padre Alberico fica sozinho na salinha dele?

– Sim. Deixo tudo fácil para que ele precise apenas apagar a luz e trancar a porta.

– Essa que está aberta?

– Sim, a única que usamos depois da missa. A porta principal é trancada assim que os fiéis saem.

– E quando é isso?

– Não tem uma hora exata. O ideal é às vinte horas, mas tem gente que fica de papo na nave, turistas tiram fotos... Têm dias em que preciso avisar que vamos fechar e acompanhar os insistentes até a saída.

Dornelas passou a beliscar os lábios, sinal de que as sinapses disparavam instruções para todos os cantos do cérebro.

– Em que momento você tranca a porta da sacristia à noite?

– Depois que os fiéis e os curiosos vão embora, ficando

apenas Di, os padres Alberico e Osmar e eu.

– E até lá?

– Fica encostada. Os acólitos e coroinhas circulam por aqui. Vez ou outra, um turista entra para passar os olhos, tirar fotos. Estou sempre de olho neles. Em geral, são muito folgados.

– E a porta da sala João XXIII, ainda é usada?

– De vez em quando. Na última Festa do Divino, nós a usamos apenas para tirar o mastro que é montado na praça. Ele é pesado demais, sabe? O caminho para a praça é mais curto por ali.

– Entendo – disse o delegado de modo reflexivo. – Di está por aí?

Zezinho voltou-se para Vicente e disparou:

– Você viu Di hoje?

– Estava limpando o chão diante do oratório de São Roque – respondeu o rapaz.

Dornelas virou-se para Solano.

– Vá conversar com ela sobre o que falamos aqui.

– O senhor quer que Vicente o acompanhe? – perguntou Zezinho.

– Não precisa – respondeu o investigador. – Conheço o caminho.

Solano fez um aceno de cabeça para o chefe e foi para a assembleia.

Um silêncio.

Dornelas estudou Zezinho e Vicente e se deu por satisfeito com o rumo da conversa, pois sentia já ter esgotado o assunto até ali. Queria seguir adiante.

– Vicente pode me mostrar a igreja? – perguntou para Zezinho.

– Você é de casa, Joca. – O zelador levou a mão à boca mais uma vez. – Perdão, doutor. Circule o quanto quiser.

— As portas estão abertas pelo caminho?

— Acredito que sim. — Zezinho pensou por um instante, virou-se para Vicente e disse: — Veja se o cadeado do depósito está trancado. Se estiver, abra para o delegado.

Como um avatar ao receber instrução, Vicente ergueu a mão espalmada na direção de Zezinho; este buscou um molho de chaves no bolso e o entregou ao acólito, que o pegou, deu-lhes as costas e sumiu pela porta de acesso à assembleia. O delegado observou calado a dinâmica do molho de chaves.

— Fique à vontade — disse Zezinho. — Vou organizar o que falta para a missa do meio-dia.

— Obrigado.

Dornelas passou pelo zelador e parou diante da panela com os carvões em brasa. Zezinho o acompanhou com os olhos e disse:

— O senhor pode desligar o ventilador, por favor?

Assim fez o delegado e subiu as escadas. Ao atingir o primeiro lance, desceu dois degraus à frente e enfiou a cabeça no vão escuro do acesso aos bastidores do altar, na verdade um corredor. Estudou as portinholas pelas quais entram e saem os acólitos e coroinhas, sentiu um odor pungente de mofo, e depois avistou a saída do outro lado, a que liga a sacristia à sala João XXIII, na ala oposta da igreja.

Recuou os dois degraus e subiu o que restava da escada para o imenso salão de catecismo. Como as portas-balcão com acesso ao exterior estavam fechadas, colunas tênues de luz entravam pelas que estavam abertas e voltadas para o interior da igreja.

Dornelas analisou o ambiente vazio e viu-se ali, moleque, escrutinando a Bíblia com seus colegas de catequese. Foi tomado por um sopro de jovialidade e inocência. Pôs-se a observar a disposição das cadeiras em círculo no centro, os lustres apagados presos no teto de pé-direito altíssimo e caminhou para uma das duas portas-balcão voltadas para o rio das Pedras.

Embalado por uma lembrança vívida, agarrou o ferrolho, girou-o sobre o eixo da cremona e abriu a folha da direita para ser inundado por um jorro de luz quente e revigorante. Levou a mão à outra folha, escancarou-a, deu um passo à frente para dentro do pequeno terraço e apoiou as mãos no gradil de ferro.

Atendeu então a um impulso da memória e se voltou para o mesmo lugar onde, na adolescência, viu Flávia pela primeira vez passando na rua. Uma visão que o fez apaixonar-se pela mulher que viria a ser, anos mais tarde, mãe de seus dois filhos.

Em mente, percorreu a trajetória completa de seu casamento, do começo, na nave daquela igreja, até o final, quando Flávia bateu a porta do carro e levou Roberta e Luciano para longe dele, no Rio de Janeiro.

Não se sentiu triste com isso, mas vivo por ter sido capaz de colocar duas pessoas no mundo e por nutrir por eles um amor que supera o tempo e a distância.

Deu-se por satisfeito ali e fechou a porta-balcão. Foi à próxima, abriu-a e, ao ver a Santa Casa por sobre a copa das árvores, para além do rio, pensou em Dulce, que começou a carreira como enfermeira naquele hospital.

Dornelas atinou para a sincronicidade do momento, sorriu e agradeceu à Nossa Senhora Aparecida, de quem é devoto confesso pelas graças alcançadas.

Fechou as duas folhas, trancou tudo, cruzou a sala e deu uma boa olhada para o interior da igreja de uma das portas-balcão do lado oposto. Seus olhos varreram o andar de baixo, a imagem de Nossa Senhora dos Remédios no altar principal e a nave vazia; estudou os oratórios do lado oposto – Nossa Senhora dos Terços, o Sagrado Coração de Jesus e São Roque –, viu Solano conversando com quem deveria ser Di e nada mais. Satisfeito, desceu as escadas. Não havia outro acesso para aquele ambiente.

A sacristia estava vazia, a porta escancarada.

Parado diante da mesa grande, enfiou as mãos nos bolsos das calças e pensou que qualquer pessoa — ou pessoas — poderia entrar e se esconder em algum canto daquela igreja imensa e fornicar o quanto quisesse depois do dia terminar, por pura fantasia ou rebeldia. A questão era como sair depois da farra. Porém, pelo modo como Zezinho cuidava das chaves, que pareciam passar de mão em mão sem muito critério, a hipótese mais provável era a de que alguém fizera uma cópia na surdina e a usara nas noites em que padre Alberico permanecia sozinho na igreja. Mas quem? Certamente, alguém que conhecia a dinâmica do lugar, os hábitos e horários dos padres Alberico e Osmar, bem como dos demais que cuidavam da igreja. Isso reduzia muito a lista de suspeitos.

Resolveu seguir com a investigação. Estudou a cozinha, o banheiro e girou a maçaneta da porta da sala do padre Alberico, mesmo sabendo que estaria trancada. E estava. Sorriu, pois sabia do zelo e do ciúme que o pároco nutria pelo livros que mantinha ali.

Entrou na assembleia, caminhou até a entrada principal da igreja — as portas trancadas — e abriu um portão vazado de madeira no canto esquerdo; subiu dois lances íngremes de escada e parou diante do imenso sino da torre daquele lado. Acompanhou pelos vãos as pessoas que circulavam na praça, girou sobre os calcanhares, deu uma boa olhada — da porta mesmo — no salão vazio que fazia fundo com o salão de catequese, e nada viu que chamasse sua atenção.

Seguiu para o coro.

Debruçou-se sobre a sacada, contemplou os oratórios do lado direito, as imagens de São Miguel Arcanjo, Nossa Senhora dos Passos e São Francisco de Paula e caminhou para a porta de acesso ao sino da torre do lado oposto. Analisou-o por um instante, depois o aparelho eletrônico ligado a uma espécie de braço mecânico que balança o sino a cada hora, e se voltou para a porta do depósito.

Conforme instruído por Zezinho, o cadeado estava destrancado. Dornelas desencaixou-o da corrente e abriu uma das folhas da porta.

O depósito tomava toda a extensão daquele lado da igreja, da frente aos fundos. O ambiente, mesmo grande, estava entulhado e escuro. Apenas uma das três portas-balcão que davam para o interior da igreja – a do meio – estava aberta. As outras duas, assim como as que davam para a praça, estavam fechadas. Dornelas acionou o interruptor das luzes do teto e nada aconteceu. Pensou em abrir as portas-balcão, mas todas, exceto a já aberta, estavam bloqueadas pelo excesso de tralha.

Numa primeira batida de olho, na penumbra, o lugar parecia o depósito de uma escola de samba. Em meio às prateleiras com vasos de diversos tamanhos e formas, mesas sobrepostas com os pés virados para cima, cadeiras empilhadas, alfaias litúrgicas, uma imagem do Divino encostada numa parede, diversas imagens em madeira de santos em tamanho natural, folhagens artificiais pintadas de dourado e prateado e velas processionais, havia trilhas para se chegar ao fundo do salão.

A fim de escanear o lugar no detalhe, tirou o celular do bolso, acendeu a lanterna do aparelho e passou a vasculhar cada canto e entranha do lugar. Pegou uma das trilhas e seguiu varrendo o ambiente com o pequeno foco luminoso. Não sabia ao certo o que estava procurando, apenas que deveria fazer isso.

Olhou aqui e ali. Nada. Seguiu com a inspeção criteriosa, passou por mesas atulhadas até que deparou-se com uma sem nenhum objeto sobre o tampo. Esta estava encostada na parede oposta à da porta-balcão aberta. Olhou em volta e achou estranho uma mesa vazia num ambiente onde tudo se encontrava empilhado por falta de espaço. Dobrou os joelhos a meio, pôs o tampo sob o foco da luz e, na altura dos olhos, viu marcas impressas de dedos, e o que pareciam nádegas, em meio à fina camada de pó.

Com a curiosidade fisgada, resolveu estudar o entorno com mais cuidado, o chão, até que o círculo luminoso envolveu um objeto que lhe pareceu familiar e totalmente fora de contexto: um brinco de pena de pavão debaixo de uma prateleira encostada na mesa vazia. Dobrou os joelhos e o pegou; com o objeto diante dos olhos e sob o foco da lanterna, teve um estalo.

Deu a volta numa ilha de vasos de diversos tamanhos, cruzou o salão e se debruçou sobre o gradil da porta-balcão aberta, à procura de Solano, no andar de baixo. Não viu ninguém. Gritou lá de cima para a assembleia vazia:

– SOLANO?

Passos ecoaram no ambiente e o investigador apareceu, já olhando para o alto.

– Pois não, doutor.

– Vá até a porta do banheiro, em frente à sala do padre Alberico. Avise quando chegar.

– Ok, mas o que devo fazer depois?

– Apenas escute.

Solano lançou uma expressão confusa para o chefe, mas acatou a ordem. Dornelas o esperou sumir por uma das portas de acesso à sacristia, ouviu o grito de "cheguei" do subordinado e voltou para o lugar da mesa vazia. Colocou-se de pé diante dela, sentiu-se um pouco idiota pelo que estava prestes a fazer, mas o fez assim mesmo, de modo gutural:

– ÃÃÃMMM! ÃÃÃMMM! ÃÃÃMMM!

Calou-se e caminhou de volta para a porta-balcão. Gritou por Solano:

– DEU PRA OUVIR?

O investigador surgiu no vão da porta.

– Se era o senhor gemendo, deu.

– Ótimo.

– O que o senhor queria com isso, doutor?

Dornelas não respondeu, apenas enfiou o brinco no bolso e saiu do depósito. Passou, trancou o cadeado e desceu para a sacristia, mas desta vez por um caminho diferente, o que passava por um salão vazio e pela sala João XXIII no piso térreo. Quis passar os olhos naquele ambiente, por desencargo de consciência.

Fitou o imenso banco de madeira, os mastros listrados da Festa do Divino encostados à parede, verificou a tranca da porta e das janelas – as traves passadas –, subiu as escadas de acesso aos bastidores do altar, cruzou-o e deu na escada de acesso à sacristia, do lado oposto da igreja. Solano espantou-se ao vê-lo aparecer por ali.

– Achei que o senhor estava tendo um treco lá em cima – disse o investigador.

– Depois explico. Fique aqui e converse com o padre Osmar sobre as chaves e a rotina dele e a do pessoal que circula pela igreja.

– Estamos procurando alguma coisa em especial?

– Por quais mãos passam as chaves das portas de entrada e do cadeado do depósito.

– Deixe comigo.

– Ah, e não deixe ninguém entrar no depósito. Volto mais tarde com Chagas. Numa coleira se necessário.

Zezinho surgiu da cozinha com um copo de água na mão. Vicente estava enfiado no armário arrumando alguma coisa. Dornelas deu-lhes um "até mais" geral, as costas e ganhou a rua.

Capítulo 21

Movido por uma combinação de falta de paciência e curiosidade, o delegado fez um nó com os dedos e deu três batidas com vigor. Foi preciso respirar fundo para conter o ímpeto de esmurrar a porta.

Depois do que lhe pareceu uma eternidade, ouviu um "quem é?" abafado e não respondeu. A porta foi aberta devagar, uma fresta apenas, e um par de olhos inquisidores surgiu no vão.

– Você é Lurdinéia? – disparou Dornelas.

Os olhos se arregalaram e subiram e desceram num movimento de sim com cabeça.

– Dona Norma ou senhor Gileno estão em casa?

– O senhor é da polícia?

– O delegado.

– Dona Norma saiu. Seu Gileno está no banho.

– Ótimo. Posso conversar com você enquanto ele termina?

Lurdinéia escancarou a porta, liberou a passagem e disse, para a curiosidade de Dornelas atingir a superfície da lua:

– Eu sei sobre o que o senhor quer conversar.

Dornelas deu dois passos para dentro da casa e aguardou a faxineira fechar e trancar a porta. Assim que o fez, ela se virou para ele e perguntou:

– Onde é melhor para o senhor?

– Você quem manda. Não quero criar problemas.

Lurdinéia sorriu de leve e analisou a saleta de entrada – o sofá, as poltronas –, adotou uma expressão séria e disse:

– Problema nenhum, doutor. Problema mesmo era o que essa moça estava a ponto de criar. Deu no que deu.

Dornelas enrijeceu-se no lugar com a espontaneidade das frases. Por impulso, ajeitou-se na ponta da almofada de uma das poltronas antes mesmo de ter sido convidado para isso. A ansiedade sombreava-lhe o raciocínio.

Vendo que o delegado encontrara um lugar para sentar, Lurdinéia sentou no sofá ao lado com os joelhos juntos e as mãos entrelaçadas sobre eles.

– O que o senhor quer saber? – ela perguntou, os olhos transbordando de expectativa.

Dornelas apoiou os cotovelos nos joelhos e cruzou as mãos também.

– Desde quando você trabalha aqui?

– 1996.

– Sempre como faxineira?

– Mais como uma faz-tudo. Limpo, cozinho. Até as fraldas do Guigo cheguei a trocar.

– Por Guigo você se refere a Rodrigo, filho de Norma e Gileno?

– Sim, senhor.

– Como é a relação dele com os pais?

– Complicado dizer, doutor. Acho que, por ser filho único de pais mais velhos, foi criado com um mimo que nunca vi igual.

Essa informação o fez atinar para uma informação para a qual não tinha dado a devida atenção.

– Qual a idade de dona Norma?

Lurdinéia contraiu-se no lugar. Ficou claro que estava prestes a revelar um segredo de estado.

– Sessenta e um tanto.

– E Gileno?

– Setenta e um. Esse não tem medo de envelhecer.

Dornelas fez as contas e balbuciou uma frase, de si para si:

– Rodrigo é adotado.

Lurdinéia fez que sim com a cabeça.

A constatação teve o impacto de uma revelação. Dornelas sentiu-se petrificado, a ponto de questionar-se sobre a razão de não ter chegado antes a essa conclusão.

– Você acompanhou o processo de adoção, a chegada dele, tudo?

– Desde o primeiro dia.

Com as porteiras da mente escancaradas, outra informação levantada no encontro anterior, bem sutil aliás, foi arremessada para a consciência: a de Norma acariciando o próprio ventre. Dornelas resolveu tirar a fina camada de dúvida que ainda restava sobre a questão:

– Dona Norma chegou a perder alguma gravidez?

– Uma, doutor, de uma menina, muitos anos antes de Rodrigo ser adotado e de eu começar a trabalhar aqui. Pelo que soube assim que entrei, foi um bafafá.

– Imagino.

– Sei do que estou falando. Perdi uma gravidez também.

– Quantos filhos você tem?

– Três.

Dornelas trancou-se em pensamentos por um instante, pois a experiência de Lurdinéia o fez lembrar da vez em que sua ex-mulher perdeu uma gravidez entre Roberta e Luciano. O feto tinha 16 semanas. Seu mundo veio abaixo no segundo ultrassom, quando o médico foi incapaz de captar as batidas cardíacas do pequeno ser em formação e deu o veredicto. Que dor terrível. Os dias seguintes foram de puro martírio. Ninguém da família ficou sabendo até a data da curetagem.

Ninguém está preparado para isso.

Certo de que nada de produtivo viria desse passado remoto, resolveu abandonar a memória e retomar o interrogatório.

– Como era a relação de Rodrigo com Rosana?

– Muito boa. Quero dizer, ele sempre foi muito carinhoso com a moça... Os dois viviam se beijando e se agarrando pela casa. Mas não sei... Sempre achei essa moça atirada demais.

– Atirada como?

– Ela só queria saber da coisa, doutor. Peguei ela mais de uma vez passando a mão assim – Lurdinéia apertou os olhos e fez um gesto com as mãos no ar –, naquele lugar da calça dele. Acho que sofria daquele negócio que na minha terra a gente chama de "fogo no rabo".

Foi difícil para o delegado esconder um sorriso.

– Furor uterino?

– É, isso. Ou safadice mesmo.

Novo sorriso.

– E depois que Rodrigo viajou, como ela ficou?

– Ah, sei lá, acho que numa pindaíba de dar dó. Mas não demorou para resolver o problema, não, senhor. Um belo dia, ao arrumar as gavetas da cômoda, encontrei no meio das roupas uma daquelas jebas de borracha. – Lurdinéia fez um bico e espalmou as mãos paralelas no ar para ilustrar o tamanho do artefato. Dornelas lembrou de tê-lo encontrado no fundo da gaveta. A faxineira prosseguiu: – Mas acho que a coisa não parou nisso, não.

– Explique-se.

– Não deu muito tempo para ela começar a dar umas saidinhas depois do almoço.

– Ela dizia aonde ia?

– Nunca. Só que ia dar uma volta.

– Ela não saía quando Rodrigo estava aqui?

– Que nada! Ficava em casa, com ele – Lurdinéia apontou um indicador para o teto –, no quarto aqui em cima, numa farra danada. Diziam que estavam estudando.

– Rosana saía todos os dias?

– Não. Duas, três vezes por semana.

– Sempre nos mesmos dias?

– Não, senhor.

– Você tem certeza?

– Absoluta.

– Quanto tempo ela costumava demorar?

– Uma hora, uma hora e meia.

– E quando voltava?

– Parecia uma sirigaita em noite de lua cheia.

Dornelas baixou os olhos, refletiu por um instante e tirou de um dos bolsos do terno o brinco de pena de pavão. Segurando-o pelo gancho com dois dedos, levantou-o e passou a balançá-lo no ar como um pêndulo numa sessão de hipnose.

– Você alguma vez viu esse brinco nesta casa?

Com os olhos vidrados no pingente, a faxineira fez que sim maquinalmente com a cabeça.

– Onde?

– No criado-mudo de Rosana.

– Você a viu usando o par ou apenas um deles?

– O par. Várias vezes. Ela saía sempre com eles.

– Apenas às tardes?

– Não sei dizer se saía à noite. Largo o serviço às dezesseis horas.

Dornelas devolveu a peça ao mesmo bolso.

– Você trabalha nos finais de semana?

– Só aos sábados até o meio-dia.

O delegado cofiou então a barba por fazer e disse, pensativo:

– Acho que cobrimos tudo até aqui. – Ele então puxou a carteira de um dos bolsos traseiros da calça, de lá tirou um cartão de visitas e o entregou para Lurdinéia. – Caso lembre de alguma coisa mais, por favor, me ligue.

A mulher agarrou o cartão com as duas mãos e o admirou

por um instante.

– LURDINÉIA! – gritou uma voz masculina, do andar de cima.

A faxineira furtivamente enfiou o cartão no bolso do avental e foi para a sala principal.

Dornelas ouviu o que parecia Gileno perguntando quem estava na sala, a empregada respondendo "o delegado" e o patrão retrucando de modo irritadiço "o que ele quer a essa hora?". Os dois trocaram mais algumas frases em tom baixo o suficiente para não chegar aos ouvidos de Dornelas e a faxineira voltou para a sala.

– Seu Gileno está se vestindo. Pediu para o senhor esperar uns dez minutinhos.

– Sem problemas.

– Fique à vontade. O senhor aceita um café?

Dornelas olhou o relógio. *Hora ideal.*

– Por favor.

– Açúcar ou adoçante.

– Açúcar.

Lurdinéia sumiu para a cozinha. O delegado aproveitou a espera, passou a mão no celular e apertou o número 3 da discagem rápida. 1 era o número de Dulce, 2, o de Solano.

Por que esse pentelho tem que estar no topo da lista?

Chagas atendeu no segundo toque e disse de modo infantil:

– O senhor não esperou por mim.

– Não deu tempo. Apareceu coisa nova.

– De novo?

– Quer moleza, vá vender pudim.

– Nenhuma cueca?

– Não, uma bunda dessa vez. Não a minha. E algumas digitais. Você é capaz de diferenciar uma bunda de uma digital?

Uma fungada do outro lado da linha.

– Onde fica essa coisa nova?

— Na igreja Matriz. Nos vemos lá em uma hora?

— Na sacristia?

— Isso mesmo.

— Até já.

Desligou.

O delegado voltou para a poltrona que até havia pouco ocupava e divagou um pouco. Lurdinéia entrou na sala e lhe entregou, num pires, uma xícara fumegante de café, uma colherzinha e um saquinho de açúcar, tudo metodicamente organizado numa bandeja de prata. Lurdinéia saiu da saleta. Dornelas esvaziou o saquinho de açúcar no café, misturou e bebeu devagar. Depositou em seguida a xícara com pires na mesinha da entrada e esperou.

Enquanto aguardava, procurou esvaziar a mente, analisando despretensiosamente os quadros do pintor e ex-executivo alemão pendurados nas paredes. Não havia o que pensar a respeito deles além de que eram feios demais, para não dizer inacabados.

Olhou os da parede em frente, mais distantes — uma canoa sendo arrastada por um pescador, uma cachoeira cortando uma mata —, girou o corpo para os da parede atrás de si e notou algo familiar. Resolveu estudar com atenção a assinatura do mais próximo. Lia-se Hans Bollinger seguido de três pontos formando um triângulo equilátero, um símbolo sagrado da Maçonaria. Correu os olhos nas assinaturas de todos os quadros da sala e constatou o óbvio: o ex-executivo alemão também era maçom.

— Um grande amigo meu — disse Gileno, de modo ríspido, assim que entrou na saleta.

Dornelas, absorto que estava na análise minuciosa, chegou a assustar-se com a interrupção abrupta. Refeito, virou-se para Gileno e perguntou:

— A que grau chegou?

— Soberano Grande Inspetor-Geral.

– Ele ainda mora em Palmyra?

– Numa ilha. Sofre de Alzheimer. Não reconhece mais ninguém, nem mesmo a esposa.

– Sinto por isso.

Gileno enfiou as mãos nos bolsos e se aproximou de Dornelas numa postura intimidatória.

– Chega de rodeios, delegado. O que o senhor veio fazer aqui?

Dornelas respirou fundo e o encarou com firmeza.

– Sugiro sentarmos. O papo vai ser longo.

– Gozo de boa forma física.

– Muito bem. Rosana passou a sair sozinha depois que seu filho foi estudar na Inglaterra?

Gileno deu uma longa puxada de ar, empinou o nariz e lhe lançou um olhar de soslaio. A pose durou pouco, pois logo ele relaxou e adotou uma expressão resignada e pesarosa, como se tivesse chegado ao cume de uma montanha e se dado conta de que lhe faltaria oxigênio para o percurso de descida. Aos olhos de Dornelas, pareceu ter envelhecido dez anos em poucos segundos. O homem então tirou uma mão do bolso e a apontou para a poltrona em que o delegado estivera sentado. Dornelas resistiu a sentar-se, aguardou-o largar o corpo no sofá, deu-se por satisfeito com o resultado do jogo de forças e só então se ajeitou na poltrona.

– Esse crime tornou-se um pesadelo para mim e para Norma – disse Gileno, esfregando a mão na testa. – Minha casa transformou-se num cemitério. Mal consigo dormir. – Dornelas nada disse. Gileno deu uma longa fungada e prosseguiu: – Sim, Rosana passou a sair às tardes e à noite depois que Rodrigo foi embora.

– Logo depois?

– Não, pouco depois. Algumas semanas.

– Sozinha?

— Com uma amiga.

— Qual o nome?

— Maria alguma coisa.

Um lampejo. Dornelas buscou num dos bolsos do terno um papel dobrado e o abriu diante dos olhos de Gileno, o retrato falado produzido por Benício.

— Esta?

Gileno estudou o desenho, encarou o delegado com os olhos esbugalhados e fez que sim com a cabeça. Dornelas dobrou e voltou a guardar o retrato falado no bolso, visivelmente contente. As peças do quebra-cabeças começavam a se encaixar e formar um quadro nítido em sua mente.

— Em que dias ela costumava sair?

— Sextas-feiras e sábados, nos dias em que a cidade enche e os bares ficam apinhados.

— O senhor sabia para onde ela ia?

Gileno encolheu os ombros e rebateu a pergunta com outra:

— De que adiantava perguntar? O senhor acha que eu saía atrás dela?

Dornelas refletiu por um instante.

— A que horas voltava?

— Tarde, depois que eu e Norma íamos para a cama. — Dornelas nada disse. Apenas esperou. Gileno compreendeu a razão do silêncio e resolveu completar: — Dormimos por volta das onze.

— O senhor ou sua esposa chegaram a conhecer essa Maria?

— Eu a vi apenas nos dias em que abri a porta quando ela chegou para buscar Rosana. Foram poucas vezes. Ela nunca entrou aqui, sempre esperou do lado de fora. Mesmo assim, não tenho dúvidas de que seja essa moça do retrato falado, aliás, muito bem feito.

Dornelas intimamente agradeceu Benício e o baseado que ele fumou antes de trabalhar.

— O senhor consegue estimar a idade dessa moça, mulher?

Gileno fez um meneio com a cabeça, sinal de que ponderava alguns números e disparou:

– Vinte e cinco, trinta. Certamente mais velha que Rosana.

– Sabe onde ela mora, celular? Qualquer informação adicional ajuda.

– Nada. Sinto muito.

– Suas reuniões na loja maçônica ocorrem o que, a cada três semanas?

– Exato, às sexta-feiras.

– Rosana costumava ficar sozinha na casa nestes dias?

– Apenas quando eu tinha reuniões e Norma saía para jantar com as amigas.

O delegado esfregou as mãos e preparou o espírito para entrar mais fundo na conversa.

– O que o senhor imaginava que Rosana fazia nessas noites em que saía?

– Sinceramente?

– É isso que espero do senhor.

– Nada de bom. Apenas o fato de sair sabendo que meu filho estava no exterior já era, para mim, um sinal de fraqueza de caráter.

– E quanto ao comportamento dela aqui, dentro da sua casa?

Gileno esfregou as mãos. Estava aflito e não se deu ao trabalho de esconder isso.

– Bem, como posso dizer? – Os olhos do homem rodopiaram pelo ambiente, pareciam estar à procura de alguma coisa, palavras talvez. – Sendo bem sincero, essa moça era, para mim, assanhada além da conta, para não dizer uma puta. Isso mesmo, uma puta!

– Como ela se vestia para sair à noite?

– Com saias minúsculas e blusas coladas. Isso em si reforçava essa tese.

— De que ela fazia sexo por dinheiro? É isso que o senhor quer dizer?

— Não. Isso, não. De que ela fazia sexo com quem bem entendesse por puro prazer, como a imperatriz romana Messalina, esposa de Claudius I. O senhor sabe, Messalina costumava disfarçar-se e sair pela noite à procura de sexo extra pelas tavernas e ruas da Roma antiga.

Dornelas ficou admirado com a cultura de Gileno e teve, por um instante, vontade de trocar ideias com aquele homem sobre assuntos que nada tivessem a ver com a investigação em curso. Queria apenas poder desfrutar de uma mente culta e preparada como a do Venerável-Mestre e, com isso, ter uma trégua dos papos rasteiros do dia a dia. Por um momento teve saudades do pai, o velho Antônio, leitor compulsivo que adorava filosofia e por vezes juntava uma turma de amigos para conversar a respeito do mundo, da vida, por puro prazer intelectual.

Tirou então o brinco de um dos bolsos do terno e o apresentou a Gileno sobre a mão espalmada.

— Alguma vez a viu usando um destes ou o par?

— Mais de uma vez.

Gileno tirou os olhos da peça e baixou a cabeça. Estava triste e angustiado. Dornelas resolveu tirá-lo desse estado de espírito.

— Posso visitar o quarto de Rosana?

A pergunta deu uma injeção de ânimo ao homem, que pulou para a ponta da almofada e ficou de pé num impulso.

— Eu o acompanho.

Com o delegado no encalço, Gileno subiu as escadas e parou sob a soleira da porta do quarto da nora. Dornelas pediu licença, entrou e foi direto para o criado-mudo. Abriu a gaveta e lá estava o par do brinco que ele levava na outra mão. Pegou-o da gaveta e comparou os dois diante dos olhos. Idênticos. Gileno observou a cena e disse assim que viu o delegado satisfeito:

— Mais alguma coisa aqui em cima?

Dornelas sentiu uma fisgada de curiosidade.

— Sua espada flamígera. Alguma vez foi usada nas cerimônias da Ordem?

Com as mãos ainda enfiadas nos bolsos da calça, Gileno deu-lhe as costas e caminhou até o escritório. Dornelas foi atrás. O Venerável-Mestre retirou a peça do pedestal com as duas mãos e a exibiu ao delegado, que não ousou manuseá-la.

— Esta espada herdei do meu pai. Uma vez que eu já tinha uma para as cerimônias, esta nunca saiu daqui.

— Linda.

— De fato. — Gileno estava alegre e parecia distante da nuvem de melancolia que quase o acometeu havia poucos minutos no andar de baixo. Envolto numa aura de satisfação, devolveu a espada ao pedestal com cuidado redobrado e disse: — Me faz lembrar das virtudes que ele procurou passar para mim e para meus irmãos.

— Quais são?

— Retidão moral. Ética. Justiça.

Dornelas lançou-lhe um olhar complacente.

— Nada mais? — perguntou Gileno.

— A lista de nomes dos seus amigos maçons que operam a outra loja em Palmyra. E um novo papo com sua esposa.

— Ela deve chegar a qualquer momento. O senhor se incomoda de esperar na saleta da entrada enquanto preparo a lista? Desço assim que terminar.

— Sem problemas.

Os dois homens trocaram um aperto firme de mãos. Dornelas desceu as escadas e voltou para a saleta. Mal se ajeitou na poltrona e um rilhar de chave na fechadura da porta de entrada o fez voltar os olhos para lá. A porta se abriu e Norma surgiu, de óculos escuros, descabelada e com duas sacolas de supermercado nas mãos.

Capítulo 22

Por educação, Dornelas pôs-se em pé assim que Norma subiu os degraus e entrou na casa. De modo exasperado, a mulher largou as sacolas na poltrona vazia, tirou os óculos escuros, que jogou sobre a mesinha junto com um molho de chaves, e gritou por Lurdinéia. A faxineira surgiu transpirando presteza, acatou instruções com submissão, pegou as sacolas e sumiu.

Norma então tirou a bolsa do ombro, jogou-a de qualquer jeito na mesinha e arrumou os cabelos com as mãos. Ao dar--se conta de que seus movimentos estavam sob o escrutínio do delegado, ela adotou uma postura contida, refinada, caminhou empertigada para o sofá e se sentou educadamente na almofada do meio, de lado, os joelhos juntos, um cotovelo sobre a almofada do encosto e a outra mão largada no colo; a foto típica de uma celebridade numa revista de fofocas. Dornelas viu-se na pele de um diretor de cinema quando grita "AÇÃO" para sua atriz principal entrar no papel.

– Por favor, sente-se – disse Norma.

Dornelas assim o fez novamente e no mesmo lugar de antes.

– O que é dessa vez, delegado?

– Quero esclarecer algumas questões que ficaram em aberto no nosso primeiro papo.

– O senhor chama aquilo de papo ou de interrogatório?

Dornelas respirou fundo e pensou bem antes de responder. A rispidez de Gileno e agora a dela deixaram-no em alerta. Mas já que Norma escancarou a porta a respeito do papel de cada um, por que não deixar as coisas às claras de uma vez por todas?

— Aquele foi um papo. Hoje, dependendo das respostas às minhas perguntas, a coisa pode evoluir para um interrogatório.

— Pois então pergunte.

— Muito bem. Descobri hoje que Rodrigo é adotado.

— Sim, é. Que diferença isso faz?

— *Grosso modo*, nenhuma, mas alguma vez a senhora tratou Rosana como a filha que perdeu na gravidez?

Norma recolheu o braço do encosto e se enrijeceu no lugar.

— O senhor está querendo me agredir, delegado? O que isso tem a ver com a investigação?

Dornelas permaneceu calado.

— Como o senhor sabe disso?

— Dois mais dois sempre dão quatro. Além do mais, vi sua reação ao afagar o ventre na primeira vez em que conversamos.

Foi a vez de Norma ficar em alerta, pois deu-se conta de que o delegado sabia bem mais do que ela presumia. Como ele tinha descoberto era uma questão que a intrigava. Dornelas não se deu ao trabalho de revelar. A mulher então largou as costas na almofada, baixou os olhos, acariciou o ventre mais uma vez e disse, amuada:

— Depois que Rosana chegou e me dei conta de que ela ficaria aqui por tempo indeterminado, por vezes fiquei em dúvida se eu havia me apegado por quem ela era ou se para preencher o vazio que esse bebê que perdi deixou em minha vida. O senhor não imagina como foi duro gerar uma filha que morreu dentro de mim.

Dornelas resolveu resgatar um fragmento do seu passado e colocá-lo na conversa. Quem sabe isso criasse alguma empatia e despertasse a confiança de Norma. Ele queria desarmá-la. Pelo menos um pouco. Internamente, avaliou o impacto dessa decisão, fria e calculada e, ao constatar que nenhum conflito moral emergiu, sentiu-se confortável em usar essa informação. Mesmo consciente de sua incapacidade de abordar o tema sob a perspectiva feminina, preparou o espírito, mergulhou fundo para dentro de si e disse:

— Imagino, sim. Eu e minha ex-mulher perdemos uma gravidez também.

Norma levantou os olhos e o encarou de um jeito que beirava a admiração. O duelo de cicatrizes deu um novo rumo ao papo.

— Depois que meu filho foi para a Inglaterra — retomou Norma —, meu encanto por ela diminuiu muito.

— Por quê?

— Não sei — Norma refletiu por um instante. — Quando Rodrigo partiu, descobri que ele era minha ponte com ela. E quando ela começou a sair, primeiro às tardes e depois também às sextas-feiras e sábados à noite, naquelas roupas insinuantes... Foi aí que me desencantei de vez com ela. Eu jamais permitiria que uma filha de sangue se comportasse daquele jeito.

— Que jeito?

— Como uma dessas mulheres de rua, de vida fácil.

Um silêncio. Dornelas refletiu e então perguntou:

— Rosana costumava ficar sozinha nesta casa?

— Raramente. Ficava apenas quando eu e Gileno tínhamos algum compromisso juntos, ou nas poucas noites em que meus jantares com as amigas e as reuniões da Maçonaria do meu marido coincidiam.

— Como na noite do crime.

— Exato.

— Com que frequência acontecem esses jantares com suas amigas.

— Uma vez por mês.

— Sempre às sexta-feiras?

— Sempre.

— Por quê?

— Porque Maimara e Romilda tiram um final de semana por mês de folga. Nos reunimos na sexta-feira desse final de semana.

— O que elas fazem?

— Maimara tem uma loja de artesanato indígena e Romilda toca um restaurante com o marido. Vida puxada a de *chef*, sabe?

— Imagino.

Dornelas enfiou a mão num dos bolsos e de lá tirou o par de brincos de pena.

— A senhora alguma vez viu Rosana usar esses brincos?

Os olhos claros de Norma foram inundados por uma irritação similar à que se vê nos olhos dos gatos quando jogados em água fria.

— Sim, sempre que saía. Rodrigo deu esses brincos de presente para ela.

— Da loja de Maimara?

— Acredito que sim. Ou desses índios que vivem de vender bugigangas nas ruas do Centro Histórico.

Foi a vez do retrato falado ser tirado do bolso. Dornelas abriu-o diante de Norma, que o pegou e o aproximou dos olhos.

— A senhora alguma vez viu esta mulher?

Norma levantou-se com o desenho nas mãos e foi buscar um par de óculos de leitura na bolsa. Colocou-o no rosto e, sob a luz que entrava pela parte superior de uma das janelas, estudou-o e disse:

— Malú!

O sistema sanguíneo de Dornelas foi inundado por um fluxo tão intenso de adrenalina que ele se pôs de pé como que acionado por uma mola e se sentiu com três metros de altura.

— De onde a senhora a conhece?

Norma tirou os óculos do rosto e devolveu o desenho ao delegado.

— Maria Luiza Fonseca. Ela é filha de amigos meus e do meu marido. Malú nunca foi de boa natureza, envolveu-se com drogas muito cedo e sempre foi a ovelha negra da família. Faz tempo que não a vejo.

– Segundo seu marido, essa mulher vinha buscar Rosana à noite para sair.

– Exato. Só isso já foi o suficiente para eu ver que Rosana estava enveredando para um mau caminho.

Passos na escada, depois na sala principal, e Gileno surgiu na saleta com um papel nas mãos.

– A lista que o senhor pediu.

O delegado foi até ele e pegou a lista, que o homem gentilmente o entregou. De relance, viu meia dúzia de nomes de homens e mulheres, três casais, e perguntou:

– Constam aqui os nomes dos pais de Maria Luiza Fonseca ou o pai dela não é maçom?

Gileno estacou no lugar e olhou para Norma como se estivesse face a face com a Morte.

– Como assim?

Com o retrato falado numa mão e a lista na outra, Dornelas levantou tudo no ar e disse:

– Sua esposa reconheceu essa Maria qualquer coisa como Maria Luiza Fonseca. Devolvo então a pergunta: como assim?

Gileno não respondeu. Dornelas insistiu:

– Como o senhor não reconhece a filha de um amigo?

Norma olhou para o marido com estranhamento e apreensão. Gileno, por sua vez, enfiou as mãos nos bolsos, baixou os olhos e murmurou:

– Óbvio que reconheci Malú. Apenas não quis dizer quem era para não prejudicar Adalberto e Estela, os pais. E, sim, ele é maçom e os nomes dele e da esposa constam na lista que entreguei ao senhor.

Mesmo não sendo maçom, o delegado sabia muito bem como operam os laços de irmandade entre os membros da Maçonaria; um sistema de engrenagens movido por forças poderosas que age de forma discreta num lugar só seu, longe do burburinho da realidade, e cujo objetivo consiste em ajudar o homem a reforçar seu caráter, melhorar sua visão moral e espiritual, além de alargar seu horizonte mental.

Quantas vezes ele não ouviu o pai dizer que o maçom vê a si mesmo como uma pedra bruta que tem de ser lapidada com as ferramentas corretas para que se encaixe perfeitamente na estrutura do Templo do Grande Arquiteto do Universo.

Mas acobertar um assassinato transformava esses laços, essa irmandade, em cumplicidade num caso envolvendo assassinato. E isso é crime.

– O senhor está consciente da gravidade da situação em que essa confissão o colocou?

O homem levantou os olhos para o delegado e respondeu:

– Sim, mas isso não significa que estou envolvido, de qualquer maneira, neste crime. Fiz isso apenas por não querer magoar um amigo querido.

– Como você magoaria Adalberto? – disparou Norma.

Gileno virou-se para a esposa e retrucou:

– Sendo o delator da filha dele. No momento em que pus os olhos naquele retrato falado, pensei mais na amizade do que em mim mesmo.

Norma balançou a cabeça e disse, em tom de desabafo:

– Mesmo depois de mais de quarenta anos, ainda tenho dificuldade para entender como esses maçons funcionam.

Dornelas sorriu de leve, pois lembrou da mãe quando reclamava da mesma coisa. Dobrou então o retrato falado e o guardou no bolso junto com o par de brincos. Estudou os nomes na lista e a passou a Gileno.

– Por favor, escreva o número do celular de Adalberto.

De modo mecânico, Gileno pegou a lista na mão e começou a caminhar para a sala principal. Uma luz vermelha se acendeu no cérebro do delegado e ele resolveu dizer:

– Um minuto.

Gileno estacou sob a soleira e se virou de supetão para o delegado.

– O que é agora?

– Sua mulher não tem o número no celular dela?

Gileno lançou um olhar inquisitivo para a esposa que, vendo-se sugada de volta para a conversa, buscou a bolsa sobre a mesinha e de lá tirou o aparelho. Enquanto movia rapidamente os dedos pelo visor, Gileno perguntou:

– O senhor acredita que eu subiria e ligaria para Adalberto avisando que o delegado de polícia está no seu encalço?

O silêncio, acompanhado do sorriso irônico que surgiu na face de Dornelas, falou por si.

– Tenho o celular de Estela – disse Norma, aproximando-se do delegado e lhe colocando o visor diante dos olhos.

Dornelas tirou uma caneta do bolso, tomou gentilmente a lista de volta e anotou o número ao lado do respectivo nome.

– Ótimo. Mesmo assim, ainda quero o de Adalberto.

– O senhor quer me acompanhar? – disse Gileno, convidando-o a subir ao escritório.

Assim o fizeram. Dornelas anotou esse número adicional na lista e perguntou:

– Posso ligar para ele do seu celular?

Gileno espantou-se com a pergunta, mas acabou aceitando a contragosto. Buscou o aparelho sobre a mesa e o entregou ao delegado, que fez a ligação. Um toque, dois, e uma voz masculina atendeu:

– Bom dia, Gileno. Está ligando para cancelar nosso almoço?

Dornelas conseguiu o que queria, comparar a voz de Adalberto com a do homem que o chantageou na noite do crime. Infelizmente, eram diferentes. Adalberto tinha uma voz fina, levemente anasalada, e num tom que denotava cansaço. Por fim, disse:

– Aqui é Joaquim Dornelas, delegado de polícia.

– Ah!

– Podemos bater um papo imediatamente?

– Bem... Sobre o que seria? É sobre minha filha? O que Malú aprontou dessa vez?

Uma armadilha.

– O senhor vai saber do que se trata na hora do papo. O senhor pode ir à casa de Norma e Gileno?

– Bom... – disse Adalberto. – O senhor poderia vir aqui no meu escritório ou eu encontrá-lo...

Dornelas o cortou antes que terminasse a frase.

– Na casa de Norma e Gileno. Em quinze minutos?

Adalberto pigarreou do outro lado da linha e disse:

– Vinte é melhor. Preciso terminar uma coisa aqui.

– Combinado. – Dornelas desligou e enfiou o aparelho no bolso do terno.

– O senhor não tem o direito de fazer isso! – esbravejou Gileno.

– O senhor me deu esse direito ao mentir para mim.

– Isso significa que fui alçado a suspeito?

Dornelas sabia que Gileno não havia participado do crime, mesmo depois do deslize a respeito do retrato falado. Porém, não queria dar chance ao azar e permitir que ele avisasse Adalberto sobre a filha, muito menos de que ele, delegado, já estava no local combinado.

– Quase. Vamos descer? – perguntou, de modo assertivo, já caminhando em direção às escadas.

– Prefiro permanecer aqui – retrucou Gileno, sem sair do lugar e enterrando as mãos nos bolsos como um garoto rebelde.

– Muito bem, ficamos aqui. – Dornelas deu meia-volta e se ajeitou numa das cadeiras de visitas. – E, por favor, peça para sua esposa subir também.

– O senhor está passando dos limites, delegado.

De cara fechada, o homem desfez a pose, caminhou a passos duros para fora do escritório e gritou por Norma pelo vão da escada. Ouviram-se passos e a mulher surgiu e perguntou, sob a soleira:

— Cárcere privado?

— É cedo para dizer — respondeu o delegado.

Com uma carranca, Norma entrou e se sentou na cadeira ao lado. Gileno foi para a dele. Aguardaram.

— O senhor quer um café? — perguntou Norma.

— Não, obrigado — respondeu Dornelas.

— Mas eu quero — disse Gileno.

Norma levantou-se, caminhou até o quarto e pediu café aos berros, pela janela, para Lurdinéia, que berrou de volta, da cozinha.

Dornelas levantou-se e começou a zanzar pelo pequeno escritório. A mente, inquieta com o emaranhado de possibilidades, fervilhava. Tirou o celular do bolso, o seu, e ligou para Solano. Norma passou por ele ainda emburrada e se largou na mesma cadeira de antes.

— Como estão as oitivas da lista de maçons que passei para você? — perguntou o delegado.

— Conversei com o José Carlos e Maimara, da loja de produtos indígenas — respondeu o investigador.

— Conte tudo.

— Bom, doutor, o homem ficou um pouco irritado com o que chamou de "intrusão da polícia", mas disse que foi à reunião da Maçonaria pouco antes das vinte horas e depois saiu para jantar com os outros quatro membros da Ordem no Pippo, o restaurante italiano. Maimara compareceu a um jantar com quatro amigas na casa de uma delas, Rute Vasquez. Diz que voltou pouco depois das vinte e duas horas.

Nada de novo.

— Como era a voz desse homem?

– A voz? – retrucou Solano com estranhamento.

– Sim. Grossa, fina, de taquara rachada, empolada... Como era a maneira de ele falar?

– Bom, doutor... Acho que normal. Não era imponente como a de Darth Vader, muito menos jovial como a de Silvio Santos.

– Você pode me passar o número do celular desse homem?

– Claro.

Solano passou. Dornelas anotou.

– E quanto aos outros dois casais?

– Passei Romilda e Milton para Lotufo. Estou indo conversar com Rute Vasquez e o marido.

– De carro?

– Sim. Eles moram fora da cidade, a caminho de Penha.

– Ao terminar a conversa, me passe o número do celular do marido de Rute também.

– Para que isso, doutor?

– Coisa minha.

Dornelas pensou por um instante. Solano, notando o silêncio do chefe, perguntou:

– O senhor quer que eu faça alguma coisa?

– Não, não. Resolvo por aqui. Falamos depois.

O delegado desligou e, de imediato, ligou no celular de Caparrós.

– Onde você está?

– Na delegacia, lendo os relatórios de Chagas, como o senhor pediu.

– Largue isso por enquanto e emita um pedido de prisão em nome de Maria Luiza Fonseca. Ela é a mulher do retrato falado, responsável pelo sequestro de Roberta. Veja no sistema. É possível que tenha passagem pela polícia. Se tiver, veja se encontra ligações com algum meliante além dos dois de Marealto. Ah, mais uma coisa: ligue para Miranda e conte tudo.

Trocando olhares, Norma e Gileno acompanharam a conversa visivelmente assustados.

– É pra já, doutor – disse Caparrós e desligou.

Dornelas guardou o aparelho no bolso e voltou para a cadeira onde esteve sentado.

– Malú está envolvida num caso de sequestro? – perguntou Norma.

– Sim, está – respondeu o delegado.

– Quem é essa Roberta? – perguntou Gileno.

– Minha filha.

Gileno arregalou os olhos. Norma levou a mão à boca e disse:

– Meu Deus.

Para poupá-los do constrangimento, Dornelas completou:

– Roberta escapou do cativeiro e já está em casa.

– Quer dizer que a Malú que sequestrou sua filha é a mesma que vinha buscar Rosana para sair? – perguntou Gileno.

– Isso mesmo.

– Meus Deus! – repetiu Norma.

O delegado pensou em ligar para Lotufo, mas resolveu deixar para depois. Olhou o relógio e preferiu aguardar Adalberto chegar.

Capítulo 23

O celular tocou. Tirou o aparelho do bolso, o seu, leu o nome no visor e já ficou de saco cheio:

— Chegou?

— Estou aqui na sacristia — respondeu Chagas, amuado, do outro lado da linha.

Dornelas olhou o relógio. *Deus, como uma hora passa rápido*, e foi logo dizendo:

— Apenas eu sei o que você precisa fazer aí.

— O senhor não quer me dizer por telefone?

— Não quero arriscar.

— Quanto tempo o senhor acha que vai demorar?

— Uma hora. Você pode esperar?

— Uma hora... — Um silêncio, seguido de um suspiro. Chagas raciocinava. — Tudo bem. Vou comer um lanche aqui perto e já volto.

— Ótimo. Você está sozinho?

— Estou.

— Identificou-se para alguém aí da igreja?

— Não foi preciso. Zezinho me conhece. Apenas perguntei se o senhor tinha chegado.

A essa altura, desconfiado até da própria alma, Dornelas mudou de ideia e ordenou:

— Esqueça o lanche. Diga a Zezinho que você vai esperar por mim no mezanino do coro.

— No coro?

— Isso mesmo.

— Por que lá?

– Não comente por aí, mas não quero ninguém no depósito enquanto eu não chegar.

– Então a coisa nova está no depósito.

– Está. Fica entre nós. Combinado?

– Combinado.

– Ninguém no depósito então.

– Feito.

Chagas desligou antes dele.

Passos na escada. Lurdinéia apareceu na porta dizendo que Adalberto havia chegado e esperava na sala principal.

– Vamos descer agora? Não cabemos todos aqui – disse Dornelas aos donos da casa.

Gileno lançou-lhe um olhar raivoso e se levantou devagar, parecia carregar uma mochila com pedras nas costas. Mais rápida na manobra, Norma fez o mesmo. Ambos, porém, com o mesmo estado de espírito: arrastado.

★

Os quatro acomodaram-se na sala principal como se estivessem numa reunião social. Antes de sentar, Dornelas tirou o retrato falado do bolso e o apresentou a Adalberto.

O homem esticou o braço lentamente e a mão ossuda e trêmula agarrou a folha de papel, colocou-a no colo e buscou, num dos bolsos do paletó, o par de óculos de leitura, que ajeitou sobre o nariz.

Dornelas analisou a movimentação e o homem por inteiro – franzino, o rosto macilento, os olhos vermelhos e injetados –, e ficou em dúvida se Adalberto era mais velho do que Gileno ou se alguma doença o estava devorando por dentro.

A certeza dessa segunda opção veio logo em seguida, quando o sujeito pediu um copo de água a fim de poder tomar um comprimido que tirou de uma cartela e enfiou na boca.

– Como tem passado? – perguntou Gileno, afetuoso.

– Ludibriando a morte, meu caro – respondeu um sorridente Adalberto, que se virou para Dornelas e completou: – Câncer no estômago. Tirei um pedaço do órgão no ano passado, mas essa praga voltou mais agressiva do que nunca.

Algumas ideias de consolo chegaram a se formar no cérebro do delegado, mas ele resolveu ficar quieto assim que lhe pipocou na mente a famosa frase dos filmes americanos "você tem o direito de permanecer calado, tudo o que disser poderá ser usado contra você".

Do seu lado, Adalberto aguardou um comentário que não veio. O silêncio do delegado foi interpretado como um sinal de respeito. Decidiu então levantar a folha de papel aberta diante o rosto e estudar o retrato falado. Seus olhos inundaram-se assim que pousaram sobre o desenho.

– Essa menina está me matando aos poucos – disse e devolveu a folha a Dornelas, que a pegou. – Não consigo mais engolir essa situação.

– O que o senhor quer dizer com isso? – perguntou o delegado.

– Malú aprontou a vida toda. Não me surpreende que agora apareça num retrato falado.

– Desde quando o senhor não a vê?

– Nem lembro. Meses, acho.

– Onde ela mora?

– Marealto.

– O senhor quer saber no que ela está envolvida?

O homem empertigou-se no sofá, fixou os olhos aquosos no delegado e, sem dizer palavra, preparou o espírito.

– Muito bem – disse Dornelas. – Na última sexta-feira à noite, Malú sequestrou uma moça aqui em Palmyra e contratou dois carcereiros para vigiá-la numa favela em Marealto. Quase que simultaneamente, Rosana, namorada do filho de Norma e de Gileno, foi assassinada.

Adalberto não moveu um músculo sequer. Aos olhos do delegado, pareceu encolher em meio às almofadas da poltrona. O olhar vidrado, o corpo miúdo e frágil, embrulhadinho num terno azul sem gravata, davam ao homem um aspecto que beirava o infantil. Dornelas chegou a compará-lo a um boneco esquecido pelo ventríloco, um boneco que respira e chora. Chegou a ter pena do homem e raiva de si mesmo por ser o emissário de más notícias. Norma não se conteve e completou:

– A moça sequestrada é filha do delegado aqui. Mais do que isso, Malú era quem vinha buscar Rosana para sair à noite.

Gileno, que observava o papo, fuzilou a mulher com o olhar. Dornelas, por sua vez, não gostou da interrupção, mas disse mesmo assim:

– O senhor sabe onde está sua filha neste exato momento?

– Infelizmente, não. Se soubesse, eu mesmo a entregaria ao senhor.

Muito duro para um pai dizer isso, divagou o delegado e retomou a conversa.

– Nessa mesma noite, assim que cheguei nesta casa para investigar as circunstâncias envolvendo o assassinato de Rosana, recebi o telefonema de um homem exigindo que eu abandonasse a investigação ou minha filha seria assassinada também. A questão é que Roberta fugiu naquela madrugada e apontou o local do cativeiro. Os dois carcereiros foram presos na manhã seguinte e me disseram que uma tal de Malú os contratou. Além disso, ambos colaboraram para que o retratista da delegacia de Marealto produzisse o retrato falado que mostrei ao senhor. Minha filha a reconheceu como sendo a mulher, vestida de policial civil, que a sequestrou assim que ela e meu filho chegaram de ônibus do Rio de Janeiro. Eu mesmo fui buscá-los na rodoviária.

– Tenho o celular de Malú se o senhor quiser – disse Adalberto.

– Quero. O senhor pode ligar e perguntar onde ela está?

Adalberto tirou o aparelho do bolso e fez a ligação, os dedos oscilantes sobre a tela.

– Quem fala?

Dornelas, Norma e Gileno fixaram os olhos no homem, que prosseguiu:

– Quem fala? Aqui é o pai de Maria Luiza – Adalberto arregalou os olhos, voltou-se para Dornelas e estendeu a mão com o aparelho. – Acho melhor o senhor atender. Um tal de delegado Miranda.

Dornelas agarrou o celular e o pressionou contra a orelha.

– Diga, Miranda.

– Tenho uma boa e uma má notícia. Qual você quer primeiro?

– A boa – respondeu num impulso.

– Encontramos a mulher do retrato falado.

Um clarão de alegria inundou o rosto de Dornelas.

– E a ruim?

– Morta.

– Onde?

– Favela de Manguinhos. No pé de um poste. Mandei para o IML. Executada à queima-roupa. Quinze tiros.

– Quando foi isso?

– Nesta madrugada. A PM nos avisou.

Dornelas mediu as palavras.

– Para quem você deu essa informação?

– Você é o primeiro. Pelo jeito de tudo aqui, foi queima de arquivo.

Com Adalberto de olhos fincados nele, Dornelas perguntou:

– Posso passar essa informação adiante?

– Por favor. A identificação é positiva. Ela está com os documentos na bolsa. Maria Luiza Fonseca. Nada foi roubado.

De forma a manter a informação em sigilo por um instante e seguir com a investigação, Dornelas pediu um minuto às pessoas na sala e foi continuar a conversa no jardim.

– Só para termos certeza de que estamos falando da mesma pessoa, quais os nomes dos pais?

– Deixe eu ver. – Miranda distribuiu palavrões, ouviu-se o som de um farfalhar de papéis e ele ressurgiu, ofegante: – Adalberto Fonseca e Estela Marques Fonseca.

Os próprios.

– Quando puder, baixe os contatos do celular dela e me passe com o histórico de ligações.

– Ela tinha dois aparelhos. Esse que estou usando, mais sofisticado, e outro mais simples. Vou pedir para minha equipe trabalhar em ambos.

– Obrigado por mais essa.

– Nos falamos.

Desligaram. Dornelas voltou ao seu lugar no sofá e devolveu o aparelho a Adalberto antes de dizer, esfregando as mãos suadas de nervosismo:

– Sinto ter que dizer isso, mas Malú foi encontrada morta em Marealto hoje cedo.

Os olhos de Adalberto inundaram-se mais uma vez. Uma lágrima desceu veloz pelo rosto. Para esconder a emoção, o homem levantou-se aos trancos da poltrona e foi dar uma volta no jardim. Norma ameaçou levantar-se também e foi contida pelo marido, que disse, num sussurro:

– Deixe-o em paz.

O delegado, por sua vez, olhou para o chão e sussurrou um “merda” cheio de raiva. *De volta à estaca zero.*

★

Chagas não precisou de mais do que meia hora para pincelar uma poeirinha e colher as digitais do tampo da mesa.

– Quanto às marcas da bunda, tirei umas fotos – disse o chefe da Perícia, meio sem jeito. – Mas como não tenho mais acesso ao corpo...

– Não vá se animar com isso em casa – disparou Dornelas, com sarcasmo.

– Que isso, doutor!

– Avise assim que puder se são as digitais de Rosana.

– Deixe comigo.

Chagas organizou a tralha numa frasqueirinha e foi embora. Dornelas desceu para a assembleia e resolveu assistir ao final da missa das treze horas. A morte de Malú jogou-o num vazio do qual ele não sabia como sair, o que fazer, que passo dar para seguir com a investigação. Pensou em ligar para Dulce e verificar se ela havia guardado o esperma encontrado na vagina de Rosana, mas decidiu deixar até isso para depois. Afinal de contas, qual a utilidade dessa informação? Um exame de DNA estava fora de questão, não apenas porque a delegacia não dispunha de verbas para isso, como o mais absurdo: examinar o DNA de que homem em Palmyra?

Resolveu desligar o raciocínio e atentar-se à missa.

Padre Osmar, atrás do altar, levantou uma hóstia nas mãos e disse:

– "Eu sou o pão vivo que desceu do céu; se alguém dele comer, viverá eternamente; e o pão que eu darei pela vida do mundo é a minha carne." Disputavam, pois, os judeus entre si, dizendo: "Como pode este dar-nos a comer a sua própria carne?" Respondeu-lhes Jesus: "Em verdade, em verdade vos digo: se não comerdes a carne do Filho do Homem e não beberdes o seu sangue, não tendes vida em vós mesmos."

Dornelas ouviu com atenção e cravou os olhos na hóstia nas

mãos do padre. Lembrou das aulas de catequese de que a palavra "hóstia", em latim, significa "vítima", que, entre os hebreus, era simbolizada pela imagem do cordeiro, um ser puro e desprovido de culpa e, portanto, imolado em sacrifício a Deus.

Pensou em Rosana. Pensou nela fornicando no depósito, no andar de cima. Pensou com quem. Pensou no homem que o chantageou pelo telefone, no homem que dirigia o carro que sequestrou Roberta.

Homem. Homem. Homem.

Hóstia. Vítima. Sacrifício a Deus.

Maçonaria. Hiran Abiff. Ordo ab Chao.

As palavras começaram a circular em sua mente num redemoinho furioso, o que logo o deixou irritado, uma vez que ele não conseguia encontrar uma conexão entre elas e o assassinato de Rosana. No entanto, sua intuição insistia em lhe dizer que sim, que havia uma conexão e que era preciso insistir nesse caminho.

Intrigado até a medula e mergulhado num turbilhão de pensamentos e possibilidades, Dornelas saiu da igreja e se dedicou a uma caminhada meditativa pelo Centro Histórico.

Passo a passo e de cabeça baixa, parecia estar contando pedra por pedra do piso pé de moleque.

E igual a um cavalo velho que instintivamente conhece o caminho de volta para a cocheira, não ficou surpreso ao ver, diante dos bicos dos sapatos, o degrau da entrada do bar do Vito.

★

O lugar fervilhava. Não havia uma mesa vazia. Resolveu sentar numa banqueta diante do balcão. Vito, que o conhecia bem, aproximou-se calado e deslizou pelo tampo, para diante dos seus olhos, um copinho cheio de Canarinha, sua cachaça favorita.

Dornelas, absorto, pegou-o e o levou automaticamente ao nariz, como um ritual, e sorveu metade num gole só. Vito então apresentou um cardápio e recebeu como resposta:

– O prato do dia, seja o que for.

– É pra já, dottore.

O *restauranteur* esfregou as mãos de contentamento e sumiu para a cozinha. Dornelas deu mais um golinho da cachaça e refletiu sobre a forma como Rosana foi morta, especialmente a sequência de golpes: o malhete na testa, o corte no ombro, o coração arrancado. Tudo igual ao mito de Hiran Abiff. Só que, nesse caso, premeditado, calculado, cirurgicamente realizado. Qual o significado dessa execução? Mandar um recado? Se sim, que tipo de recado?

Dornelas conhecia a Maçonaria bem o suficiente para saber que o funcionamento da Ordem era envolto em preconceitos, muitos dos quais em razão da sua discrição e dos segredos dos rituais, sendo esses apenas revelados aos iniciados. Ninguém de fora conhece ao certo o que acontece lá dentro, no cerne das reuniões. Isso em si alimenta um número infindável de especulações por quem fica de fora.

Por mais que a Maçonaria funcione envolta em silêncio e mistério, em suas próprias conjecturas ele nutria dúvidas de que um maçom estivesse envolvido no crime. Tudo indicava ser alguém de fora. Maria Luiza Fonseca, filha de um maçom, era prova disso, uma vez que ela era a ligação do assassinato de Rosana com o sequestro de Roberta.

Rosana, por sua vez, não parecia flor que se cheirasse. Quanto mais a investigação se aprofundava sobre quem era ela e o que fazia, mais grotesco seu comportamento aparecia sob as lentes da educação de Norma e Gileno.

Ordo ab Chao, voltou a pensar.

O prato chegou: filé de pescada branca grelhado com batatas ao murro e espinafre refogado. Dornelas pediu lascas de limão, uma água sem gás e atacou a comida. O último gole de cachaça foi reservado para fechar a refeição, depois do café.

Vito apareceu com a notinha para ele assinar e acrescentar à conta em que todo final de mês acerta. Saiu para a rua. Dois passos sob o sol escaldante e seu celular tocou. Tirou-o do bolso e atendeu sem se dar ao trabalho de ver quem era:

– Dornelas.

– Confirmado – disse Chagas. – As digitais na mesa da igreja são mesmo de Rosana. Havia outras que não sei de quem são.

O delegado gostou do que ouviu.

– Ótimo.

– Essa menina era fogo na roupa, heim, doutor!

– Nem me diga. Obrigado pela rapidez.

– Basta chamar.

Desligaram. Ao preparar-se para guardar o aparelho, ouviu um toque diferente. Enfiou a mão no outro bolso e tirou o aparelho de Gileno. Na tela, lia-se SEM ID DE CHAMADOR. Resolveu atender.

– Alô.

– O senhor não desiste, não é mesmo, delegado Dornelas?

A mesma voz que o chantageou na noite do crime. Dornelas estacou como um desses artistas de rua que se fingem de estátua por vários minutos em troca de dinheiro, nesse caso, de terno e gravata e com um celular quase enfiado na orelha. Parou até de piscar.

– Quem fala?

– Não interessa.

– O que você quer?

– O senhor sabe o que eu quero.

– Você não vai me afastar da investigação novamente.

– Vou.

– Meus filhos estão em segurança.

– Não preciso dos seus filhos. Tenho Dulce.

Dornelas arregalou os olhos e começou a suar em bicas. Pensou em Dulce, na gravidez, na aliança, no casamento, tudo de uma vez.

– Onde ela está?

– Aqui, comigo.

Em mente, fez-se a luz: *a voz. Eu conheço essa voz.* Foi então inundado por uma frieza glacial e, a partir daquele ponto, adotou uma postura prática e racional. Retomou a caminhada e, por prudência, resolveu não revelar a descoberta ao seu interlocutor. Respirou fundo e entrou no jogo.

– Muito bem. O senhor quer que eu abandone a investigação mais uma vez?

– Não. Quero que o senhor arquive o caso em caráter definitivo.

Dornelas ficou cabreiro e sentiu uma ponta de desespero no pedido. Sem se dar conta, instintivamente mudou a direção da caminhada para onde presumia que o dono do voz estaria.

– Não é tão simples quanto parece.

– Por que não?

– Em primeiro lugar, o que direi ao meu chefe?

– Dane-se seu chefe.

– Em segundo, tenho uma exigência.

– O senhor não está em posição de exigir nada, delegado.

Dornelas estacou mais uma vez e disse, com os dentes arreganhados:

– Não, mas tenho autoridade para caçá-lo até o fim do inferno se o senhor encostar um dedo que seja em minha mulher.

– Mulher? Pensei que fosse apenas sua namorada. Pelo visto, joguei a isca para pescar uma anchova e fisguei uma baleia.

O coração começou a trovejar no peito. O delegado então levantou o seu celular na outra mão, abaixou o volume e digitou uma mensagem para Solano: "Onde você está?". O aparelho vibrou segundos depois: "Ainda na Penha com Rute e Adroaldo."

– Cuide bem dela ou o senhor vai se ver comigo – disse medindo as palavras, de modo a não deixar transparecer seu nervosismo.

– O senhor está petulante demais para o meu gosto.

Digitou então outra, para Caparrós dessa vez: "Está na delegacia?"

– Não vou mexer um pelo antes de falar com Dulce.

"Estou", respondeu Caparrós.

– Nada feito. O senhor vai ter que confiar em mim.

– Que garantia eu tenho?

– Nenhuma.

Percebendo o risco de o sujeito bater o telefone, Dornelas decidiu mudar o rumo da conversa.

– Sua proposta resolve apenas parte do problema.

– Como assim?

– Se Dulce morrer, reabro o caso no segundo seguinte. E prometo caçá-lo até o fim dos meus dias se isso acontecer.

– O senhor parece não se importar com sua mulher, namorada, sei lá.

– Me importo e muito. Mas tenho a obrigação de alertá-lo de que sua situação se complicará muito se alguma coisa acontecer com ela. Será o segundo homicídio no seu currículo, se é que não existem outros que desconheço.

O homem nada disse por um instante e então retomou:

– Ligarei na delegacia em quinze minutos para novas instruções.

E bateu o telefone. Dornelas lutou contra uma vontade animalesca de atirar o celular de Gileno contra a parede. Conteve-se e escreveu uma nova mensagem a Caparrós, do seu: "Prepare a equipe para efetuarmos prisão."

A resposta do subordinado pipocou segundos depois: "Prontos em 5 minutos."

Tremendo dos pés à cabeça de medo e de raiva, a mão dura como um alicate enferrujado, ligou para Dulce, da discagem rápida. Caixa postal. Enviou uma mensagem de texto e aguardou.

Nada.

Retomou a caminhada sem saber se deveria ir à delegacia ou capturar o sequestrador de Dulce. Resolveu ligar para o chefe.

Dois toques e Amarildo atendeu:

– Estou no meio de uma reunião. É urgente?

Dornelas pigarreou e respondeu:

– Infelizmente, sim.

– Então diga, rápido.

Contou tudo. Amarildo captou a aflição e a pressa na voz do subordinado e arrematou:

– Faça o que você achar melhor.

E desligou também. Dornelas sentiu-se sozinho no mundo, quase uma alma penada por ter que decidir sobre o destino da mulher que amava. Adotou então uma postura resoluta, tomou uma decisão e ligou para Caparrós.

– Tudo pronto?

– Sim. Para onde vamos, doutor, pegar quem?

– Padre Osmar na igreja Matriz.

Enfiou o celular no bolso e apertou o passo.

Capítulo 24

Assim que entrou Dornelas viu sapatos e uma batina negra até a altura dos joelhos, atrás da porta do armário. Um homem, enfiado ali, remexia em algo. Caparrós e equipe ainda não tinham dado as caras. Não havia mais ninguém na sacristia. O delegado deu alguns passos e estacou sob a soleira há poucos metros do sujeito.

— Padre Osmar? — sua voz soou cautelosa.

A reação à pergunta foi imediata. Como que acionado por controle remoto, uma das pernas do homem recuou um passo, trouxe o corpo a reboque e dedos agarraram a porta do armário e a empurraram até fechar. Dornelas estudou brevemente o diácono e o sangue como que gelou nas veias; havia uma arma na outra mão apontada para sua barriga.

— Prazer em conhecê-lo, delegado Joaquim Dornelas.

Que situação ridícula! O que viria a seguir, um aperto de mãos? Mas o padre recuou mais um passo e disse:

— Achei mesmo que o senhor havia reconhecido a minha voz. Eu o vi saindo da igreja. — Apontou a mão livre e emendou: — Por aqui.

Dornelas acatou a ordem e, ao chegar à porta da assembleia, recebeu a instrução:

— Pelo oratório de São Franscisco de Paula.

O delegado abriu a porta, ziguezagueou por entre os estandartes e ganhou a assembleia. Havia gente circulando e rezando por ali. Pouca gente, mas havia. Lançou um olhar de esguelha para o padre e notou que ele havia escondido a mão e a arma sob a peregrineta.

— Pelo sino. — A ordem veio quase num sussurro e em tom de voz afável.

Dornelas abriu o portão de madeira e subiu os dois lances íngremes de escada com padre Osmar no encalço levando a arma novamente descoberta e apontada. Ao parar diante do sino, recebeu nova instrução:

— Para o depósito.

Dornelas atravessou o mezanino do coro e parou diante da porta do depósito, no lado oposto da igreja. No andar de baixo, vozes e gritos. Pelo que foi capaz de perceber em meio ao estresse, Caparrós havia chegado com a equipe, armas em punho, o que assustou as pessoas na assembleia.

— Não diga uma palavra ou o senhor morre aqui mesmo.

Padre Osmar ergueu a batina e buscou um molho de chaves no bolso da calça; destrancou o cadeado, puxou a corrente e abriu a porta; convidou o delegado a entrar, seguiu atrás dele, passou novamente a corrente e trancou o cadeado pelo lado de dentro. Nos segundos dessa manobra, Dornelas considerou sacar a arma, e desistiu. Em vez disso, enfiou a mão no bolso do paletó e apertou um botão no seu celular.

— O senhor vai me matar aqui? — perguntou assim que o homem voltou-se novamente para ele com a arma apontada para sua barriga.

— Ainda não sei.

— Onde está Dulce?

— O senhor vai saber no devido momento.

— Então para que tudo isso?

Com a mãe livre, o pároco fez um gesto no ar, varreu o ambiente escuro com um olhar lânguido e ligeiramente enlouquecido e disse:

— Esse lugar foi palco de tantos momentos de amor.

Dornelas observou a performance e notou que o homem queria estender-se no assunto. Concluiu que, se queria Dulce viva, o melhor era dar corda ao padre para ver para onde a conversa iria desembocar.

— Quando o senhor se apaixonou por Rosana?

Numa manobra rápida, padre Osmar destravou duas cadeiras de uma pilha e as ajeitou em meio às tralhas, uma em frente à outra. Convidou Dornelas para sentar numa e sentou na outra, a mão da arma apoiada na coxa, o cano da pistola mirado para a barriga do delegado.

— Desde que aquele moleque resolveu abandoná-la para ir estudar na Inglaterra e ela vir procurar minha orientação para lidar com um desejo sexual que não conseguia domar. — Dornelas aguardou. Padre Osmar girou os olhos pelo ambiente e encadeou: — Nesse lugar sacramentamos nosso amor proibido.

— Nas tardes no meio da semana e nas noites de sextas-feiras e sábados?

— Sim, sim. Sempre que podíamos.

— Mesmo com Zezinho e padre Alberico por aqui?

— Mesmo com eles. Padre Alberico está ficando surdo e Zezinho raramente sobe aqui.

— Que porta Rosana usava para entrar na igreja?

— A da sala João XXIII. Mas combinamos de ela me esperar aqui. Forneci uma cópia de todas as chaves.

— E como ficou sua fé depois disso?

— Minha fé? Inabalável. Nunca deixei de amar a Deus e de dedicar minha vida para espalhar a palavra de Cristo, mas...

— O pecado da carne entrou no caminho.

— O senhor é um homem muito inteligente, delegado.

Os gritos na assembleia aumentaram. Dornelas ouviu o ribombar de passos acelerados no mezanino e mãos chacoalhando a corrente na porta, pelo lado de fora.

— Diga para recuarem. Se entrarem aqui, o senhor será o primeiro a morrer.

Dornelas balançou a cabeça e gritou:

– CAPARRÓS?

Um silêncio do outro lado da porta.

– O SENHOR ESTÁ AÍ, DOUTOR?

– ESTOU. DESÇAM E ME AGUARDEM.

– MAS, DOUTOR...

– É UMA ORDEM!

Passos cada vez mais distantes, que o padre procurou ouvir com atenção e, aliviado, retomou a conversa:

– Onde estávamos? Sim, nos pecados da carne. Mas sabe que isso, no começo, não me incomodava. Quanto mais minha fé era testada, mais fui capaz de ver que eu era capaz de amar a Deus e a uma mulher ao mesmo tempo. Não havia conflito algum nisso. O senhor sabe por que os padres católicos são proibidos de se casar?

Pego de surpresa pela pergunta, Dornelas ajeitou-se na cadeira, vasculhou a memória e disse:

– Bem, pelo que me lembro das aulas de catequese, para dedicarem cem por cento de seu tempo e energias à oração e à pregação, como Cristo.

– Não. Grana. Pura grana. Em 1139, ao final do Concílio de Latrão, o matrimônio foi oficialmente proibido aos membros da Igreja. A influência da Igreja Católica naquela época era enorme, chegava a ditar as regras da humanidade. Esse poder concretizou-se de muitas formas, sobretudo em riquezas materiais, principalmente em terras. Embora a decisão tenha se apoiado em passagens bíblicas, para não correr o risco de perder esse patrimônio para herdeiros do clero...

– O caminho escolhido foi impedir que esses herdeiros existissem – completou o delegado. Padre Osmar abriu um sorriso de satisfação e anuiu com um gesto da cabeça. – Mas por que o senhor quer me explicar tudo isso?

— Para mostrar que meu amor por Rosana não pôde vingar graças a uma regra criada há mais de novecentos anos e que nada tem a ver com fé, Deus e a palavra de Cristo.

— Então por que o senhor não abandonou o clero para se casar com ela?

— E fazer o quê? Tenho 46 anos. Fui padre por toda a vida. Não sei fazer nada além disso. O que o senhor esperava, que eu saísse e pedisse um emprego, montasse uma família, filhos e tudo o mais? Não tenho vocação para isso. Formar família é o desejo de muita gente, mas poucos sabem lidar com esse fardo. Para certas pessoas, ter uma família é um verdadeiro inferno.

Dornelas matutou por alguns segundos e resolveu perguntar:

— Mas era isso que Rosana queria, não era? Queria que o senhor largasse a Igreja e se dedicasse a uma vida com ela.

— Exato.

— Como o senhor não queria, ela o ameaçou de contar a verdade sobre vocês dois.

Padre Osmar levantou as duas mãos e coçou as têmporas com os dedos. A arma chegou a balançar no indicador que pressionava o gatilho.

— Maldita mulher! Eu tinha uma vida boa. Como padre, sempre tive um teto sobre minha cabeça e um prato de comida na mesa. Rosana insistiu tanto para que eu largasse a batina que...

O pensamento como que abriu caminho à força pela mente do pároco, que cerrou os olhos e arreganhou os dentes de raiva. Dornelas pegou a deixa e completou:

— Que matá-la foi a única solução.

— Sim! Infelizmente, ela me forçou a isso. Rosana não aceitava que eu dividisse meu amor por ela com Deus. Ela queria mais, queria tudo. Ela me queria todo para si.

– O que Rosana falava a respeito de Rodrigo?

Padre Osmar repuxou os lábios e disse com desdém:

– Rodrigo não passou de um passaporte para que ela voltasse a viver no Brasil. Eu era o verdadeiro amor, o homem da vida dela. Rosana odiava ter que pensar que algum dia teria que voltar a morar em Portugal, com os pais.

– Norma e Gileno sabiam do relacionamento de vocês?

– Apenas Norma. Mas Rosana desconhecia esse fato.

– Isso explica a razão de o senhor ter ligado no celular de Gileno assim que saí da casa deles.

– Isso mesmo. Ela me mantinha a par de tudo o que o senhor fazia na investigação.

Dornelas balançou a cabeça, incrédulo. Em mente, ligou alguns pontos e voltou ao papo:

– Quem forneceu a chave da casa?

– Norma, mas a usei apenas na saída.

– Ela avisou o senhor de que Rosana ficaria sozinha na casa na última sexta-feira?

– Sim, mas não contei isso para Rosana. Apenas fiz a cabeça dela para que, quando fosse possível, pudéssemos fazer amor na cama dela.

– E ela o convidou para aquela noite.

– De cara.

– A mesma noite em que padre Alberico rezou a missa das oito horas.

– Isso mesmo.

– E o senhor fez amor com ela antes de matá-la?

– Claro. Uma delícia de mulher. Mas confesso que, naquele momento, minha mente e meu espírito estavam com Deus. Partilhei apenas a carne com ela.

– E quanto ao método do crime que seguiu o mito de Hiran Abiff?

– Norma sugeriu isso. Nosso plano tinha como objetivo que o crime se parecesse com algo que envolvesse a Maçonaria, como forma de desviar a atenção de mim e da Igreja.

– Presumo então que a ópera de Mozart na TV, aos 33 minutos, fazia parte disso.

– Sim, uma cortina de fumaça.

Dornelas atinou para um fato que até então não havia considerado e disse, de si para si:

– A Maçonaria não aceita mulheres.

Padre Osmar fez que sim com a cabeça e completou:

– Exato. Norma odeia aquilo tudo, aquela gente.

Para Norma, a morte de Rosana tem uma conotação de protesto. Esse é o recado. Ordo ab chao, refletiu o delegado e perguntou:

– Ela mesma lhe disse isso?

– Sim, numa das vezes em que veio se confessar comigo. Nos tornamos amigos.

– Isso foi antes de o senhor conhecer Rosana?

– Mais ou menos na mesma época. Ela vinha muito conversar comigo, sempre para reclamar da nora.

– E quanto a Maria Luiza Fonseca e o sequestro da minha filha?

Com a arma ainda em punho e apontada para Dornelas, padre Osmar ajeitou-se na cadeira antes de explicar:

– Bem, quando bolei o plano para matar Rosana usando o mito de Hiran Abiff, sugerido por Norma, me dei conta de que a única forma de sair impune disso seria eliminar a influência da única pessoa na cidade capaz de elucidar um crime tão complexo.

– Agradeço pelo elogio, mas como o senhor envolveu Maria Luiza Fonseca nisso?

– Foi sugestão de Norma também. Ela disse que Malú era conhecida da família e mantinha contato com assassinos e gente do tráfico. Além, é claro, de que andava sempre atrás de dinheiro.

– Mas por que vocês não contrataram Malú para arrumar um assassino para matar Rosana?

– Porque tínhamos medo de que ela envolvesse alguém pouco cuidadoso com os detalhes, o que poderia comprometer toda a operação.

Dornelas cruzou as mãos no colo, refletiu por alguns segundos e emendou:

– Aconteceu. Os carcereiros da minha filha dormiram e foram capturados.

– Exato, ela contratou dois idiotas. Por isso, limitamos a participação de Malú ao sequestro justamente por acharmos que uma coisa do tipo poderia acontecer. – Padre Osmar balançou a cabeça como um animal raivoso e completou: – Malditos traficantes!

A mente de Dornelas fervilhava. Cada resposta criava uma nova pergunta. Cada ângulo do crime exigia uma avaliação criteriosa. O furor do raciocínio dava-lhe a sensação de que a caixa craniana era apertada para o volume de pensamentos que brotavam como cogumelos em seu cérebro.

– Quer dizer, Malú contratou dois atores e dois motoristas para ajudar no sequestro, e dois moleques para cuidar do cativeiro.

– Isso mesmo.

– Todos sem conhecimento do papel alheio.

– Exato.

– E como os moleques foram pegos, vocês foram obrigados a eliminar Malú também.

– Arrã.

– Quem fez?

– Eu mesmo, hoje de madrugada.

– O senhor pode me dizer como aconteceu?

— Claro. Fui a Marealto hoje muito cedo com o objetivo de encontrá-la e pagar o valor que combinamos. Nos encontramos na favela de Manguinhos. — Padre Osmar levantou a arma no ar e arrematou: — Usei essa pistola.

Dornelas estudou a arma, a qual foi novamente apontada para si e disse:

— PT .380, 16 tiros.

— Fria. Malú a conseguiu para mim.

— Ela lhe forneceu a arma que a matou?

— Irônico, não?

Dornelas pensou um pouco e disse baixinho para si:

— Norma sabia que Malú estava morta quando forneceu, sem resistência, o número do celular da mãe de Malú. — Assim que a informação decantou na mente, disparou uma nova pergunta: — Qual a razão de Malú buscar Rosana em casa? Apenas para saírem juntas?

— Não, para tirá-la da casa depois que o namorado foi viajar. Queríamos conhecê-la melhor, seus hábitos, pois Norma queria encontrar uma forma de separá-la do filho quando ele voltasse de viagem. Foi para Malú que Rosana primeiro confessou sua gana por sexo. Malú sugeriu que ela se confessasse comigo. Daí a nos tornarmos amantes, foi um pulo.

— Mas o senhor jamais imaginou que fosse se apaixonar por ela.

— Nunca. Foi aí que as coisas começaram a dar errado. Sabe, eu não queria matá-la, eu queria curti-la o quanto pudesse, queria testar a minha fé.

— Então Norma esteve por trás de tudo isso desde o começo?

O padre nada disse, apenas fez que sim com a cabeça. Dornelas prosseguiu:

— Quem dirigia o carro que Malú usou para tirar minha filha da rodoviária?

— Não tenho a menor ideia. Malú cuidou disso.

– Vamos voltar um pouco. Como o senhor sabia que eu estava na casa quando ligou para o meu celular, na noite do crime?

– Aí residia minha vantagem, delegado. Nós nunca nos conhecemos pessoalmente. Mas fiz minha pesquisa prévia. Eu o estava esperando, o vi entrar na casa.

– Ninguém o viu saindo da cena do crime?

– Ninguém. Monitorei pela janela o momento em que não havia vivalma passando pela rua. Como o senhor sabe, Norma e Gileno moram numa rua de pouco fluxo no Centro Histórico.

– Onde o senhor aprendeu sobre a fisiologia do corpo humano de forma a estirpar o coração de uma pessoa com tanta precisão?

Padre Osmar abriu um sorriso maligno e respondeu:

– Cursei dois anos de medicina antes de entrar de uma vez para a Igreja. Ordem do meu pai, que queria que eu seguisse sua carreira.

– Ele é médico?

– Era. Cardiologista.

Dornelas ficou quieto por um momento e formou, em mente, um diagrama espacial de todo o crime. Assim que terminou, observou o padre por alguns segundos e concluiu que lidava com um psicopata fantasiado de padre.

– Muito bem. O que acontece agora? O senhor vai me matar e depois matar Dulce?

Padre Osmar respirou fundo, relaxou a mão e inclinou a arma no colo.

– Sabe, delegado, dediquei bons anos da vida a ouvir confissões. Sempre acreditei no bem que isso faz para as pessoas que vêm a mim pedir a remissão de seus pecados. Mas aqui, diante do senhor, confesso que não é fácil para um humano como eu atuar em nome de Cristo. Tenho dificuldade em acreditar que o perdão que ofereço pelas faltas confessadas seja divino. Ou mesmo que as penitências que sugiro para reparar os danos causados por esses pecados efetivamente resolvam os problemas. Existe um limite. O senhor pode rezar quantas ave-marias e pai-nossos quiser. Somos humanos, e as penas temporais não são eliminadas assim, como que num passe de mágica. Em alguns casos, exigem uma vida inteira de boas obras. Sem isso, os pecadores precisam passar pela purificação no Purgatório antes de entrar no Paraíso. O senhor não faz ideia dos absurdos que ouvi e que não pude comentar com qualquer outra pessoa. Era o silêncio ou a excomunhão. – Padre Osmar parou de falar por um instante, sacudiu a cabeça e prosseguiu: – O poder que um padre detém para perdoar os pecados de terceiros é enorme. Pensando aqui, gigantesco, para não dizer que chega a soar como uma ilusão. O fardo que um padre carrega por ouvir até mesmo o impensável e não poder fazer nada além de oferecer uma penitência é grande demais para um homem aguentar. Sempre defendi que um pecado deve ser compensado com uma pena de igual peso e valor, e ainda em vida. Nada de penitências leves para pecados grandes.

– O que o senhor quer dizer com isso?

– Que chegou a hora de eu me sentar à direita do Pai. Nada de Purgatório.

Numa fração de segundos, padre Osmar levantou a arma no ar, encostou o cano no céu da boca e apertou o gatilho. Um jato de sangue se espalhou no ar. Dornelas foi coberto por uma nuvem de respingos.

Gritos na assembleia; um corre-corre no mezanino; chutes na porta do depósito, que foi escancarada por Caparrós.

Lotufo e Jaque entraram com ele, armas em punho.

Seus subordinados gritaram qualquer coisa que ele não se deu ao trabalho de ouvir. Estava chocado e, de certo modo, apático a tudo e a todos.

Enfiou então a mão no bolso, de lá tirou o celular e desligou o gravador. Certificou-se de que toda a confissão do padre fora registrada e guardou o aparelho.

Levantou-se devagar e estudou o cadáver ajeitado na cadeira, os braços abertos, a cabeça largada para trás, os olhos vidrados e voltados para o teto como que à procura das mãos do Altíssimo. A boca aberta e os músculos relaxados do rosto deram ao delegado a impressão de que padre Osmar morreu satisfeito, devoto, e crente de sua própria loucura.

A alma foi entregue à vontade divina. Ficou o corpo que, em breve, seria transportado para o IML de Marealto.

Com uma mão, Dornelas fechou as pálpebras do pároco enquanto, com a outra, fez um sinal da cruz e disse:

– Em nome do Pai, do Filho e do Espírito Santo. Amém.

Capítulo 25

E agora, como encontrar Dulce?

Com os cabelos, o rosto e a parte frontal da roupa salpicada com o sangue do pároco, Dornelas puxou o celular do bolso e ligou no número dela, da tecla rápida. Direto na caixa postal. Escreveu uma mensagem e apertou *enviar*. Aguardou alguns segundos. Nada.

Com o espírito inquieto e a mente fervilhando à procura de onde Dulce poderia estar presa, Dornelas desceu as escadas e foi lavar o rosto e as mãos no banheiro em frente à sala de padre Alberico.

Enquanto se enxugava diante do espelho, pensou na favela de Manguinhos e logo abandonou essa possibilidade. Com Malú morta, padre Osmar não teria tido tempo, muito menos os contatos, para arrumar um novo cativeiro em Marealto, levar Dulce e voltar para celebrar a missa do meio-dia em Palmyra. Devolveu a toalha ao pendurador, tirou o celular de Gileno do bolso e viu quando recebeu o telefonema do pároco. Uma hora e dez minutos atrás.

Dulce está em Palmyra. Mas onde?

Seu celular tocou. Atendeu afoito e sem sequer ler o nome no visor.

– Dornelas!

– Você ligou pra mim? – rebateu Dulce.

– Onde você está?

– Em Marealto.

– Fazendo o quê?

– Como fazendo o quê? Trabalhando, oras, no corpo de uma mulher que Miranda mandou há pouco, uma tal de Maria Luiza Fonseca.

– Tentei falar com você! Até mensagem de texto mandei!

– Desculpe, não vi. O sinal no IML é péssimo.

Por que diabos não pensei em ligar no fixo?

– Você não estava agora mesmo com o padre Osmar na igreja Matriz?

– Não. Fui de manhã para falar sobre nosso casamento.

– Onde?

– Na casa paroquial.

– A que horas?

– Por volta das dez horas. Por quê?

Dornelas mentalmente fez as contas e constatou que era mais ou menos a hora em que ele estava passeando pela igreja Matriz. Vicente, o acólito, havia dito que padre Osmar tinha saído para um café quando, na verdade, estava de papo com Dulce. O desfecho o deixou aliviado.

Mais calmo, contou toda a história, da atitude desesperada do padre em simular o sequestro ao suicídio no depósito.

– O corpo deve chegar logo para você.

– Estou chocada – rebateu Dulce.

– Bom, ele não era o padre mais indicado para celebrar nosso casamento.

Dulce soltou um riso nervoso. Dornelas emendou uma pergunta:

– Você guardou uma amostra do líquido seminal encontrado na vagina de Rosana?

– Arrã.

Maldito arrã!

– Vou precisar disso. Falamos depois?

– Claro.

– Beijos – desligaram.

★

– Onde está Norma nesse exato momento? – perguntou Amarildo pelo telefone horas depois.

– Presa.

– Bom, pelo visto, cobrimos tudo. Você tem a gravação do depoimento do padre para provar a participação dela, correto?

– E as digitais dele, que batem com as da mesa da igreja, no depósito. Coletamos amostras de sêmen também, embora o último coito tenha sido na cama de Rosana e não lá. Posso fazer um exame de DNA para comparar com os resíduos encontrados na vagina de Rosana? Não quero deixar uma ponta solta sequer que possa permitir que Norma escape da prisão.

– Faça isso.

– Preciso de verba.

– Consigo para você.

– Obrigado.

Ao dar-se conta de que o papo havia chegado ao fim, Dornelas resolveu dizer:

– Uma dúvida.

– Diga.

– Por que o senhor não mandou eu pegar o sequestrador em vez de sair atrás de Dulce?

– Primeiro, nada de senhor. Segundo, porque eu não queria carregar nas costas o peso de uma decisão que pudesse selar o destino dela. A delegacia é coisa nossa. A mulher é sua. Aliás, parabéns pelo casamento.

Dornelas gostou de saber que a percepção que o chefe tinha dele baseava-se numa relação de pura confiança.

– Obrigado.

– Me mantenha informado. – E desligou.

Dornelas largou o corpo na cadeira, tirou o celular do bolso, entrou nele e mandou, por segurança, a gravação do depoimento do padre para seu endereço de e-mail, com cópia para o de Solano e o de Anderson, o *nerd* da delegacia. Assim que a mensagem foi enviada, largou o aparelho sobre a mesa e respirou fundo.

Mais um caso encerrado.

O lusco-fusco do lado de fora o levou a olhar o relógio de parede sobre o batente da porta: 18h29.

Sentiu-se cansado, porém satisfeito.

Abriu a gaveta com os chocolates, destacou um quadradinho da barra desnuda e o colocou na boca. Enquanto a guloseima derretia sobre a língua, os olhos vagabundearam pela sala; as cadeiras vazias que volta e meia recebiam a visita de um suspeito ou uma mulher aos prantos, os arquivos metálicos tortos e riscados, o diploma de Direito torto na parede. Parou nos dois porta-retratos sobre a mesa, um com a foto de Roberta e Luciano e outro com a de Dulce. Fixou-se neles. Mentalmente, tentou juntar os dois numa foto só e admitiu que era cedo para afirmar que os filhos, Dulce e ele configuravam uma família unida.

Pegou o celular e ligou para Dulce novamente.

– Como você está? – ela perguntou assim que atendeu.

– Cansado, mas bem. E com fome. Resolveu tudo por aí?

– Com Maria Luiza, sim. Passei padre Osmar para minha assistente. Saio em quinze minutos. O que você quer jantar hoje?

– Você decide. Estou sem cabeça para pensar nisso.

– Tenho uma novidade para você.

– Diga.

– Marquei o ultrassom para semana que vem. Você vai comigo?

Dornelas sentiu uma fisgada de pavor, mas respondeu:

– Claro.

– Ótimo. Nos vemos mais tarde. Você vai direto para minha casa?

– Não, vou passar na minha primeiro para passear com Lupi e tomar um banho.

– Combinado. Até mais tarde então. Beijos.

— Beijos.

Desligaram.

Levantou-se, tirou o paletó do espaldar da cadeira e guardou o celular no bolso. Ganhou o corredor, cumprimentou toda a equipe, deu boa-noite para Ismênia, a recepcionista, e saiu para a rua.

Olhou para o carro estacionado e resolveu ir a pé. Sua mente encontrava-se num ponto entre a exaustão pelo trabalho realizado e o prazer pelo mesmo motivo. Uma caminhada era tudo de que precisava.

Andou duas quadras no sentido de casa, mas resolveu mudar o rumo assim que sentiu uma pontada no peito e o coração afundar num oceano de melancolia.

Era chegada a hora de visitar a mãe doente.

Agradecimentos

Por envolver a Maçonaria, este livro, mais do que os anteriores, exigiu um trabalho de pesquisa aprofundado e criterioso. Sendo bisneto de um maçom, eu sabia, desde o começo, que cometer um erro com a Ordem seria ferir a memória de um antepassado por quem nutro grande consideração. Por outro lado, alguma coisa pode ter escapado pelo simples fato de eu ser um profano. No mais, é um trabalho de ficção elaborado com prazer e com o objetivo único de proporcionar bons momentos aos leitores. Nada mais.

Muitas pessoas me ajudaram nesta empreitada. Algumas até sem saber. Meus pais, Dadiche e Nini, e meus irmãos, Patricia e Joca; Suzy, minha mulher, por seu amor, dedicação, paciência e apoio; Carminha Levy, por iluminar meu caminho com sua sabedoria e por acreditar em mim; Dora Levy, por seu imenso coração; Antonio Cabral e Rosaly, por sua amizade e carinho; Marcos e Leticia, por me acolherem tão bem no CJ31; Mauricio Sita, pelas informações a respeito da Maçonaria; Marcia Longaretti, por me ensinar a organizar o tempo e a vida como um todo; Steve Mazetti, por suas dicas na trama; Roger Franchini, por me passar em detalhes os procedimentos policiais; e Talita Zerbini, pelas informações sobre medicina legal e forense. No mais, agradeço a você leitor ou leitora por ter chegado até aqui. Espero que tenha gostado.

Este livro foi composto em Goudy Old Style impresso pela
Nywgraf em papel Offset 90g/m², em julho de 2016

TWO SIDES
www.twosides.org.br